リナリアのナミダ―マワレ―

崎谷はるひ

幻冬舎ルチル文庫

CONTENTS ✦目次✦

リナリアのナミダ―マワレ―

✦イラスト・ねこ田米蔵

✦カバーデザイン＝齊藤陽子（CoCo.Design）
✦ブックデザイン＝まるか工房

リナリアのナミダ―マワレ―

最初に意識を引かれたのは、風にのってふわりと鼻をくすぐったミントのにおいだった。野草の青い鮮烈さだとか、タブレットや歯みがき粉のような厳しいくらいの清潔感漂うそれではなく、すこし濁ってクセのあるにおい。それが封を切ったばかりのメンソール煙草《たばこ》の香りだと気づくまで、すこし時間がかかった。

嗅覚をたどって視線を向けたさき、背の高い青年が、薄い唇に煙草をくわえ、堂々と火をつけている。

高間《たかま》一栄《いちえ》は、いっそ愉快な気分になった。

（これはまた、大胆だな）

校内は禁煙だとか、吸うなら喫煙スペースにいけとか、そんな言葉をかけるのすらためらわれるような、堂々とした態度にいっそ感服する。

専門学校『東京《とうきょう》アートビジュアルスクール』本校舎の学生食堂に隣接する、画材や教材を扱っている売店が高間の職場だ。画材のはいったケースは通路に面して設置され、奥にはストックの棚がある。盗難防止の対面販売のため、高間は常に通路側を向いて立っている。

その正面、数メートルの距離をおいた壁際に寄りかかっていたのが、喫煙者の彼だった。

時刻は昼をすこしすぎ、食堂のオープンスペースでは、生徒たちがめいめい勝手に食事をとったり、なにか話したりしている。

高間にとってはごく見慣れた光景。そのなかから、ぽっかり浮きあがったような異質な姿に、なぜだか目が吸い寄せられた。

ショートレイヤーにカットされた人工的な金髪は、褪《あ》せた色をしている。周囲の生徒より頭ひとつは背が高く、肩幅も広い。少年と青年の間をただよう細いシルエットの男子たちのなかで、男として完成に近づきかけている。

顔立ちは整っているけれども、ひどくきつい雰囲気がある。切れ長だが垂れた目尻は印象をやわらげてもいいはずなのだが、きつく歪《ゆが》められた眉《まゆ》の形で相殺されていた。

彼はただ不機嫌なだけでなく、どこか傲慢《ごうまん》な印象も感じさせる。他人を拒絶し、見下している人間特有の、冷めてひりついた空気。喫煙マナーを完全に無視しているあたりからも、傍若無人《ぼうじゃくぶじん》な性格だと知れた。

あからさまなアウトロー。本来ならば、高間が避けてとおりたいタイプだ。なのにどうしてか、煙草を吸う彼にひどい孤独を感じて、目が離せなかった。

開けはなった窓枠に肘《ひじ》を寄りかからせた彼は、春のひかりと風に向け、ふっと煙を吐いた。薄い唇に挟まった煙草と、そこから漏れる紫煙の流れ、ほんのすこし目を伏せる表情が、やけに色っぽい。

金髪が風になびくさまが高間の目を奪う。陽光にすがめた目の餓《かつ》えたような鋭さは、古い記憶を刺激してちくりと胸を軋《きし》ませる。

(寂しいなら、ここにいるのに)

整った横顔に、ふとそんなことを言いたくなった自分に驚いた。

つまらなそうな、不愉快そうな顔をした彼のどこに寂しさを感じたのか自分でもわからない。勝手な思いこみだとしか思えないし、赤の他人を相手に妄想する自分に失笑もした。

いまさら、誰かに興味を持つことなどないと思っていたのに。自嘲《じちょう》しつつも、視線はずっと、褪せた金色に捕らわれていた。

むろん彼はなにも気づくことはなく、空に煙をたなびかせている。

数メートルの距離を縮めることもなく、高間はただ見つめ続けた。

＊　＊　＊

しんと静まりかえった空間には、紙と木炭のこすれる音だけが満ちていた。

室内の中心から同心円を描いて並んだイーゼル。佐光正廣《さこうまさひろ》はそのひとつのまえに立ち、パンの耳をくわえたままもぐもぐと口を、同時に手も動かす。

木炭デッサンに使う道具はシンプルだ。立てかけたカルトンと、クリップで留められたデッサン用木炭紙。モチーフのバランスを簡単に見たり、はじいて木炭の粉を飛ばすためのスポーク、おおまかに消すとき使用するボロ布。

それから、白いやわらかい部分をちぎっては練り、グルテンの粘度で消しゴム代わりにする食パン。

不必要なのは、きつね色に焦げたパンの耳。噛《か》みちぎったそれに水分を奪われた口腔を潤すべく、手にしていた紙パックにストローを刺す。なまぬるいジュースを吸いあげる、ずる、という音が立ったとたん、高く鋭い声が同心円の中心部からあがった。

「なに飲んでんのよ」

正面から難詰したのは、しどけなく膝《ひざ》を崩して座った、ヌードデッサンのモデルだ。

「遊んでんじゃないんだから、まじめにやんなさいよ。そうじゃないならでてけ」

周辺の生徒たちからは、和を乱した男に対しての非難がこもった視線がいっせいに向けられた。声に同じく鋭い目つきの痩《や》せた女ほどではないけれど、誰も彼もが不快さを表していて、視線が質量を持って刺さるようだ。

集中砲火に対し、佐光は、唇だけで嗤《わら》った。すべてを無視したまま、ずるずるとジュースをすすりながら、自分のデッサンを軽く指でなぞる。

「ちょっと、聞いてんのあんた！」

「うっせえよ、ババア。モチーフが動くな。黙って股開いてろ」

きつい叱責を受けてストローから口を離し、しらけた声で暴言を返す。モデルの女はさっと青ざめたあと、真っ赤になって唇を噛んだ。

佐光がじろりと軽く周囲を見まわすだけで、彼の態度にも発言にもぎょっとしていた全員が目をそらした。集団ならば攻撃もできるけれど、特定されたくない、という態度だ。

「……どう？　進んでる？」

気まずい沈黙が漂うなか、剣呑《けんのん》な一幕のあいだ席をはずしていた担当講師が顔をだす。なにも気づいていない彼に、佐光は皮肉な表情のまま手をあげた。

「先生、終わったんで、でていいですか」

「えっ？　終わったって、まだ一時間しか経《た》ってないよ」

人物デッサンに割り振られた時間は、本来、朝からの六時間。つまりこの日まる一日ぶんを基礎デッサンの習練のためにとられている。なかでも人体デッサンは難易度の高い授業で、六時間かけても完成させられない生徒が多い。

「ちゃんとできてなきゃ、退出は……」

訝《いぶか》った講師は、佐光のそばへと近寄った。そして彼が軽く顎《あご》をしゃくったさきにあるデッサンをひと目見て「あれ」と目をしばたたかせる。

「ああ……そうか。佐光は経験者だったか」

まだアタリをとった程度の白い紙がずらりと並ぶなか、佐光の描いた紙のうえには、モデルばかりかその周囲の背景までもが、精緻《せいち》に描きこまれていた。

まるで写真のような完成度のそれに、講師も、まわりの生徒たちも息を呑《の》む。

「で、もう、でていいすか」

「ああ、まあ。そうだね、することもないだろうし」

困惑顔の講師に「どーも」とごくわずかな会釈《えしゃく》をして、佐光は画材の片づけをはじめた。

そしてモデルの女を色のない目で見たまま、ずるずると音を立てて飲み終えた紙パックをぐしゃりと握りつぶし、悠々とした足取りでデッサン室をでていった。

「やってられるか」

デッサンなど、もう七年まえからさんざんやっていた。比較的、難易度が高いと言われるヌードデッサンにしたところで慣れきっている。それなのに木炭の使いかたすらろくに知らない連中にまじっていると、自分がどんどん落ちていきそうな気がして滅入った。

たどりついたのは、休憩スペースのある学生食堂だった。生徒たちのたまり場でもある場所だが、まだ午前中とあって、さすがにひとの姿はない。適当な場所に陣取った佐光は、胸元のポケットからグリーンのパッケージをとりだし、そのうちの一本をくわえた。

火をつけ、吸いこむ。軽い酩酊感《めいていかん》に目をつぶって、煙を吐くついでにため息をこぼした。

(くそったれ)

二十一歳にして専門学校の一年生である佐光は、いわゆる仮面浪人だ。志望校に落ちたため、別の学校に入学した状態で、来年度の再受験を目指している。

中学生のときから美大を目指していた佐光は、そもそも無試験の専門学校になどくるつもりはなかった。

受験に挑み、純粋に実力不足で落ちたのなら、あきらめもついただろうが、そもそも佐光はこの数年連続して、まともに入試自体を受けられていなかった。

一年目は、東京に降った大雪による交通機関の麻痺《まひ》で、受験会場に到着したころには大遅刻、ぼろぼろのコンディションで不合格となった。

二年目はといえば、受験会場に向かう途中、暴走してきたバイクに引っかけられ、意識を失い入院。退院できるころには、すべての大学の受験期間が終了。

三年目には突然の呼吸困難を起こして試験の真っ最中に倒れ、またもや緊急入院となった。原因は、風邪気味だからと服用した薬で、アスピリンアレルギーによるショック症状を起こしたのだ。覚悟を決めて受験校を一校に絞っていたため、またもや敗退。

立て続けの情けない顚末《てんまつ》は、もはやアクシデントという言葉で言い表せるものではない。そして、この大学全入時代に三浪など、さすがに許すわけにいかないと父親は言った。

——運も実力のうちだ。どこでもいいからとにかく入学しなさい。

願書受付が三月一杯まで——要するに入学式の直前までという期間を設けているのは、この総合美術専門学校『東京アートビジュアルスクール』のみ。実技も筆記も国立大学合格レベルの佐光からすれば、とんでもなくレベルを落とすこととなる進学さきだったが、退院後に入学できる学校はほかになく、父はそれでもいいと言いきった。

——二年後の就職はわたしが世話をしてやる。どうせ美大出身なんてつぶしがきかないんだから、専門学校でも同じことだ。

ありがたいのか屈辱的なのかわからない言葉にも、しょせん扶養家族の身では逆らえない。昼間からぶらぶらして、ニートの仲間入りもごめんだし、すくなくとも教材と課題はある。予備校に通うことも禁じられた以上、あとは自力で腕を磨く以外になかった。

専攻はアート科のアートコース。美大受験時に狙った油絵学科と比較的近いコースを選んだのだが、いざ入学してみたところ、予想以上にそのレベルは低かった。

なにしろこの専門学校では、デッサンすらまともにやったこともない生徒たちが入学してくるため、一年前期のうちはおそろしく基礎的な技術の勉強に費やされる。

鉛筆デッサンの授業がはじめてあったとき、「なんでこんなにいっぱい鉛筆使うの?」と無邪気に首をかしげているものまでいて、佐光はうんざりした。

むろん、なかには佐光のように美大受験の経験者もいるようだが、そういう連中は大抵、自分と周囲のレベルのかみあわなさから、孤立している。

佐光もまた、同じ科の生徒とつるんで馴《な》れあう気はまったくなかった。そんな暇があったら、受験対策の絵を一枚でも描いておきたい——そう思っていたはずなのに、いまの佐光はなぜか、人気《ひとけ》のない校内の食堂で、煙草をふかしている。

入学して、やっと二カ月。まだ六月にはいったばかりだ。本格的な夏をまえにして、佐光は早くも心が折れそうになっていた。

授業内容はまるでお絵かき教室だ。そんな場所でくすぶっている自分が歯がゆく、焦りを感じずにはいられない。夏休みの間に、せめて受験予備校の集中講義を受けにいきたいけれども、父親が許してくれるとは思えない。

正直、予備校にいったところで受験に対する技術も知識も、佐光にとって新しく学べるものはない。だが、こんなゆるい環境にいること自体が恐怖なのだ。ほかの受験生に較《くら》べて遅れをとっているのではないかと思うと、冷や汗がでる。

来年の受験まで、あと何カ月あるのか。それが「もう」なのか「まだ」なのか。三年立て続けの失敗のせいで、判断すら狂っていく。

なによりも、一度でいい、せめてアクシデントに負けることなく、ベストを尽くして挑みたいのだ。それができないから、いつまでもあきらめきれない。

胃の奥がじりじりする感覚を紛らわせたくて、煙草をふかした。

喫煙の習慣はだいぶ以前についた。ニコチンで血流を悪くした際の、ふっとストレスが抜けていくような錯覚。不運が続いた自分へのいらだちを抑えようとして手を出したそれが、いまではなくてはならないものになっている。

このところの煙草の値上がりで、唯一の逃避すらままならないのも腹がたつ。だがなにより佐光がいらだたしいのは、こんなものに依存しかかっている自分の弱さだ。

(なにやってんだよ、俺)

なんの益にもならない煙を吸いこんで、空気を汚すだけの無為な時間。こうしている間にも、どんどん落伍者としての道を歩んでいるようで、息苦しささえ感じる。

うんざりとしながら煙を吐いたとき、やわらかな声がかけられた。

「……ここ、禁煙だよ」

「あ？」

顔をあげると、おだやかそうな顔の男が立っていた。さほど背も高くはないし、どちらかというときゃしゃなほうだ。ごくふつうのシャツにスラックスというういでたちに、なんの個性もない。そのわりには見覚えが――と内心首をかしげた佐光は、シャツのポケットにクリップで留められた、『高間』と書かれたネームプレートに気がついた。

(こいつたしか、売店の店員だ)

食堂に隣接したそこは、佐光もたまに利用する。ふだんは制服らしいエプロンをつけているため、一瞬わからなかったけれど、よくよく見ると覚えがある顔だった。

すこしくせのある、清潔そうな黒髪とやさしげな目。前髪が重たいけれど、よく見れば整った顔をしている。瓜実顔《うりざねがお》にきれいにおさまった細い鼻筋や薄い唇は、きちんと配置されすぎていて、却《かえ》って印象が薄い。

落ちついた雰囲気から、年上なのは間違いないだろうけれど、講師たちのような、ある種うえから目線の威圧感もなく、いつも穏やかな接客をしている。

だが、知っているとしてもそれだけだ。まじまじと顔を見たのもこれがはじめてで、ふだんは背景の一部に溶けこんでいる、存在すら意識しない相手。

そんな人間に、なにを言われても関係ない。

（うぜえ）

無視したまま、佐光はぷかりと煙草をふかした。派手な金髪にきつい顔の佐光に、見ず知らずの人間が声をかけてくることはめずらしい。

だが、この学校に突飛《とっぴ》な見た目の生徒はいくらでもいる。オタクの巣窟であるアニメ科の連中は、近寄るのもはばかられるような異様なオーラをまき散らしているし、ファッション科にいたっては、佐光の金髪などごく常識的に感じるほど奇抜な服をまとっていたりする。常にこの場にいる相手は、見た目が不思議な生徒など見慣れているのだろう。

「聞こえなかった？　ここ、禁煙」

高間はさほど臆した様子もなく、笑顔のまま言葉を繰り返した。

ずっと目のまえに立ったまま去る気配もない男が鬱陶《うっとう》しく、佐光は煙といっしょに言葉を吐きだす。

高間

「誰もいねえじゃん」

見まわした食堂のなかは、すくなくとも半径五メートル以内に人影は見受けられなかった。だが高間は「そういう問題じゃないよ」と苦笑した。

「それに、いまって授業中じゃないの？」

「課題なら提出したし、許可はとった」

「そう。わかった。で、喫煙するなら、あっちでどうぞ」

指さされたのは、透明なパーティションで区切られた喫煙スペースだ。この学校では講師も生徒も関係なく、幅一メートルほどのダクトがついたヤニ臭い空間でしか、肺を汚す自由を与えられない。

立ちあがるのも億劫で、佐光は手元にあったコーヒーの空《あ》き缶に煙草を押しつけた。吸い殻をそのまま落とそうとしたところで、「あっ」と声をあげた高間に奪われる。

「おい、なんだよ」

「吸い殻いれたら、ゴミの分別できなくなるじゃないか。灰は洗って落としてから捨てないとだめだよ」

「そこまで言うなら、てめえがやれよ」

乱暴に手で払うと、残ったコーヒーと灰のまじったものが高間の白いシャツに飛び散った。

「うわ」と声をあげた彼は、茶色い染みを眺めおろして目をまるくする。

（あ、やべ）

そこまでやる気はなかったため、佐光は気まずいものを感じた。さすがに怒るかと思ったけれど、高間はただ、ため息をついただけだった。

「いらいらしてるなら、ニコチンよりカルシウムのほうがいいと思うよ」

「……は？」

「牛乳飲みなさい。まだ成長期、終わってないだろ。もうずいぶん背は高いけど」

予想外のリアクションにぽかんとしている佐光をよそに、「片づけておくね」と彼はテーブルのうえに倒れた空き缶を拾った。その指はやけに白く細くて、男のものとは思えない。

謝るべきか、無視するか――もやもやしたままの佐光が顔をしかめていると、背後からの賑《にぎ》やかな声に思考が遮られた。

「あ、一栄さんだ！」

「あれ、朗《あきら》くん。こんにちは」

振り返った彼につられて目を向けると、小柄で元気そうな青年が小走りに近づいてくる。

高間はさりげなく空き缶を自分の背後にまわし、佐光から距離をとった。

「なにしてんの？　ごはん？」

「いや、ちょっとね。朗くんこそどうしたの？　卒業生が、こんなところで」

「きょうはOBの説明会があって、俺の話聞きたいっていうから……あれ？」

近づいてきた小柄な彼は、ごまかそうとした高間の胸あたりに目を止め「あっ」と目をしばたたかせた。

「一栄さん、服汚れてんじゃん。すぐ洗わないと染みになるよ。俺、携帯の染み抜き剤持ってるから、貸してあげるよ」

「え、ほんと？　助かる」

「俺もそそっかしくて、しょっちゅうジュースとかこぼすから。冲村《おきむら》がくれたんだ。あっちに荷物あるから、いこう」

ほがらかに話している様子を見るに、親しい間柄らしい。卒業生にしては子どもっぽい印象の相手に腕を引っぱられながら去っていく彼は、途中で一瞬だけ佐光を振り返った。

そこに浮かんだ、意味のわからない微笑《ほほえ》みに、佐光は舌打ちする。テーブルのうえには、飛び散ったコーヒーの雫《しずく》が点々と残っていて、やけに汚らしく感じた。

よけいな世話だと思ったけれども、すくなくとも、彼のシャツを汚したことだけでも謝罪すべきだった。

「ああ、くそ」

やつあたりをした気まずさは充分に佐光の神経を逆撫《さかな》でた。この場合みっともなかったのはどちらか、わからないほどばかではない。

まっとうに働いている相手に、しごく当然のことで叱られた。それだけの事実がどうしてこうも受けいれられないのだろう。

（だせえ、俺）

くそ、ともう一度うめいて頭を抱えたとたん、ふっと目のまえに影がさす。またあの男が注意しにきたのかと顔をあげると、そこにいたのは、まったく知らない女だった。

「怒られたね」

おかしそうに言う彼女を、佐光は睨《にら》みつけた。

ごく平均的な流行の服装などから、デザイン科のやつかと見当をつけた。この学校のなかでもっとも人数が多く、もっとも一般人の雰囲気を持っているが、じつのところ、もっとも遊んで羽目をはずし、途中でいなくなるのもその科だと聞いている。

「なんだてめえ」

「いいじゃんね、煙草くらい吸ったって。べつに迷惑かけてないのにさ」

うふふ、と笑って、断りもなく隣に座る。鬱陶しいと顔中に書いてあるのにまったく気にした様子もない。

「おまえ誰だよ」

「ゆきな。そっちは？」

答える義理はないと睨みつけたけれども、ゆきなと名乗った女は気にする様子もなく顔を覗《のぞ》きこんできた。

「いい天気だし、遊びにいかない？」

「いかねえよ」

「即答かよ。いいな、そういう、俺尖《とが》ってますーって態度の男、きらいじゃない」

ゆきなはそう言って、テーブルに上半身を乗りだした。ニット地の上着が肩からすべり、胸元がふかく刳《えぐ》れたキャミソールから、ふっくらした胸の上部があらわになる。なにげなく視線をしたに向けると、ミニスカートからむっちりとした素足が覗いていた。

（もろ、肉食系って感じだな）

グロスのついた唇がゆるんで、ひどく淫猥《いんわい》だった。

佐光はそこそこ、女にもてる自覚はある。数年、浪人生活の憂さ晴らしに遊んでもいたが、ここまであからさまに誘われるのもめずらしい。

しかも深夜のクラブならばともかく、真っ昼間の校内だ。シチュエーションと目のまえの女のギャップに、佐光は欲情するよりも軽い嫌悪感を覚えた。

ふだんであれば、無視を決めこんだかもしれない。だがさきほどの件が尾を引いていて、気分を変えるなにかがほしかった。

「あ、ちょっと」

机のした、ゆきなの太腿《ふともも》に手を滑らせて、スカートをたくしあげる。「きゃ」とわざとらしい声をあげて手を押さえにくるけれど、さして本気で抗《あらが》ってはいない。

「やるだけなら、つきあってやってもいい」

ゆるい抵抗をかいくぐって、下着の端にふれた。うすく頬《ほお》を上気させたゆきなは、うふふと笑う。

「いいよ、そういう遊びでも」

意図のわからない女の腕を摑《つか》み、立ちあがる。べったりとやわらかい身体《からだ》が押しつけられた。さきほどふれた太腿は軽く汗ばんでいて、指さきにねとりとした感触を残している。

これからさきの時間を思わせる粘ついた肌に感じたのは、興奮の熱ではなく、寒々しいむなしさだけだった。

＊　　＊　　＊

池袋の南口からすこし歩いた、住宅街の片隅にある、こぢんまりしたカフェバー『コントラスト』。いささか無愛想だけれども、すばらしく美形の店長がいることと、ゲイが集まることでひそかに有名な店だ。

「いらっしゃい」

「昭生《あきお》さん、おひさしぶりです」

にっこりと微笑みかけた高間に、店長、相馬《そうま》昭生はくわえ煙草でシニカルな笑みを浮かべてみせた。

「ほんとにひさしぶりだな。つまみ、適当でいいか」

「そんなにおなか空《す》いてないから、軽いのお願い。酒はいつものいで」

カウンター席に座り、ほどなくしてすっとグラスが差しだされる。シャンディ・ガフ。ジンジャーエールとビールのカクテルは、あまいくちあたりで喉《のど》を潤す。

「軽めって言ったから、これ」

素朴な風合いの皿に盛られていたのは、白い固まりにスパイスらしきものが振りかけられたものだった。スライスしたトマトが添えられて、赤と白の色味があざやかだ。

「なにこれ？　モッツァレラ？」

「いや、豆腐。オリーブオイルとクレイジーソルトぶっかけた。食ってみろ」

味の想像がつかなくて一瞬ためらう。だがすこし硬めで風味のある豆腐に質のいいフルーティなオリーブオイルとハーブ入りの塩コショウは、案外あっていた。

「食べたことない感じ。意外とうまいね」

微笑むと、昭生はくわえ煙草のままにやりと笑って「レシピ本の真似《まね》」と言った。

昭生も高間もおしゃべりなほうではない。一杯目のグラスを飲み干す間はぽつりぽつりとしか口をきかないけれど、このゆるやかな沈黙が心地よくて、この店に通ってしまう。ときによっては、ひとこともしゃべらないまま軽く飲んで去ることもある。

だがきょうの高間は、なんとなく話したい気分だった。

「最近、小島《こじま》きてる？」

世間話の皮切りに友人の名前を口にすると、昭生はふっと苦笑した。

「あんま見ないな。また荒れてんだろ」

「あー……」

小島邦海《くにみ》は、はなやかな容姿だが気さくで性格もいい男だ。つかず離れずの友人関係を保っている年下の彼とは、五年ほどまえにやはりこの店で知りあった。

昭生とはもうすこしつきあいが長く、八年近くになる。当時はこの店をはじめて間もなかった昭生はすっかりベテランのマスターになり、学生だった小島も就職した。そして高間も、彼らとおなじく環境が変わり――それに連れて、気持ちも変わった。

しかし、その顔ぶれのなかでいちばん若い小島は、いまだ過去の自分にひきずられているらしい。

「あいつも懲《こ》りないっていうか、ね。まだ徳井《とくい》とグダグダやってんだ」

「気のない相手のケツ追いかけまわすなんて、さっさとやめりゃいいもんを」

きれいな顔を剣呑に歪めて昭生が吐き捨てる。高間は無言で苦笑いをした。

小島はこの春、高校時代の同級生である徳井とつきあいだした。だがそこには非常にややこしいいきさつがあり、昭生はその当事者の一員だ。

そもそもノンケだった徳井は物見遊山《ゆさん》でこの『コントラスト』に連れてこられ、昭生の色香にやられてしまった。

あげく、徳井から男のやりかたを教えろと言われ、やけになった小島は、自分とつきあうなら教えてやってもいい、などと、大変に不毛な取引を持ちかけたらしい。

酒のはいった愚痴を聞かされた高間は、なんともばかな真似をしたものだと思った。

それでも、誰かに恋してトチ狂う気持ちがわからないでもないから、好きにすればいいとしか言えなかった。

はたから見たら、どんなにばかげた行動に思えても、気持ちは誰にも変えられない。ただ、自分を傷つけるような行動をとる友人が、すこし哀れなだけだ。

しかし、派手な見た目のわりに一途《いちず》な昭生としては、節操のない徳井が許せないようだ。

「毎回、店にくるたび俺にコナかけてくるような相手とつきあって、いいことあんのか？」

「うーん……まあ、初恋ってトラウマに近いものがあるからね」

ぽつりと言った高間に、昭生は口をつぐむ。かすかな苦みを孕《はら》む沈黙に、高間はそっと微笑んだ。ふたつ年上だというのに、昭生は不器用で口べただ。そしてそれは彼のやさしさを物語っている。

「一般論だよ、昭生さん」

「知ってるよ。俺だって似たようなもんだ」

「成就させたくせに？」

くすくす笑うと、迫力のある目が睨みつけてくる。高間は軽く首をすくめてみせた。

グラスが空《から》になったところで、すぐにおかわりがきた。二杯目はソルティドッグ。これも高間の定番だ。

グラスのふちについた塩をなめながら、ゆっくりとひとくち味わい、高間は空気を変えるべく話題を戻した。

「小島はあれで、一途だからねえ。どっかでしっかり踏ん切りつけて、やさしくて素直な子とつきあえればいいんだけど」

「だな。どんだけ思い出補正してるか知らんけど、どっからどう見ても徳井はあいつのタイプじゃねえし。どころか、見た目も中身もあいつの好みと真逆だろ」

「ほんとにねえ。ちいさくてかわいい子、大好きなのに」

五年もつるんでいると、歴代恋人の顔もそれなりに知っている。小島は一貫して好みがぶれず、相手はどれもこれもきゃしゃで女の子のような美少年ばかり。

「いつまでも不毛なことしてないで、振りきればいいのにね」

高間がため息をつくと、昭生がぽつりと言った。

「俺はてっきり、おまえが小島とつきあうかと思ってたけど」

高間は一瞬ぽかんとしたあとに噴きだし、「ないない」と手を振ってみせた。

「それはないよ。俺、それほどちいさくも、かわいくもないし。小島は年下あまやかすのが好きだしね。同い年の徳井は特例だとしても、ふたつもうえの俺は無理でしょ」

一笑に付すと、昭生は「そんなもんか？」と、すこし残念そうだった。

「そんなもんだよ。いいやつだし居心地はいいけど、そそらない」

昭生は納得いかないようだが、高間も小島もまったくその気はない。もっとはっきり言うと、お互いに性的な興味を抱けないのだ。

（俺の、好みは――）

ちらちらと頭をよぎった金髪に、高間はひっそりおかしくなる。あれこれをすべて吹っ飛ばしたならば、たぶんストレートに『好み』なのは、きょうの昼間、コーヒーをぶちまけてくれたあの彼だろう。

とはいえ小島と同様、彼とどうこうなるのはあり得ないことだ。

「小島はかわいこちゃんとあまったるい恋愛すればいい。荒れるのは似合わないよ」

高間が言うと、昭生は軽く眉を寄せた。もの言いたげな彼を視線でうながすと、ため息をつかれた。

「一栄こそ、むかしは荒れてたくせに、と思ってな」

「むかし話は年寄りがするものじゃないのかな？」

さらりと受け流した高間に、昭生はますます顔をしかめた。冷たそうに見えて情が深い彼に、感謝をこめて微笑みかける。

目をそらし、昭生は深く煙草を吸うと、煙といっしょに言葉を吐きだした。

「……そういう言いかたするってことは、もうだいぶ、吹っ切れたのか？」

「とっくに吹っ切れてるよ、平気」

にこやかに答えたけれど、昭生は疑わしそうに目をすがめる。本当だ、と高間は重ねて言った。

「ちゃんとふつうに、売店のお兄さんやってるよ。まともな仕事って、いいね」

五年前まで、渋谷にあるクラブのアルバイト店員だった高間が現在の職にありつけたのは、昭生の口利《くちき》きがあってこそだ。

この店の常連にはアート関係者も多く、その伝手《つて》を使って、アートグッズや画材を扱う会社の社員になった。『東京アートビジュアルスクール』に配置が決まって以来、高間はずっとあの学校にいる。

人生にもしもはないけれど、ここで昭生に出会わなかったら、いまはどうしていたかと考えることもある。もっときっと心も生活も不安定で、すさんでいたのは間違いない。

「あのとき、仕事、紹介してくれてありがとうね」

高間がしみじみ言うと、照れ屋の彼はぷいと顔を背《そむ》けた。

「べつに俺がなにかしたわけじゃねえし。こっちこそ、学校の情報もらった」

「あはは。たいした情報じゃないけどね。何人かいい先生もいるって話、しただけだし」

昭生の甥《おい》、朗が専門学校に進むと決めたのち、叔父ばかな彼は高間の勤めさきの状況はどうだと何度か問いかけてきた。高間は校内で直接生徒に接し、また画材の取引で講師らとやりとりすることも多いため、噂《うわさ》は耳にはいりやすく、事情もそれなりにわかっている。

「それでも、『帝都《ていと》デザインアカデミー』よりはマシだって教えてもらえただろ。あれは正直、助かった」

昭生が口にしたのは、数年前に閉校になった総合美術専門学校だ。表向きは母体グループの経営難からつぶれたことになっているが、実際には横領事件や講師らの生徒に対するパワハラなどもあったと噂されている。

同じジャンルの『東京アートビジュアルスクール』にも、当然その噂は届いていて、講師などがささやく話は高間の耳にも入ってきていた。

「けっきょくは朗くんの入学まえにつぶれたんだ。さほどお役に立ったとも思えない」

「そりゃ結果論だろ。あの学校が残ってたとしたら、うっかりあっちに入学しちまった可能性だってある」

「まあね、それもそうですけど」

高間は苦笑した。昭生は頑固で、こちらがなにを言おうと持論を引っこめることはしない。不毛な言いあいになるのは経験上知り尽くしているので、肩をすくめて反論はやめた。

実際的に役に立とうと立つまいと、高間が昭生や朗のために情報をくれたこと、その事実は変わらない。彼はそう言いたいのだ。

(不器用なひとだな)

こういうところが昭生はかわいらしい。きつい言葉やしらけた目をしてみせても、乾ききらないなにかがちゃんと残っている。

高間よりよほど、心がやわらかい年上の友人に対して覚えるのは、かすかな羨望だ。石のようにかたくなってしまった自分の中身が、哀しくも思う。だがそのおかげで、まだ生きている。

「昭生さんにしてもらったことに較べれば、ほんとに、たいした話じゃないよ」

笑いかけると、昭生は形のうつくしい眉を寄せる。その表情にまた、この日会った青年のことを思いだした。

「そういえばきょう、学校でおもしろい子に会ったよ。たしか一年生」

昭生が、「おもしろいって、どんな」と問うてくる。

話題を変えようとした高間に気づいているだろうに、それを深追いはしない。さすがに彼より大人だな、とおかしくなった。

「ん、なんかね、いまどきめずらしいくらいトゲトゲした子。最近の子って、こっちがびっくりするくらい素直なタイプが多いのにね」

「トゲトゲって……冲村みたいな？」

「冲村くんは、言葉がちょっと荒いだけで中身は素直ないいこでしょ。昭生さん以外にはふつうにしゃべるし」

甥の友人であり、昭生のお気に入りでもある史鶴《しづる》の彼氏の話は、高間も知っている。学校でもたまに見かけたことのある、派手な髪色の彼と昭生は、なにかとけんつく食らわせあっている。だが高間からすると似たもの同士で反発しているとしか思えない。いずれも、自分の気持ちに素直なだけなのだ。

自分の感情をうまく表現できない、もどかしさと焦燥。嘘《うそ》もつけず、言葉を探すうちに険しい目になってしまう。そういう不器用さは、高間にとって好ましい。

本音を微笑みで押し隠すことになれてしまった自分には、正直な彼らの性質は美点にしか映らない。

けれど、昭生や冲村よりももうすこし、佐光は複雑そうだ。そこが気になっていた。

「彼、佐光くんは、もっとなんていうか、……わかりやすくすさんでる」

「わかりやすくって？」

「禁煙の場所でこれ見よがしに煙草吸ってた。注意したら睨むんだよね」

「ただのクソガキじゃねえかよ」

「んー、それとはちょっと違うんだけど……」

高間のような地味な大人に注意されたことが、なんだか意外なようだった。煙草をとりあげたとたん、びっくりしたように目を見開いていた、そのときだけは年相応に思えた。

そう告げると、昭生は「ふうん」と煙を吐きだし、自分の指に挟んだ煙草を眺めた。

「煙草ね。ガキのいきがりだろうけど、これみよがしにってのが、いかにもだな。一年ってことはまだ十八かそこらだろ」

「あ、ううん。佐光くんは二十一歳。だから喫煙自体は違法じゃないんだけどね」

さらりと言った高間に、怪訝《けげん》そうに昭生が問いかけてくる。

「売店の店員が、なんで学生の名前だの歳《とし》まで知ってんだ？」

「うちの売店、学生証提示すると割引きくんだよ。免許みたいに生年月日も書いてある」

「ん？　おまえの担当売り場、校内だよな。学生しかいないのに、学生証提示させんのか？」

「じつは学校と特別契約してるから、近辺にある画材ショップより一、二割、安いんだ。それ目当てで校外の子が買いにきたこともあってね」

「なるほど、予防策か」

納得だとうなずく昭生はそれ以上の疑問を持たなかったらしい。

高間は本当は、もうすこしだけ彼を知っている。煙草を吸う姿を見かけたのも、きょうがはじめてというわけではない。

春をすぎてから何度か、あの場所で佐光を見かけた。ぎすぎすしたものの漂う、荒れた気配がひどくなつかしく、目が離せなかった。

講師たちとの世間話で、浪人していたことも知っている。課題は提出すればオールA、しかしながらまったくやる気がないのは、おそらく目指した美大を落ちたせいだろう。

——たぶん、仮面浪人だと思うんですけどね。

卒業まで保《も》たないことがわかっている相手に指導するのはなかなかせつないと、顔見知りの講師は苦笑いをしていた。

「尖ってる時間って、もったいないと思うんだけどねえ。いつか彼も、それがわかればいいんだけど……」

目を伏せてつぶやくと、昭生がふたたび「ふうん」と言った。なんだか含みがある声に、高間は目をしばたたかせる。

「なんだよ、昭生さん」

「いや。おまえがそこまで他人に興味持ってるのが、めずらしいと思って。……ずっと、そういうのはなかっただろ」

「ああ、そうだね」

指摘されて気づいたような顔をして見せたが、本当は自覚もあった。じっと見つめてくる昭生相手にごまかすのもばかばかしく、高間は素直に口を割る。

「ちょっと、思いだすんだよ。むかしのこと。だから妙に、気になってしまうんだろうね」

佐光のギラギラした目つきや青臭い攻撃性を持てあましている気配。高間にとってはひどくなつかしい、誰かのことを佐光は思い起こさせる。

「……あいつに、ちょっと似てるかな」

「あいつって、廉《れん》か」

つぶやいた言葉を聞きとがめ、顔をしかめた昭生は「どういうところが？」とうながした。

「一歩間違えると、とても危ないことになりそうな空気がある。だから、ほっとけばいいと思うのに、心配になるんだよ」

若さゆえの衝動というのは、自分を破壊させかねない。ほんの一瞬の判断、ほんのすこしの気のゆるみや傲《おご》り、そうしたものが、あっという間に若い心を蝕《むしば》み、呑みこむ。

八年まえ、高間の手からすり抜けていったものに思いを馳せていると、昭生が気遣わしげに眉をひそめた。

「そんなのと関わって、おまえ、だいじょうぶか」

「うん、平気。関わるって言ったって、しゃべったのはきょうがはじめて。それも、ここで煙草吸うのよしなさいって言っただけだし。売店のお兄さんと学生さん。それだけだよ」

それ以上はなにもないと答えた高間を、昭生は疑わしそうに見つめてくる。高間はまた笑った。

「本当に心配しないで。よけいなことするつもりもないし、トラブルもごめんだ。ふつうに働いて、いい給料とは言えないけど、ちゃんと稼いで暮らすのって、とてもいいよ」

「一栄……」

同情はいらない、と高間はかぶりを振った。昭生はますます顔をしかめる。

「ほんとにいま、平和だなと思うよ。毎日、なにごともなくて。こういう穏やかなのって、俺にはあってたんだなって噛みしめてる。ずっと、これが続くといいなって」

「おまえ、幸せか？」

不意に問いかけられ、高間はしばらく沈黙した。「さあ、どうだろう」とひっそりつぶやく。

「幸せって実感できたことないから、よくわからない。特別不幸だと思ったこともないけど」

「……その状況がすでに不幸だろ」

「なのかな？　でもわからないんだから、いいんじゃないかな」

高間は微笑んでいるのに、なぜか昭生のほうが哀しげな顔をした。

八年まえに起きたあのこととの直後、最悪の状態だった高間を彼は知っている。というより、あのことがなければ、彼の店に――いままで自分の街だった渋谷から離れ、池袋にあるここに訪れることもなかった。

「昭生さん、そんな顔しないで。小島みたいに荒れたりしてないんだし」

「俺には、小島よりおまえのほうがよっぽど心配だ。あいつはアホだけどタフだから」

「俺だって、そんなに弱くはないんだけどな」

口元を笑わせたまま困った顔をしてみせると、昭生はぽつりと言った。

「強いから、心配なんだろ」

「ありがとう」

「礼を言われるようなことじゃねえよ」

気分を害したような声で、昭生は言った。立て続けに煙を吹かす彼の心配がありがたくて
「でも、ありがとう」と高間はもう一度告げる。

「昭生さんこそ、吸い過ぎ注意だよ」

「よけいな世話だよ。どこもここも禁煙禁煙うるせえんだ、自分の店でくらい吸わせろ」

「うん、でもさ。伊勢《いせ》さんも心配してたし」

ちくりと刺すために口にした男の名は、見事に効いたらしい。いきなり噎《む》せた昭生に、高間はにっこりと微笑む。

「……伊勢がなんだって言うんだよ。つうか、いつしゃべったんだよ」

「やだなあ、俺、伊勢さんとも、ともだちだよ？　ともだちと話しちゃ、いけない？」

ふふふ、と思わせぶりに笑って、どんな会話をしたかについては口をつぐむ。うろんな目つきで睨まれても、高間はなにも答えない。

幸福というものを追い求める気を失ってから八年――いや、それ以前からもう、とうに、高間はいろんなものをあきらめている。

それでも生きているし、平和だ。つらくない。誰かを想って身を焦がすこともない。

ただ、長年心配し続けた友人の恋が、考え得る限りおそらく最大にいいかたちで実を結んだことを喜ばしく思う。

「幸せか、なんて訊《き》くくらいには自分が幸せなんだから、それ満喫しなよ、昭生さん」

「よけいな世話だよ！」

きつい声で怒鳴る彼の耳が赤くて、高間は声をあげて笑った。

＊　＊　＊

深夜になって、佐光は自宅への道を歩いていた。

あれからゆきなに誘われるまま渋谷のクラブで酒を飲み、奥にあるヤリ部屋で彼女と寝たけれど、すこしもすっきりしなかった。

しかも、いたずらに体力を消耗したせいで身体が重いし股間が微妙にひりつく。なまぐさい、そのくせ乾ききったセックスは味気なく、自慰と大差のない解放感しかなかった。

「あのスキモノ……」

舌打ちせんばかりの勢いで吐きだすのは、もっともっとと求めてくるゆきなに辟易《へきえき》したせいだ。もともとやけくそまじりで誘いに乗った佐光は、途中から中折れしないように必死になる羽目になった。それでもどうにか三回ほどつきあいきって、終電がなくなると振りきったけれど、あのままいればひからびるまで搾《しぼ》り取られただろう。

酒も遊びも、女も、最初に覚えたころほど刺激的ではなくなっている。というより、自分の世界観を構築できる絵を描く以上の興奮は、一度も覚えたことがない。

くだらない遊びで逃避している時間があれば、もっとすることがあったのではないかというやな後悔が喉を締めつけていた。

のろのろと歩くうちに、家の近くのコンビニが見えてきた。二十四時間営業の明かりには、妙な吸引力がある。佐光は用事もないのに、ふらりとそこへ立ち寄った。

どこの店でも大差のない品揃《しなぞろ》えを冷やかしつつ、煙草の補充でもするかと思ったところで、背後から声をかけられた。

「正廣！　ひさしぶりじゃん、元気？」

振り返ると、そこには近所の幼馴染《おさなな じ》みである敦弥《あつや》がいた。

(うえ、最悪)

会いたくないやつに、こんな気分のときに遭遇するとは運がない。

敦弥はこちらを勝手に友人だと思っているようだが、正直、ひどく苦手な相手だ。できれば口もききたくなくて無表情に一瞥《いちべつ》するけれど、敦弥はかまう様子もなく話しかけてくる。

「遅いんだな、いま帰り？」

さして仲がいいわけでもない顔なじみに対するには、奇妙なほどのハイテンションとあかるさだ。

目をそらし、佐光はべつのコーナーへと移動した。無視されたことに気づいているのかいないのか、敦弥はうしろからついてくる。空気の読めなさと押しつけがましさが彼の全身からにじんでいて、辟易した。

「なんか酒くさいな。飲んできたのか？」

「てめーに関係ねえだろ」

口をきくまいと思っていたけれど、我慢できずに佐光は吐き捨てた。

「幼馴染みじゃん、関係ないとか言うなよ」

「事実だろ。さわんな」

なれなれしく肩をたたかれ、ふれられるのが気持ち悪くて身をよじる。あからさまな拒否にも、敦弥はやはり笑っていて、それが不愉快だった。

敦弥は佐光とふたつ違いの十九歳だが、表情や言葉遣いの幼さも相まって、まだ中学生くらいにも見える。小柄な彼が長身の佐光と並ぶと、よけいにその差は浮きあがった。

だが、見た目のとおり無邪気なわけでもない。年相応のずるさや計算は目ににじんでいる。そのくせ子どもっぽい顔をわざと作るから、バランスが悪くて違和感があるのだ。

（相手するだけ、無駄だ）

無視しようとつとめてコンビニ内をあちこち歩きまわるが、ぴったりとついてくる。しかも微妙にパーソナルスペースを侵害する距離だ。つきあっている女ならともかく、友人ですらここまで身体を近づけることなどめったにない。ましてきらいな相手に近寄られたいわけがない。

「近《ちけ》ぇよ、ついてくんな」

レジ近くで声を荒らげると、アルバイトらしい店員がちらりと佐光を見た。おそらく、脅しつけているのはこちらだと誤解しているのだろう。

その視線を充分わかったうえで、敦弥は邪気のない声を、あえて大きく発した。

「なんか正廣、荒れてんなあ。怖いよ。やっぱあれなの？　浪人してるから？」

表面上どれだけかわいこぶっても、ちらりと目の奥に光る意地の悪さに気づけないほどばかではない。案の定、店員は軽く小ばかにしたような笑みを浮かべた。

（ほんとにこいつ、変わってねえ。わざと聞かせやがった）

たっぷりと第三者の目をひきつけたうえで、こうして佐光が言われたくないことを言ってのける。いかにも敦弥らしいやり口に胃の奥が煮えた。けんかを売られて、さすがに黙ってはいられなくなる。

「なにが言いてえんだよ」

「専門学校はいったとたんに遊び歩いて、おじさんたち心配してるぞ」

わざとらしく、めっ、と顔をしかめてみせる寒い態度にも、説教臭い言葉にもうんざりだ。二十センチ近い頭上から、じろりと佐光は睨《ね》めつけた。

「っつか、てめえはどうなんだよ」

「俺？　なにが……」

きょとんとしてみせる敦弥の表情が、わざとらしくていらついた。本人が思うほど無邪気であかるいさまは装えておらず、どこか卑屈なものを感じさせる。

（まじきもい、こいつ）

ため息をつき、物色していた商品を棚に戻した佐光は、そのままきびすを返した。長い足でさっさと店をでていくと「あ、待てよ」と敦弥が追いかけてくる。

背後から、やる気のない店員の「あざーしたー」という声が聞こえた。

「なあなあ、俺がなんなんだよ。なあってば！」

シャツの裾《すそ》を引っぱられ、「うぜえ！」と佐光は振り払った。

「きめえんだよ、いちいちさわるなっつってんだろ！」

「ええー、ただのスキンシップじゃーん」

怖い、と言いたげに首をすくめる、その仕種《しぐさ》のすべてが佐光の癇《かん》に障った。

「ひきこもりは黙ってろよ！」

敦弥は青ざめ、顔をこわばらせた。高校一年から不登校だった彼は、せいぜい近所のコンビニまで、それも夜中にしかいくことができない。

「中学のときにいじめられたかなんか、しらねえけどな。てめえ、あれから何年学校いってねえんだよ。ひとにあれこれえらそうに言うまえに、高校卒業くらいしろ」

子どものころは美少年でとおった幼馴染みだけれど、ここ数年、他人と接触していないせいか、表情をなくすと精気のない顔になっているのがよくわかる。

口元だけが笑いの名残《なごり》を残した表情は、夜道に浮きあがる、不気味な能面のようだ。

沈黙の果てに、さきほどまでのテンションと真逆な声が、能面の口から漏れた。

「……何浪もして、親に迷惑かけた浪人生に言われる筋合いないけどね」

「あ？」

「正廣みたいな、態度悪い不良なんかが美大目指すとか、身の程知らずなんじゃないの？中学も高校も、公立にしかいってない貧乏人のくせに」

ぞっとするほど低い声で毒を吐いた敦弥に、佐光は歪んだ笑みを浮かべる。

「貧乏人、ね」

彼が蔑《さげす》んだ言葉は的はずれだ。佐光の家は貧しいわけではなく、むしろ裕福なほうだろう。公立高校を選んだ理由はそこに有名美大への進学率が高い美術科があったからで、中学時代は絵の勉強に集中したかったからだ。経済的な理由でもなんでもない。

「本性がでたな。そういう性格だからいじめられんだよ」

「ええっ、本性ってなんだよ。俺は心配してるのに」

軽蔑しきった目で見くだすと、敦弥はあわてたように表情をとりつくろった。能面からいきなりアイドル顔負けの笑顔に戻る、その変化の速さには薄気味悪さしか感じない。

「心配？　不良だとか貧乏人とか言ったじゃねえか」

「幼馴染みだから、言いにくいことだってはっきり言ってあげてるだけじゃん」

にっこりと笑う顔は、いかにも邪気がないように見える。だが直前の能面顔を見てしまっていた佐光は、心底いやになっただけだった。

「聞きたくもねえこと、『言ってあげてる』とか言う時点で、うえから目線だろ。中身漏れてんだから、かわいこぶっても気持ちわりいだけだっつの」

「そんな……」

敦弥は眉を寄せ、大きな目をしばたたかせながらわざとらしく肩を振るわせた。見知らぬひとが見れば、いかにも佐光に脅しつけられ、怯《おび》えているような風情だ。けれど、ちらちらと上目遣いでこちらをうかがう卑屈な態度が見た目を裏切っている。

（女子じゃあるまいし、媚《こ》びてもきめえっつうの）

いや、たとえ女だったとしても、ここまで嘘くさいタイプは苦手だ。

そもそも誰かとつながっていたいのなら、自分を振り返り、性格を直すよう努力すればいい。ちょっと気にいらないことがあるとすぐに毒づいて、相手が許すかどうかで距離を測るような真似をするからきらわれるのだ。

佐光も口の悪さではひとのことを言えないけれど、結果を受けとめるくらいはする――そう考えて、自分に対し皮肉に嗤った。

なんのことはない、コミュニケーション障害は佐光も似たようなものだ。ただ敦弥のように、自分が攻撃した相手にまで好かれようなどと思っていないだけの話だ。

(どっちも、どっちだ)

敦弥を一瞥した佐光は、彼の言動すべてをスルーするときめ、自宅へ向かった。あわてたような小走りの足音と、わざとらしい、トーンだけはあかるい声が背中から追ってくる。

「あ、あの。清也《せいや》くんに、コミュのミーティングは二十三時だって言っておいて!」

兄の――清也の名前をだされた瞬間、佐光の機嫌はさらに急降下した。視線に質量があるならば、確実に刺し殺していただろう気迫をこめ、ゆっくりと振り返る。

「なんだ、それ」

「ネトゲだよ。教えてもらって、はまってんだ。イクスプロージョン・オンライン。正廣もやってみる?」

そういうことを聞いているわけではない。内臓が煮えるような怒りに、佐光は奥歯を噛みしめた。

佐光と兄との、どうしようもない軋轢《あつれき》を、近所づきあいの長い敦弥が知らないわけがない。

どういうつもりだと詰め寄ろうかと思ったが、やるだけ無駄だと途中で萎《な》えた。メールですむ用件をわざと伝言し、『なかよしの幼馴染みごっこ』に自分を巻きこもうとするのは、いやがらせ以外のなにものでもない。

すっと表情を消して、佐光はふたたび背を向けた。

「やんねえよ。つうか、自分で勝手にメールしろ、そんなもん」

「あ、そうだねー、そうする」

あっけらかんとしたひとことに、むかむかするものを感じて佐光はちいさく舌打ちした。

(なんなんだ、あいつは)

これだから敦弥はいやなのだ。怒鳴ってくるなり毒づいてくるならまだしもましで、確実に佐光のいやがるポイントを突いてくる。

ときどき、めちゃくちゃになるまで殴ってやりたいとすら思うけれど、手をだしたら最後、徹底的にこちらが悪者にされる。ましてや法的に成人してしまったいまは、一発どころか恫《どう》喝《かつ》だけで警察沙汰《ざた》だ。黙って無視する以外にないのがたまらなかった。

「またね、ばいばーい」

小学生のような声で別れを告げた彼の足音が遠ざかって、ようやく息をついた。

「ほんと、変わってねえ……」

幼いころ、敦弥は顔のかわいらしさで評判の子どもだった。平均的な少年よりも小柄な彼を大人たちが褒めそやしたせいで、集団生活には向かない傲慢さと要領のよさを身につけた。嘘をつき、相手によって言うことを変え、失敗は誰かのせいにする。

大人は嘘泣きにだまされたけれど、同世代の子どもたちは敦弥のずるさを見破った。幼稚園から小学校低学年まで、かわいい顔で暴君だった敦弥は、四年生になるころには次第に体格で勝るクラスメイトたちから無視されるようになった。

佐光も当然、顔だけは整っていても性格の悪い幼馴染みのことがきらいだった。けれど、共同体のなかの力関係がもたらす陰湿さのほうがもっと大きらいだったし、生まれたときからの近所づきあいである敦弥に、すこしは同情もしていた。だが佐光とて敦弥のわがままに振りまわされた口だ。自分を省みず、仲間はずれにする周囲に対しての逆恨みか愚痴しか言わない敦弥にうんざりして、卒業をきっかけに遠ざけた。

敦弥を見放した理由のひとつには、体格のいい佐光の存在を彼が利用していたからだ。

——正廣くんがいてくれると、ぼく安心だから。

——正廣くん、絵が上手なんだよ。ぼくもお絵かき好きだから、いっしょに遊んでもらうと楽しいの。

そんなひとことのおかげで、佐光は学年も違うというのに、担任や親から面倒を見るように言われて、長いこと閉口していた。小学生のコミュニティにおいて、年上の幼馴染みがいる事実は、大きな力となる。

佐光が小学校を卒業するまでは、本人が望むと望むまいと、敦弥に対する周囲への牽制《けんせい》になっていたらしいが、うしろだてをなくしたとたんに、単なる無視からいじめへと発展したそうだ。

中学でも頼られることを見越して、佐光はわざと公立の中学に進学した。

子どもにあまいわりに学歴にうるさい敦弥の家庭では、間違いなく地元で評判の、中高エスカレーター式の有名私立中学にたたきこむだろうと言われていたからだ。

また、そのころすでに佐光は美大を目指したいと考えていたため、学習塾よりも画塾に通える環境を確保したかった。

敦弥は画塾にもついてきたがったが、せいぜい漫画の絵を模写するくらいしかできない彼は、中学から美大受験を目指す本格的な空間になじめず、早々にやめた。

結果として、佐光との交流はほとんどなくなり、敦弥は小中学時代、いじめ倒された。

高校にあがるころになっても友人のひとりもできず、コミュニケーション障害がひどくなったため不登校になり、現在までひきこもり生活、というわけだ。

「ろくでもねえ」

吐き捨ててみたものの、宙ぶらりんな自分に返ってくる言葉だった。

佐光と敦弥のいずれにしたところで、本当に、ろくでもない。

のろのろとした足取りで家にたどりつき、玄関をくぐったところで、たたきつけるようなドアの音がした。佐光が閉めたそれではなく、二階の、兄の自室のほうからだ。

舌打ちして靴を脱いでいると、玄関から続く廊下の奥、居間のほうからもそもそと、母がなにか言っている。

「なに。聞こえねえよ」

「……夜中なんだから、静かにしてちょうだい」

俺じゃねえだろ、と言いたかったが口にするだけ無駄だ。ため息をついて、佐光は二階への階段を二段飛ばしで駆けあがった。自室のまえまできたところで、静まりかえっている隣の部屋をじろりと睨み、一度だけ軽くノックする。

「……なに」

「ドア、うるせえってよ」

ぼそりと言ったところ「うるさいのはそっちだろ」という剣呑な声が返ってきた。ドアごしのいやみを、佐光は鼻で笑う。

兄は高学歴で、いい大学を出た会社員だ。しかし佐光とは徹底的に気が合わないし、会話にもならない。一応社会生活は営んでいるが、基本的には部屋にひきこもってパソコンをいじり、ネットゲームをして、家族とろくに話もしようとしない。

「言いたいことあるなら、顔くらいだせっつの」

声量をあげて皮肉ると、唐突にドアが開いた。ぶつかりそうになって飛びのくと、佐光より体重は十キロ以上軽く、身長も十センチほど低い兄が睨みあげてくる。

細身の身体につりあう細面《ほそおもて》の顔だちは、陰気な表情さえ浮かべていなければ整っている部類にはいるだろう。だが敦弥とおなじく、性質の悪さが彼の顔を歪めている。

うんざりしながら、佐光はただ睨むばかりの兄を見おろす。

「なんだよ、言えよ」

顎をしゃくってうながすと、清也はうつむいてぼそぼそと言った。

「おまえ、毎晩毎晩、遅くに帰ってくるのやめてくれよ。いらつくんだよ」

「なにがだよ」

「足音。ばたばたさせるのやめろ、うるさい」

「さきにドアで音たてたの、そっちだろが。言えた義理かよ」

一触即発の気配に頬の筋肉がこわばり、全身の肌がひりつく。敦弥との会話で神経が波立っていた佐光は、いっそ殴り飛ばせばすっきりするだろうかと一歩足を踏みだす。

怯えたように兄は顎をひき、さらにぼそぼそした声で言った。

「……くさい」

「あ？」

「酒くさい。それに、女くさい。本当に下半身がだらしないやつだな」

言うだけ言って、またまえぶれもなくドアは閉じる。すこし以前、同じ話題で揉《も》めたときに佐光が襟首を摑んで持ちあげて以来、兄は二分以上の会話をしようとしない。

現在、佐光の家では佐光自身がもっとも体格がいい。以前は殴る蹴《け》るの暴力をしてきた兄だったけれど、一度殴り返したあとからは、怯えるようになっていた。

当然、直接顔をあわせることもほとんどなく、佐光の帰宅と同時に部屋に閉じこもるようになり、家族の間はどんどん気まずくなっている。

閉じたドアの向こうから、ゲームのものらしい音楽と、効果音の入りまじったものが聞こえてきた。壁ごしとはいえ、電子音のほうがよほど耳障りだと佐光は思う。

「ネトゲ廃人が、説教たれんなっつの」

吐き捨てた言葉は聞こえなかったのだろう。いらいらと、佐光は自室にはいる。ドアをわざと乱暴に閉めると、隣の部屋からまた「うるさい！」という声があがったが、知ったことかと顔を歪めた。

「うるせえのはどっちだ」

ぼやいた直後には、同じレベルで無駄な騒音をたてた自分の行為にげんなりした。

自分のまわりには、こういうろくでもないやつしかいないのか。それとも自分がろくでなしだから、こういう連中としか関われないのか。

(なにがどこで、どう狂ったんだ)

自分も兄も、敦弥も。幼いころには、もうすこしましな人間だったと思うのに、いまでは誰も彼もが人生に負けたような顔をしている。

全能感あふれる幼児期をすぎると、つまずきをきっかけにして、あっという間に歯車は狂っていく。

受験に失敗した。いじめにあった。そして兄については、出生の秘密を知った。

(兄貴が、いちばん重てえか)

皮肉に嗤って、佐光はベッドに転がる。

じつのところ清也と佐光は本当の兄弟ではなく、遠い親戚の関係だ。父のいとこの息子だとか聞いた覚えがある。

詳しくは知らないけれど、結婚してから数年、佐光の母親の不妊治療がなかなかうまくいかなかった時期があったらしい。そして同時期、くだんの親戚が事故で父母ともに急逝したため、まだ赤ん坊だった清也は望まれてひき取られてきた。

佐光が生まれたのは、その四年後だ。実子をあきらめていた両親は、むろん誕生を喜んではくれたが、佐光が知る限り、清也に対しては我が子として、長男として、厳しくあたたかい愛情を注いでいた。

物心つくまでは、佐光の家は比較的平和だった。理知的でおとなしい兄と、すこしやんちゃな弟。兄弟仲も、けっして悪くはなかったと思う。

だが、清也が中学生になったころ、出生の秘密を知ってしまったことで、家族のバランスが崩れた。

どこで聞き及んだのか、清也はけっして言わなかった。だが、佐光の両親は結婚後からこの街に住んでいる。くちさがない大人たちの噂話でも耳にしたのだろう。

真っ青な顔で、戸籍謄本の写しを握った清也のことはいまだに記憶に残っている。

――ぼくは、本当の子どもじゃないんだね？

中学の制服を着た兄は、そう言って台所の入口に立ちつくしていた。父も母も息を呑み、突然の爆弾を落とした清也をじっと見つめていた。

その日の夕飯はハンバーグで、九歳だった佐光はケチャップとソース、肉汁をまぜた母特製のソースをかけようとしていた。わけがわからず両親と兄を何度も見比べながら、そっとソースのはいった器を置いた。

どんどん冷めていくハンバーグをまえに、誰も口をきけなかった。兄はびりびりと戸籍謄本を破り捨て、無言のまま部屋に閉じこもり、三日間でてこなかった。

それから、清也はすさんだ。といっても、あからさまに非行に走ったりということはせず、表面上はずっと優等生のままだった。

鬱屈した兄のはけ口は、いままで次男であったはずの――本来は佐光家の長男である、佐光に向かった。兄よりもいい成績を取るといやみを言われたり、親に隠れて殴る蹴るなどのいじめを受けるようになったのだ。

最初のうちこそ泣かされていたが、成長の早かった佐光は、小学校の高学年になると高校生の兄とも体格的に渡り合えるようになり、暴力でのいやがらせは激減した。

そして兄弟の不仲が決定的になったのは佐光が中学一年、清也が高校二年のときだ。

清也の高校の同級生である女の子が、突然、家を訪ねてきた。

——約束してないけど、きちゃったの。お兄さん帰ってくるまで、待ってもいい？

勝手に追い返すわけにもいかず、無愛想に佐光は彼女を家にいれた。

当時、兄と佐光はもはや口もきかない状態になっていたが、何度か家にも連れてきて、顔をあわせたこともあるその子が清也の彼女だろうことは知っていた。

そして、こちらを見かけるたび媚びた目をする彼女が、きらいだった。

（あれは、いやな女だった）

はじめて挨拶《あいさつ》をした際、興味津々の顔で「弟？」と訊《たず》ねた彼女に清也はうなずいただけだった。その後もおそらく細かい話などせずにいただろう。だから彼女は、兄よりも背の高い佐光が、まさかたった十三だとは知らなかったに違いない。

部屋でうとうとしていた佐光が、妙な気配を感じて目を覚ますと、勝手に部屋にはいってきた彼女がいた。なにがなんだかと思っているうちに、彼女は思わせぶりに笑いながらシャツのボタンをはずしはじめ、ぎょっとした。

――ほんとはね、清也くんいないの知ってるんだ。きょう、生徒会で遅くて。

――最近あんまりかまってくれないし、あっちもつまんないの。

――ね、ちょっと遊ばない？

勝手にしゃべる彼女の言う意味が半分もわからずパニックになっているうちに、のしかかられてキスをされた。手を取られ、ブラの見える胸元に押しつけられて、いったいなんなのかと思っていたところで、兄と母が帰宅した。

最悪だったのはそこからだ。あせった顔をした彼女は、あろうことかそこで悲鳴をあげた。

――ひどい、こんなことするなんて！

浮気をしようとしたことをごまかすための、卑怯な女の演技だったのだと、二十歳も超えたいまならわかる。だがそのときの佐光はただ、わけもわからず茫然《ぼうぜん》としたまま、母の叱責と兄の拳《こぶし》にさらされるだけだった。

そこからはさらなる修羅場だ。すべてを父に報告され、いくら彼女が積極的に迫ってきたのだとしても、男である佐光の言い訳を頭の固い父は聞かなかった。

――まだ子どものくせに、なんてことを。

実際には、わけもわからずのしかかられ、茫然としていただけだったのに、いつの間にか兄の彼女を襲った最低な次男、というレッテルを貼られてしまった。

兄からは彼女を奪ったと恨まれ、両親からは素行を危ぶまれ、ただでさえ兄が実子でないことで危うくなっていた家族の絆《きずな》は、完全に崩壊してしまった。

気まずくなっていくなかで、佐光はさらに絵にのめりこんだ。モラルやセオリーを無視した画家やアーティストの生きざまにも魅《み》せられ、髪を染めだしたのはそのころからだ。

どうせ不良と思われているならかまうまいと、破天荒な仲間にくわわり遊びもした。童貞を捨てたのは、その事件から一年も経たないうちのことだった。摘《つ》みそこねた果実——しかも望んですらいなかったもののために、最低の仕打ちを受けたのが納得いかず、遊び仲間のひとりに紹介してもらった女の子と寝た。

けれども絵については真剣に打ちこんでいたし、少なくとも、学校も画塾もサボったことは一度もなかった。兄の彼女の件以来、目に見えるかたちですさんだ佐光がまじめに絵を習っていることで両親たちは安心してもいたらしい。

なんのことはない、家族も誰も信用できず、佐光にはそれしかなかったのだ。

大学に合格したら、家を出てもいいと言われていた。上野にある芸大《げいだい》はともかく、美術系大学は都下とはいえ僻地《へきち》にあるものが多い。そちらに合格したら通うのに二時間以上かかることを理由にあげれば、親も強くは反対しなかった。

ひとり暮らしを手に入れたいというのも、受験に必死になっている理由のひとつだった。息苦しい家から逃れ、プレッシャーのない生活を送りたかった。

そして、だめな弟とレッテルを貼られた自分が、なにかを証明するためのきっかけにしたかったのに——結果は三度の敗退。

どれもこれも、不運としか言いようがないアクシデントのせいだけに、やりきれない。

たぶん、世間一般の大人から見れば、受験の失敗などたいしたことではないのだろう。事実、父や母も不合格となったこと自体について、責めてはこなかった。

ただ、これ以上はもう佐光の心が保《も》たない。何度も重なった失敗、同級生たちとの間に開いたどうしようもない距離と差。

そういうすべてが、自身の存在を否定しているかのように感じられて、つらい。

「くだらね……」

本当に、くだらない。家も、なにもかも。はやくひとりになりたい。ひとりになって物思いを捨てて、ただ絵だけを描く生活にひたりたい。受験のための絵ではなく佐光のためだけの絵を描いて、自分の世界を取り戻したい。

隣の部屋にいる、悪意と敵意を剝《む》きだしにした男のいない生活を送りたい。

きつく目をつぶって、開く。現実は、なにも変わらない。

意識を遮断したくて、リモコンを操作し大音量で音楽をかける。ドアのそとで親が怒鳴っている気がしたけれど、無視してふて寝を決めこんだ。

シャワーも浴びずにいたせいか、まだ自分の身体に女のにおいが残っている気がした。気晴らしどころか、混乱した焦りだけがつのっている。

(なにやってんだ、俺)

高校生のころ、もっと自分にはなにかがあるのではないかと思っていた。たとえこの息苦しい家から出ていくための手段とはいえ、ものを作りだすことへの情熱だとか、理想だとか、そういうものがあった気がする。

あがく体力すら残っていないない気がして、うんざりする。こんなふうに無為に終わっていくのが、いやでたまらなかった。

もっとなにかいいものになりたい。けれど方法がわからない。血がじりじりと皮膚のしたで騒いで、焦燥感を消すために煙草をとりだし、口にくわえた。

火をつけようとしたところで、なぜか脳裏をよぎったのは、穏やかにたしなめてきた売店の男の顔だ。不毛な遊びで疲労したせいか、昼間のようにいらだちは覚えなかった。

ただ、寝たばこをしようとしている自分を、あの男ならまたたしなめるのだろうと思った。

他人から、感情的にはならずに叱られたのはずいぶんひさしぶりだった。敵意も怯えもない、ただ穏やかな目を向けられたのも。

——いらいらしてるなら、ニコチンよりカルシウムのほうがいいと思うよ。

おもしろがるような声は、低すぎずなめらかで、どこかあまかった。

「……だから、なんだっつうの」

気分が萎えて、くわえていた煙草を口から離し、握りしめる。手のなかで頼りなく折れるメンソール煙草は、ひんやりと感じられた。

＊　＊　＊

七月にはいり、日に日に陽差《ひざ》しは強くなる。

高間は入荷したばかりの画材がはいった箱をまえに、受け取り票にサインをしたあと、額に浮いた汗を軽く手の甲で拭《ぬぐ》った。

「それじゃ、またよろしくお願いします」

「ありがとうございました」

大汗をかいて走っていく運送業者に挨拶をして、荷物の搬入口でもある、駐車場のロータリーに背を向け、歩きだす。

今月の末には夏休みにはいるせいか、それとも夏という季節のなせる技なのか、学校のなかは、どことなく浮き足だって見えた。

潑剌《はつらつ》とした若さを見せつけるように薄着になった生徒たちは、長期休みの間にでる課題よりも、ひと夏の思い出をどう作るかのほうに熱心な様子で、海だ、山だ、海外だとはしゃいでいる。

「いいねえ、夏休み……」

学校関係者は休みが長いと勘違いされることも多いが、講師は夏期講習や補習そのほかで、盆休みの数日以外休みはない。校内の画材ショップ店員である高間もまた、夏休みにはいったところで、その講習の生徒たち相手にお仕事だ。

とはいえ、さすがに平時ほどの売りあげはないためシフトは午前のみ、午後からは新宿にある画材ショップの本店に出勤することになる。

学生時代のような月単位の休みなど、夢のまた夢。とはいえ、このご時世に正社員の仕事があるだけありがたい。なにより、無為で怠惰な時間をすごすことにはとうの昔に倦《う》んだ。

段ボールを抱え直し、「よいしょ」と年寄りくさい声を発する。戸外ですこし動くだけで、どっと汗がふきでてくるが、労働の汗だと思えばむしろ嬉しくなった。

高間は働くのが好きだ。残念ながら筋肉隆々というタイプでもなく、さほど体力もないため、運送業や工事現場では役に立たないけれど、単純な肉体労働は実際的でわかりやすい。

荷物を抱えたまま、ロータリーから売店のある校舎へ向かう。中庭の見える回廊をわたる途中で、高間はふと、視界の端に映った、鈍い金色に気をひかれた。

（あれ、また）

中庭の植え込みに腰かけ、クロッキーをしながら煙草を吸っているのは、佐光だった。

この日は多少涼しく、風も吹いてはいるが、それでもじんわりと汗ばむような陽気だ。こめかみに汗を浮かせながら一心に鉛筆を動かす姿はストイックにも見える。

アバンギャルドなプリントのブラックTシャツにブラックジーンズという飾り気《け》のない服装。アクセサリー類はない。だが、金色の髪だけで充分に彼ははなやかだった。

じゃまをするのも悪いかと思ったけれど、くわえ煙草の灰が落ちそうになっているのを見つけてしまっては、黙っていられなかった。

「そこも禁煙だよ」

近づいて声をかけると、はっと彼は息を呑んだ。とたん、煙草の灰がぽろりと落下し「うわっ」と声をあげて佐光は灰を払う。

「ああ、危ない。火傷《やけど》しなかった？」

佐光は舌打ちして睨んでくる。あからさまな反抗を向けられ、思わず笑った。

「またあんたか」

「高間です。でね、ここ、禁煙」

一応名乗ったあとに重ねて注意すると、むくれた声が返ってきた。

「……外だろ」

「ここ千代田区だから。路上禁煙条例と環境美化・浄化推進モデル地区に引っかかってる」

高間は荷物を一度おろして佐光に近づき、憮然《ぶぜん》としている彼を見おろした。おそらく自分よりも十センチは背が高いだろうけれど、座っていればさほど威圧感もない。

「まさか知らないとは言わないよね。学校自体も当然それを奨励してるし、指定の喫煙所以外は全面禁止。罰金も罰則もある。そして中庭は公共の場。あとはわかるよね？」

不愉快そうに口を歪めた彼が、足下《あしもと》に置いていた缶を手にしたところで、高間はポケットをさぐりながら、先んじるように言った。

「吸い殻、缶にいれるのはやめようね。これ使って。あげるから」

ぐっとつまった彼に差しだしたのは、ストラップつきの携帯灰皿だ。

「なんでそんなの持ってんだよ」

「煙草買ったときにもらっただけだよ」

「あんたも吸うのか」

「しかるべき場所で、マナーを守って喫煙してる」

にっこりと微笑んだところ、佐光はひったくるようにして携帯灰皿を奪い、吸い殻をそのなかに押しこめた。

「先生でもねえくせに、いちいちそうやって口だすのか」

「大人として、違反行為を見かけたら注意しなきゃいけないでしょう」

「へたなヤツにそういう親切の押し売りしてっと、殴られんぞ」

脅すような声に、高間はふっと笑った。

「それはコワイなぁ」

「――ばかにしてんのか？」

拳を固めた佐光がクロッキー帳を払いのけて立ちあがり、高間に摑《つか》みかかる。

予想どおり、見あげるほどの長身だ。高間の襟首を摑んだ腕には健康そうな筋肉がついていた。おそらくこの見た目と態度だけで圧倒される人間も多いだろう。

けれど、佐光の拳はきれいだ。擦過傷のあともなければ、骨がつぶれた様子もない。むきだした歯や、ぎらついた目にも汚れや濁りはなく、肌も健康で若々しい。ふっと笑って、高間は静かに佐光を見据えた。

「やめておいたほうがいいよ。ひとを殴ったことなんて、ないだろう」

「なん……」

じっと見つめたさき、虚を突かれたような顔になった佐光の手をとり、なめらかな手の甲を撫でた。大きいけれど繊細な手だ。

地面に落ちて開きっぱなしになっていたクロッキー帳のなかには、細密な中庭のスケッチがあった。

（……すごいな）

一瞬で目を惹《ひ》かれ、高間は息を呑んだ。

鉛筆で描かれたとは思えない、ひかりの粒子さえ見逃すまいとするかのような、繊細な絵。

こんなものを描く彼が、見た目のとおり乱雑な精神を持っているとは思えない。

高間自身にはまったく絵心はないけれど、専門学校で画材を売る仕事をしていれば、多少の目はきくようになる。

すくなくとも佐光は、この学校の生徒たちのレベルから見ても、デッサン力もなにもかもが卓越しきっている。そして、だからこそ荒れているのだと瞬時に理解できた。

いるべき場所にいられないフラストレーション。はけ口の見つからないつらさ。怒りというかたちで発散するしかない鬱屈は、高間にも理解できる。いま目のまえにいる自分を攻撃したくてたまらない、と感じていることも。

(でも、残念ながら隙《すき》だらけ)

高間は自分の襟首を摑んだ手の甲の、ある一点を押さえるように力をこめた。

「いっ!」

佐光が声をあげ、手の力がゆるんだのを見て軽い仕種で振り払うと、驚いたように息を呑んだ。高間は、茫然としている佐光に向けてにっこりと微笑む。

「言っただろ。いらいらしてるなら、煙草じゃなくてカルシウムとったほうがいい」

「またそれか。身長はこれ以上いらねえよ」

どこの健康マニアだと、佐光は吐き捨てる。だが高間は笑みを崩さない。

「ニコチンは鎮静作用だけじゃなく覚醒作用もあるからね。依存になるまえにやめたほうがいいよ。口寂しいなら、これあげる」

ポケットからとりだしたのは、小島がしょっちゅう噛んでいるフリスクだ。

「ともだちが禁煙するときに、これでごまかしたらしいんだよね。俺も勧められて、はまったんだけど。きみも――」

「いきなりうんちくたれんな、きめえよ！」

呆気《あっけ》にとられていた佐光は、怒鳴って肩を小突いてきた。フリスクを落とした高間は軽くよろめきはしたけれど、怯えることもなく「乱暴だな」とくすくす笑う。その反応に、彼はますます不機嫌な顔をした。

高間は屈《かが》みこみ、土のついたクロッキー帳とフリスクを拾う。ミントのケースはポケットに、クロッキー帳は土を払って持ち主へと差しだした。

「よけいなお世話だったかな。じゃましてごめん。もういくよ」

佐光はなにも答えず、受けとろうともしない。しかたなく、高間はさきほど彼が座っていた植え込みのブロックに、それを置いた。きびすを返そうとしたところで、ぶっきらぼうな声が背中にぶつけられる。

「次、いらねえこと言ったら本気で殴る」

相変わらずそっぽを向いたままの佐光の言葉に、高間はおかしくなった。

殴るなんてきみには無理だよ――などと言ったらまた面倒なことになる。

直情で、短絡的。そのくせ、脅しつけた以上の暴力をふるおうとはしない。いきがっていても理性がちゃんと働いている青年のことを、かわいらしく思っているなどとばれたら、きっと彼は激怒するのだろう。

「絵、がんばって」

そのひとことを口にしたとたん、また睨まれた。わかりやすすぎる彼がおかしくて、高間は笑いをかみ殺しながらその場を去った。

＊　＊　＊

夏の陽気で疲れたひとびとの足取りのように、日々はだらだら、のろのろとすぎていく。

七月もなかばにさしかかったある日の夜。ハードなナンバーがかかるクラブの片隅、フロアからは死角になったスペースのソファで、佐光はソファにもたれていた。

踊る気にもなれず、長い足をだらりと投げだし、目をつぶる。鼓膜がおかしくなりそうな大音量は、意識を切り替えればむしろ無音状態に近いものがあった。

唇の端にくわえた煙草をふかしながら、ぼうっと思考に耽《ふけ》る。

この店に連れてきたゆきなは、ドリンクをとってくると言って席を離れている。ずいぶん長く戻ってこないが、友人もかなり多く、常連らしくて、入店してからあちらこちらの顔ぶれに声をかけられていた。いまも誰かと話しこんでいるかなにかだろう。

ここしばらくつるんでいるが、べつに彼女とつきあっているわけではない。たまに寝るけれど、今夜のように連れだって出かけても、ほかの男に腰を抱かれて帰っていくこともある。佐光もまた、適当に引っかけた女と寝ることもあった。

薄っぺらく、意味のない遊び。恋人ではない女、友人ではない顔見知り、一瞬あとには忘れてしまいそうな人間関係。

(なにやってんだかな)

誰かと、まともに話したのはどれくらいまえのことだろう。目を閉じ、濁った意識に沈む。徐々に眠気すら覚えてきた佐光は、ふっとなめらかな声を耳によみがえらせた。

――依存になるまえにやめたほうがいいよ。口寂しいなら、これあげる。

瞬時に顔をしかめ、目を開けた。当然ながら、そこに映るのは薄暗いクラブの一角だ。

(またか……)

メントールのにおいが鼻さきにくすぶるたび、どれほど記憶を振り払っても、高間の穏やかな顔が目のまえをちらつく。

(なんなんだ、あいつは)

あの男に諭されてから覚えているむかつきが、しつこく胸を去っていかない。

高間とはじめて会ってから、一カ月とすこしが経過した。

すこし以前、中庭で喫煙をとがめられて以来、ちょこちょこと高間は佐光の視界にはいってくる。しかも毎度毎度、どこで嗅《か》ぎつけるのだというくらいに、煙草を吸っている場面でばかり出くわすのだ。

——ここも禁煙。

いくら佐光が睨んでも突っぱねても、にこにこと笑って同じ言葉を繰り返す。

講師でもなんでもないくせに素行にあれこれ口をだすあの男は、いったいなんのつもりなのだろう。

そしてなぜ佐光も、毎回ばつの悪い思いを味わわされるのだろうか。

同じことを言われても、たとえば親だとか敦弥が相手なら、さめた気分でスルーできる。

なのに、高間の言葉はどうしてか、心に引っかかって消えない。

（それに、あの手……）

佐光は手をかざし、なんの痕《あと》もない甲をまじまじと眺める。親指のつけ根あたりを軽く圧迫されたとたん、痛みが走って力が抜けた。

長身で目つきが悪い佐光は、不良ぶったりすることこそなかったが、街中や学校で絡まれることも多かった。それなりに腕力にも自信はあったし、あんなきゃしゃそうな男ひとり、簡単に押さえこめるはずだった。

だが結果はどうだ。ほんの一瞬の不快な痛みとともに隙をつかれ、するりと逃げていく高間に、唖然《あぜん》とするばかりだった。

いったい、なにをされたのかわからなかったが、おそらく関節の力が抜けるツボでも知っていたのだろう。しかし高間は、なぜそんなことができたのだろうか。もしかすると、あんなふうでいて、彼は武道の達人だとか、そういうやつなのか。

(だったら、なんだっていうんだ)

おせっかいな大人が生徒指導の教師よろしく、注意してくるだけの話だ。無視していればいいだけなのに、いままで接したことのないタイプだけに調子が狂う。

穏やかで地味そうな容姿を裏切るような、どこかちぐはぐな印象のせいだろうか。なにか、見た目とは違うものが、あの男には潜んでいるような気がしている。

――やめておいたほうがいいよ。ひとを殴ったことなんて、ないだろう。

あの瞬間の高間の視線に肝《きも》が冷えた。なにもかもを見透かすような、まったく心の裡《うち》が見えない目。ぞっとしながら同時に、どこまでの深さを知っているのか、なにがあればそんな目をするのかと、一瞬で好奇心をかき立てられたのは事実だ。

だが、その直後にはいつもの、あの乾いた感情がこみあげて、すべてを閉じた。

(なんも、あるわけねえよ)

かざしていた手を、きつく握る。顔をしかめ、ふたたび目を閉じたところで、あまったるい香水のにおいとともにやわらかなものが肩に押しつけられた。

「どうしたの、正廣。むずかしい顔して」

佐光の背後から現れたゆきなが、ソファごしに肩へと腕をまわしてくる。体温が伝わることすら鬱陶しく、佐光は細い女の腕を振り払った。

「きゃ」

「なんでもねえよ。べたべたするな」

「なによお、せっかく持ってきてあげたのに」

彼女は頬をふくれさせてみせながらグラスをさしだした。ひったくるように受けとると、ゆきながむっと口を尖らせる。

「もう、乱暴だなあ。やさしくしてよ」

「するいわれがねえよ」

佐光は吐き捨てる。ゆきなのあまったれてみせる表情が、敦弥に似て見えた。わざとらしさがにじむ媚びは、ひたすら薄ら寒い。

「冷たぁい。だいたい正廣ってひどいよね、いまだにメルアドしか教えてくれないし」

「携帯は持ってねえっつったろ。連絡はとれんだから、いいだろ」

嘘だった。ナンパしてきた女に教えるアドレスなど、フリーメールのそれで充分だと思っていたし、プライベートのナンバーや住所を教える気にもならない。

(そこまで信用もしてねえのに、セックスはすんのか)

自分の矛盾とだらしなさに、いらいらと手にしたグラスを呷《あお》った。あまめの味と炭酸で割られたそれが、なんの酒かはわからない。わかるほど酒が好きなわけでもないし、経験もない。安酒でひとときの酩酊感を手にいれたあと、襲ってくるのは後悔と宿酔《ふつかよ》いだけだとわかっているのに。

(どうでもいいか)

考えることをやめ、だらだらとすごすうちに、身体すら重たく感じることが増えた。日々削《そ》がれていく気力、見失いかけている目標。いっそもう、このままだめになってもかまわないと、自暴自棄な考えが浮かぶ。

「もっと飲む？　また頼んできてあげるよ」

「そんなに金、ねえよ」

「だいじょぶだよぉ、おごってくれるひといるし。ねっ」

へらへらと笑うゆきなを睥睨《へいげい》する。佐光は親に禁止され、バイトもしていないため、手持ちの金はさほどない。こうして遊び歩けるのは、ゆきなが引っかけた男におごらせ、ついでに佐光のぶんも払わせているからだ。

(ヒモだな、まるで)

このままの生活がずっと続くとしたら、最終的にはそうなるのかもしれない。内側から腐っていくような気持ちがして、やりきれない。だったらいますぐ帰って、デッサンのひとつもやればいいのに、その気力もない自分にぞっとする。

うんざりとため息をつくと、ゆきなが肩をさすってきた。

高間の、きゃしゃに見えてしっかりした手とは違う、やわらかい手。だが鋭く整えた派手なネイルのおかげか、それともべつのなにかのせいか、きらきらした飾りのちりばめられたそれは、ひどくまがまがしいものにも思えた。

びりびりした嫌悪感に、またその手を振り払う。

「さわんなっつってんだろ！」

「あん。なによ、さっきから。いまさらその程度で怒る？」

口を尖らせたゆきなを無視して、そっぽを向く。「もー」とため息をついた彼女は、懲りずに佐光の隣へと腰かけ、にじり寄ってくる。

「ねえ正廣、最近、描けないって言ってたよね」

「だから、なんだよ」

鬱々と考えていたことを口にされ、佐光は噛みつくように言った。ゆきなは「怒らないでよ」とへらへら笑う。

腿に手を置かれ、またいらっとした。だがもはや拒むのすら面倒になっていると、ねっとりした声を耳に吹きこまれる。

「あたし、いいものもってるんだ。なんかお酒もつまんなさそうだし、教えてあげる」

その声に、どうしてか背筋が冷たくなった。だが顔にだすのも業腹で、佐光は目をあわせないまま「いいものって、なんだよ」とかすれた声で問う。

「……これ、スランプにいいんじゃない？」

ゆきながそう言ってさしだしたのは、かわいらしいプラスチックのピルケースだった。中身は、ミントタブレットに似た錠剤が小分けになってはいっている。ぴくりと、目のしたの筋肉がこわばった。

「おまえ、これ」

「舌の奥に置いて、しばらく待つといいよ。あ、だいじょぶ、変なものじゃないし」

じゃあどんなものだ、と佐光は問えなかった。

(クスリか)

いままでもこうした場で、紙に巻いた、煙草によく似たものを勧められたことはある。本物だったのかどうかはわからない。そのときの佐光は酒をすごして、そんなものがなくても酩酊状態だったし、なんら体調も感覚も変化はなかった。

たぶん悪ふざけかはったりで、外国産の煙草をそれらしく言って吸わされたのだと見当はついている。

直感で思った。いまゆきなが勧めてきたタブレットは、あれとはわけが違う。

「サービスで、一個、ただでわけてあげる。そんで、奥にいこう？」

顎で示されたのは、個室だ。「すごく、いいよ」とささやく声が遠い。べったりと身体を押しつけてくる女の感触すら、いまの佐光にはわからなかった。

心臓が痛いほど高鳴った。とんでもないことに巻きこまれたことに対しての驚愕《きょうがく》と不安、それから自暴自棄のまじった、ほんのすこしの期待。

断るという言葉がなぜか、喉からでてこなくなる。そして首のうしろにびりびりするようなものを感じて、はっとした。

振り返るといつのまにか、クラブにいた連中、ゆきなの友人だと紹介された顔ぶれが、ソファのまわりを取り囲んでいた。

(逃げ場、ふさがれてんのか)

むろん、ある程度の距離は空けている。だが、ここはクラブでもいちばん端の、フロアやバーカウンターにいる店員たちから死角になる場所だ。なにが起きても、すぐには誰も対処できない。

じっとこちらをうかがう周囲の人間たちからの視線は、すさまじいプレッシャーだった。

ごくりと佐光は喉を鳴らした。

いまさらながら、胃の奥がひどく冷たくなる。

(やばいか、まじで)

違法行為だというだけでなく、佐光の体質を考えるとかなり危険な可能性があった。

今年の受験失敗の原因にもなった、薬物アレルギーだ。

半年まえのアレルギー反応は、その後に影響がでるような症状でこそなかったが、ひどいものだった。顔中が腫《は》れあがり、喘息《ぜんそく》症状による呼吸困難を起こした際の、死ぬかもしれないと感じた苦しさはまだ忘れられていない。

あのときほどひどい反応を起こさないまでも、身体にあわないものを飲むと発疹がでるし、市販の風邪薬で不整脈を起こしたこともある。現在では医師の処方がないものはけっして飲まないよう言い渡されている。

そんな体質で、こんなものを口にいれてどうなるのか。想像だけでぞっとして、ためらう佐光に、ゆきながへらりと言った。

「そんなにやばいのじゃないってば。中毒になったりもしないしさ。アーティストならさ、こんくらいいっちゃおうよ」

笑うその目が濁っていた。何度もセックスしたはずの女の歯並びが、ひどく歪んでいることにいまさら気がついて、さらに鳥肌がたつ。

唐突に、美術史の授業中見せられたスライドが頭に浮かんだ。ドラッグを常用していた画家の描いた、不安定で鬱々とした絵。見ているだけで、鳩尾《みぞおち》がぞわぞわした。薬物がどれほど人間の五感に作用するのかを知らしめるように、色も構図も常軌を逸したものだった。

不気味だったし、うつくしいとは思えなかった。なにより、思考や意識がクリアでない状態に身を貶《おとし》めてまで、内面世界に耽溺《たんでき》するのは佐光の好みではない。

みずから破滅を選ぶ覚悟もなく、単なるいきがりだけであの領域まで足を踏みいれていいのかどうか、佐光にはわからない。

「どうしたの？　びびってんの？」

冷や汗がこめかみを伝った。後悔の重たさに背中を押されるけれど、ぐるりと周囲を取り囲んだ連中の目が、佐光の動きを見守って――いや、見張っている。

これは通過儀礼なのだ。『こちら側』にちゃんと堕《お》ちたかどうかを彼らは見極めようとしている。そしていまさらの「イチ抜けた」は聞かないと、無言で圧力をかけている。

拒絶すれば、待っているのは暴力。人数は、最低でも十対一。逃げ道も、勝ち目も、あるわけがない。

頭が真っ白になり、指さきが震えた。

（俺は、ここまで堕ちるのか）

数分まえまで、もうどうでもいいと思っていた。その程度の自暴自棄な気持ちなど、ただの逃避でしかなかったと思い知る。

誰か、誰でもいいから止めてくれ。もうちょっとマシだったはずの道に戻してくれと、佐光の心が声もなく叫ぶ。だが当然、応える人間がいるわけもない。

もうあとには引けない。それもこれも、自分でひき起こしたことだった。自堕落と怠惰の果ての、破滅。

「ね、ほんとだいじょぶだからさ。いっちゃおうよ」

ゆきなが耳を舐《な》め、きつく歯を立ててくる。目が異様に大きく見えるのは、濃いアイラインのせいなどではなく、歪む現実のせいだろう。

「考えるのやめなよ。気持ちいいよお？」

そのかす声にぐらりと眩暈《めまい》がして、思考が止まった。どうしようもない、戻れない。

（やるしか、ないのか）

佐光が震える指で、タブレットのパッケージを破こうとした、そのときだ。

「――ちょっといいかな？」

はっと顔をあげると、ソファの背もたれごしに誰かが身を乗りだしている。

「ちょっと、なによあんた」

「あれ、俺のこと知らないのか」

「知るわけないじゃん。じゃましないでよ」

食ってかかるゆきなに、彼は「ははは」と軽やかに笑った。

あまい声、おだやかで落ちついた雰囲気には覚えがあった。だがいったい誰なのかさっぱり思いだせずにいると、肩越しに伸びたほっそりと白い指が、佐光の手を押さえる。

「やんちゃは、喫煙条例違反程度にしておこうね？」

（あ……）

不意に、記憶が重なった。倒れた缶コーヒーを拾った、清潔でやさしげな指さき。まさか、と佐光は目をみはった。

「あんた……」

思わず名前を呼びそうになったところで、彼がすっと目を細め、制止するようにかぶりを振った。佐光がとっさに口をつぐむと、男——高間はやさしく微笑みかける。

いつものような無個性な格好などではなく、髪をセットしているから気づけなかった。細い身体に似合う、やわらかで高級そうな素材の洒落《しゃれ》たシャツとボトム。校内で何度も見かけた、ラフなシャツにエプロンという素朴な姿とはまるでかけ離れていて、茫然となる。

「なにも言わずに、俺の言うこと聞ける？　助けてあげるから」

耳元で、佐光にだけ聞こえる声でささやかれ、反射的にうなずいた。すっと身体を起こした彼は、優雅と言ってもいい足取りでソファの前面、佐光のまえへとまわりこんだ。

「おいで」

すらりとした手が伸ばされ、反射的にその手をとった。自信に満ちたなめらかな所作に、ゆきなすら圧倒されたのか、なにも言えずに目をみはっている。

これがあの売店の男か、と驚く佐光の腕を引いて、彼は強引に立ちあがらせた。そして、ぽかんとしているゆきなに向けて、穏やかに、だがきっぱりと告げる。

「話があるんだ。悪いけど、彼、借りるよ」

「はあ？　借りるってちょっと、勝手なことしないでよ」

ようやく我に返り、不服そうな声をあげたゆきなに対し、高間はにっこりと微笑んだ。穏やかだが有無を言わせない気配が、細身の全身ににじんでいて、ゆきなは怯《ひる》む。隙を見逃さず、高間は歩きだした。

「それじゃ、失礼」

「え、なんで？　ちょっと待ってよ、ねえ、止めてよ……！」

声をあげても、なぜか、ゆきなの取り巻き連中は動こうともしなかった。ただ、戸惑うように高間だけを見つめ、どうすればいいのかわからない様子でいる。

足早な彼に手をとられたまま、佐光はその場から連れだされた。おとなしげな彼に不似合いな、有無を言わさない態度に面食らい、また頭のなかには疑問が渦巻く。

いったいなにがどうして、こうなったのか。まったく理解できないままに佐光はただ足を動かした。

――あれ、俺のこと知らないのか。

軽く、笑いを含んだ言葉。あれは、柄の悪い男たちが、高間のような優男《やさおとこ》ひとりをまえにして動けないでいることと、なにかつながりがあるのだろうか。

「なあ、あんたいったいなに……」

「いいから、黙ってついておいで」

高間は穏やかであまい笑みを浮かべているけれど、声には切迫感があった。佐光はその迫力に呑まれて、なすすべもなく引っぱられていく。

フロアを横切っていく途中で、バーカウンターのなかにいた背の高い男が、あわてたように近づいてきた。

「一栄さん、だいじょうぶですか」

「俺はだいじょうぶ」

にこりと笑った高間と、バーテンダーらしい男を佐光は見比べる。顎髭《あごひげ》にいかつい顔だち、胸には『フロアチーフ・滋賀《しが》』の文字があるプレートをつけた男と、清潔そうな高間の取り合わせははっきり言って奇妙だった。

しかもどうやら、恐縮しているのはバーテンダーのほうだ。

（なんなんだ？　どうなってんだ）

混乱のひどい佐光をよそに、高間はバーテンダーに近づくと声をひそめ、すっと表情を厳しくした。

「あのね、滋賀くん。子どもを遊ばせるなら、もうちょっとちゃんと見てなさい。あの子たち、こんなもの持ってる。知ってた？」

「え？」

とっさのことで、佐光はさきほどのピルケースの中身を握ったままだった。その手を摑んだ高間が、握りしめたままこわばっていた指を開かせ、なかにあったものを相手に渡す。

目を細めたバーテンダーは、パッケージにある文字を読みとったとたん、顔色を変えた。

「……チェックがあまかったですね。申し訳ない」

頭をさげた男に「そのとおりだね」と高間は容赦がなかった。

「この店、つぶされたくなかったら、自分たちできちんとしなよ。清白《すずしろ》にも言っておいて」

「わかりました。で……こちらは？」

ちらりと佐光を見た男の目つきは鋭く、反射的に身体がこわばる。値踏みするような視線を遮ったのは、佐光よりもずっと背の低い高間のほうだった。

「この子は関係ない。わけもわからないで、巻きこまれていただけ。だから放っておいて」

「はい。すみませんでした」

牽制され、頭をさげたバーテンダーに対し、高間は鷹揚にうなずく。

「それから、あっちの連中、何人かはたぶん未成年だ。さっきトイレで、高校の試験がどうとか言ってたの聞こえた。なんとかしたら？　あと、部屋借して」

「了解しました。どうぞ」

男がシャツの胸ポケットから差しだしたカードキーを受けとり、高間はふたたび歩きだす。ひきずられた佐光もまた、ついていくしかなかった。

ダンスフロアの奥へ、奥へと進む。大音量の音が耳をつんざく。煙草の煙に反射した色とりどりのライトが、空間を怪しく照らしている。あまったるい、汗と香水と酒のにおい。

現実から乖離《かいり》したような気分でいると、フロアの端にある階段を高間はのぼりはじめた。

「おい、どこいく……」

「いいからもうすこし、黙ってなさい」

硬い横顔で叱りつけられ、酔いも手伝ってか逆らうことができなかった。

階段をのぼりきると、踊り場の奥に『ＧＵＥＳＴ』というプレートのかかったドアがあった。カードキーを差しこんだ高間が佐光をうながし、さきにいかせたあとにドアを閉める。自動ロックらしい音が響いて施錠されると、よほど防音がきいているのか、あの音の洪水はかすかな重低音の振動程度にしか感じられなくなった。

「こっち」

佐光はふたたび腕を摑まれ、さほど長くはない廊下を歩かされて、ＶＩＰルームへと引っぱりこまれた。

黒と赤を基調とした部屋のインテリア。色はビビッドだが、センスは悪くない。奥にはもうひとつドアがあったが、観葉植物の陰に隠れてなんの部屋だかわからない。

だがゆっくり観察している暇もなく「座って」と命令される。困惑した佐光は、素直にそれに従う気にはなれなかった。

「なあ、いったいなんなんだ。あんたいったい何者で、これどういう」

「いいから、座りなさい」

高間の両手が佐光の肩を押した。さきほどのものよりずっと高級そうな、大ぶりのソファへと強引に座らされ、そこでようやく、つないでいた手がほどけた。

ここにたどりつくまで、なぜか高間は一度として佐光の手を離そうとしなかった。すっかり馴染んでしまった体温のせいで、ふれていた場所がひんやり感じる。

高間の手は、薄く汗ばんでいたらしい。平然としていたように見えたが、緊張でもしていたのだろう。

(ていうか、緊張するような事態だったってことだろ)

いまさらながら、さきほどの危うげな一幕を思いだし、佐光はぶるりと震える。

青ざめている佐光をよそに、高間は内線電話をとりあげると「あれ持ってきて」と短く告げてすぐに切った。

「あれってなんだ？」

問いかけの答えが返るよりはやく、ドアがノックされた。待ちかまえていた高間がドアを開くと、二リットルいりのペットボトルの水二本を持った、若そうな店員が立っていた。

「ありがと。あとしばらく使うから、誰も近づけないで」

「かしこまりました」

佐光と大差のない年齢に見えるが、所作はかなり仕込まれているらしい。きれいに頭をさげた店員はすぐに去っていき、ドアを閉めた高間はくるりと振り返ると、両手に掲げたペットボトルを佐光に向けて突きだした。

「……なに」

「とりあえず、これを飲んで」

酔いをさませということだろうか。意味がわからず、佐光は反論する。

「さっき一杯ひっかけただけで、そこまで酔ってねえし……」

「酔う酔わないの話じゃない。いいから、ぜんぶ飲みきって」

言いきった高間は、テーブルのうえにどんとペットボトルを置く。ぎょっとして佐光は目を剝いた。

「これぜんぶか⁉ 腹ふくれすぎて、吐くぞ」

無理だと告げたが、高間は「それが目的だから」とにべもなかった。

「とにかく胃のなかのもの、ぜんぶ吐いて。飲みものにまぜられてたら、そのうち吸収してひどいことになる」

「まぜるって、なにを……」

「まだわかってないのか？ きみ、なにか飲んでたでしょう。あれ、バーテンに直接自分で頼んだ？」

「いや、ゆきな……さっきの女が、頼んで」

「あのなあ。すこしは疑えよ」

察しの悪い佐光にいらだったように、高間の口調がきつくなった。

「タブレットだけが薬だと思うのはばかだ。リキッドだって、粉だってある。味の濃いカクテルにまぜられてたら、気づかずに飲んじゃうだろ」

ぎょっとした佐光が見あげると、暗がりで高間の顔はよくわからない。

「まさか、そんな」

「さっきのいままで、あり得ないとか思ってるならおめでたすぎる。ないならないでいい。四の五の言ってる時間はないんだ。飲みなさい」

冷ややかに見おろされ、佐光は理由のわからない汗が顎を伝うのを感じた。とてもではないが逆らえる空気ではなく、しかたなく大きなボトルに手を伸ばし、キャップをあける。

水は常温で、飲みにくかった。喉が狭まるような感覚をこらえつつ、一本目の半分ほどをラッパ飲みしたところで、腹がふくれてくるのを感じた。

喉の途中で水がひっかかる感覚を覚え、口をはなす。

「……やばい」

「吐けそう？」

一気に一リットルも飲めば充分だと佐光はうなずく。

「どこでやりゃいいの」

「そこの観葉植物のあるドア、トイレだよ」

高間にペットボトルを押しつけるとトイレに駆けこみ、便器のまえにしゃがみこむ。

水が胃の奥からあがってくる感じがする。大量の水分をとらされただけでなく、聞かされた話だけでも充分気分が悪くなっていた。

けれど、緊張のせいなのか、なかなかうまく吐けない。何度か咳《せ》きこんでみたけれども、気持ち悪さが増すばかりだ。おまけに頭をさげているので、顔に血がのぼって痛い。

「ちょっと失礼。いい？」

「な……う、えっ」

空えずきをして涙目になっていると、強引に個室にはいりこんできた高間が、佐光の喉を押さえて口に指を突っこんできた。

「俺が背中たたいたら、おなかに力いれなさい」

合図と同時にぐっと粘膜を指で押さえられ、こみあげてきた強烈な嘔吐感《おうとかん》に食道と胃がびくりとする。そのあとは一気に吐き戻せた。吐瀉物《としゃぶつ》が指にかかるのもかまわず、高間は胃の中身がなくなるまで、何度も喉を押してきた。

「も、い……なんも、でねえ」

真っ青になった佐光が、彼の手を押し戻す。けれど、高間は容赦がなかった。

「じゃ、口ゆすいだらまた飲んで、吐いて」

「えっ」

はい、とペットボトルを手渡され、佐光は痛みのひどい頭を押さえてうめいた。

「まだやんのかよ……」

「いやなら病院で胃洗浄受けなさい。通報されて、事件にしたいならね？　それに、そんな時間の余裕はないよ。こういうことは、どれだけ処置が早かったかで変わるんだ」

「わかったよ！」

やけくそまじりにペットボトルをひったくり、佐光は仰向《あおむ》いて口をつけた。ひとくちめを飲みこんだ瞬間には、もう胃液が逆流しそうだった。


「もういいかな」

高間がやっとそう言ったころには、佐光はすっかりぐったりしていた。

容赦のない彼にうながされるまま、水を飲んでは吐いた。ペットボトルの中身は、二本ともほとんど空になっている。

「疲れたろ、がんばったね」

立ちあがることすらできず、支えてくれる高間の肩を借りてＶＩＰルームに戻ると、ソファに崩れ落ちる。何度も胃液を吐き戻した口の中は、うがいをしても気持ち悪い。

顔をしかめていると、目のまえに白いピルケースのようなものが差しだされた。

「……なに」

「気休めかもだけど、これ」

さっきのいままで身がまえた佐光がおそるおそる確認すると、いつぞや勧められたフリスクだった。なんでもいいから後口を消すものが欲しくて、ケースを揺らして数粒とりだすと、一気に口中へ放りこむ。

強烈なミントの味に不快感をだいぶごまかされ、佐光はおおきく息をついた。

「もうちょっとして落ちついたら、なにか食べる？」

「食えるわけねえだろ！」

まだ胃がひっくり返っているような感じがする。うぷ、と口を押さえたその姿に、高間はくすりと笑う。

いつもは重ための前髪を、いまは軽く流すようにセットしているせいで、端整な顔の造りがはっきりわかる。かたちのいい額と、目尻のほくろがあらわになると、ぞっとするほどの色気があった。

（まるっきり、別人じゃねえか）

さきほどのバーテンダーとのやりとりで、高間はかなりの顔らしいことはわかった。

けれど、いろいろ謎すぎる。

「……なあ、あんたって、何者？」

直球で問いかけると、彼はいつものように穏やかな、だが読めない顔をしていた。

「ただの売店のお兄さん」

「嘘つけよ、そんなヤツが、こんなところで顔きかせられるわけねえだろ」

「でもほんとに、それだけだよ」

ふっと高間は微笑んだ。その表情は、やはり学校での姿が嘘のようにあでやかなものだ。うさんくさげに睨みつけ、ふと佐光は思いつきを口にする。

「もしかして、ふだんのあれって変装か」

「変装って、考えすぎ。ＴＰＯにあわせてるだけだよ」

「それにしても、違いすぎだ。つうか、俺の質問の意味、わかってんだろ。はぐらかすな」

食いさがった佐光に、高間は軽く顎をしゃくった。

「この店は、昔の知りあいがオーナーやってるんだ。俺自身は、なんでもないよ」

「んなわけ――」

突っかかろうとした佐光に、高間は「わかった」とあきれたように苦笑して、さらりとひと息に言った。

「昔、ちょっとやんちゃしてた男とつきあってた。そいつとオーナーもともだちだった。で、俺はそのオーナーの持ってる、べつの店でバイトしてたことがある。だからスタッフも顔見知りなわけです」

「つきあってた……って、仲間かなんか？」

「いや、彼氏だった」

あまりにあっさりと言うものだから、思わず「ふうん」とうなずきそうになった。

だが、すぐに言葉の意味を脳に染みこませた佐光は、困惑に目をしばたたかせる。

「え……彼氏？　って、おとこ？」

「当然。女だったら、彼女だろ」

からかうように、高間が目を細めた。

「なんで驚くのさ。きみ、派手に遊んでるようだし、いまさらゲイがめずらしいってタイプでもないでしょう」

くすくすと笑われて、茫然と佐光はうなずく。

「まあ、そりゃ、めずらしくもねえけど……」

クラブシーンでは男も女もかまわず食う、という乱れたタイプもすくなくはないし、また美術系の学生にはセクシャリティについてもボーダーがあいまいなものも多い。

歴史的に見ても同性愛の画家やアーティストは多い。それに憧《あこが》れるせいなのか、はたまた、ひとと違う自分というものにプライドを持っていたり、ステイタスと感じるせいだろうか。

そもそも自分の作品に思い入れ、内的世界を作りあげることに血道をあげるようなタイプ

は、ナルシストの要素が強いために同性を好むのだとかいう説もあるらしい。

むろん、ぜんぶがぜんぶというわけではないけれども、一般的な学生たちにくらべれば、カミングアウトをためらわないタイプや、破天荒な人間のいる確率は高いほうだろう。

「けど、なに？」

うながされ、佐光が驚いたのは、まったくべつの理由だと言ってもいいのか迷った。

高間は、佐光が見知った『そういう人種』と、まるで違った。ごくふつうで、むしろ早いうちにやさしい女性と結婚して、子どもでも作りそうな——平凡なタイプに思えた。

「あんたが、そっちのひとだと思わなかったから」

逡巡《しゅんじゅん》したのちに、視線でうながす高間に負けて口を割ると、彼は苦笑した。

「見るからにゲイです、なんてわかるような振る舞い、できるわけないだろう。きみたちみたいに尖った生きかたできるほど、若くないんだから」

「若くないって、あんた、いくつなんだよ」

「二十八歳」

予想よりは年上だったが、若くないと言いきるほどでもないだろう。佐光の考えは顔に出ていたらしく「それでもきみよりは十歳近くうえだよ」と高間は笑う。

「七歳しか違わねえよ」

「知ってる。浪人してるんだよね」

なぜ知っているとは問う気にもならなかった。売店にいる彼には学生証も見せたことがあるし、年齢も知られている。講師らともつきあいがあるから、悪目立ちしている佐光の話くらいは聞いたことがあるだろう。

佐光が黙りこんでいると、高間はやわらかく目を細めた。

「成績も、実技も、実力的には問題ないのに、運が悪くて落ちたって聞いた。大変だったね」

同情するような口調が癇に障り、「運も実力のうちだろ」と吐き捨てる。

「けっきょくは落ちたんだ。どうしようもねえよ」

「結果論はそうかもね。でもとんでもなく不運に見舞われるひとっているし、それ自体ときみの絵がうまいのは、あんまり関係なくないかな」

「俺の絵、見たことねえだろが」

「見たよ、この間のクロッキー」

佐光は鼻で笑い、「あんなもん、絵とかじゃ」と吐き捨てようとした。だが途中まで言いかけた言葉を、高間の静かな声が遮る。

「単なる風景なのに、すごいなって感心した」

どういう意味だ、と高間を見る。彼はじっと佐光を見つめたまま、やさしく言った。

「あそこで店員やって何年も経つ。中庭なんて見慣れきっていて、意識にも留まらないんだ。でもきみの絵で見たあの場所は、とてもきれいな、うつくしいものに思えた」

「……ただの落書きだ」

おためごかしをいうな。力なくつぶやいた佐光に、高間は「ただの落書きがあれなら、やっぱり才能あるんじゃないのか」と微笑む。

「周囲とレベルが違いすぎて、きみがいらいらするのも理解できるよ。そういう子はいままで、何人も見てきたしね」

「たかが売店の店員が、なに——」

「たかが店員だから、気を許して愚痴を言う子もいるんだよ。それにあの学校の卒業生に知りあいもいる。俺はまったく描けないけど、仕事柄、作品だけはたくさん見てる」

高間の黒い目は、透徹した水をたたえる湖のようだった。澄みきって、そのくせ底が見えないほどに深い。見据えられると目が離せず、佐光は息を呑む。

「学校にも、最近あまりきてないね。まわりはともかくとして、教材だけはあるんだから、独学でもやれることはあるんじゃないのかな」

佐光もそうは思っていた。だが、自力でがんばるというのは、言うほど容易《たやす》いことではない。まして何度もの挫折をしたあととなれば、プレッシャーに打ち克《か》つのは並大抵ではなかった。

(けっきょく、弱いだけじゃねえか)

このところゆきなの誘いに乗り続けていた佐光は、すっかり荒れた生活に馴染んでいた。

学校もサボりがちで、高間の言うとおりろくに絵も描いていない。一日休むと取り返すのに数倍かかるとは、ピアノの練習についていわれるらしいが、デッサンもまた同じだ。努力することすら放棄しはじめた自分にあせる。あせって、気持ちの逃げ場を見つけようとくだらない遊びや酒やセックスに逃げていた。

「こんなところで、楽しくもない遊び続けるくらいなら、ちゃんと描いたら？」

静かに諭す高間に対し、反抗する気分にもならなかった。突然のクスリの出現にショックを受けてもいたし、強引に吐かされて、身体も弱っている。

だからだろうか、ぽろりと本音が漏れてしまった。

「ちゃんと描くって、いまさらか」

「なにがいまさら？」

「やったって、ぜんぶ無駄な気がしてくるんだ。あと何カ月、こんなことやってんだって。受験対策の技術はマスターしてる。けど何年も同じことやってて、だんだん、受験のためだけに描いてる気がして」

「反復作業がつらくなってる？」

「……それもある。それとあんたの言うとおり、あのまま、あそこにいると、まわりの下手《へた》な連中と同じレベルに落ちそうで、やばすぎる」

言いながら、自分の幼さが恥ずかしくなり、佐光は口をつぐんだ。まるっきり、拗《す》ねてぐれたガキの傲慢な言いぐさだ。

けれど高間は笑いも、とがめもしなかった。それどころか「そうだろうね」とうなずく。

「入学してはじめてデッサンやるような子と、佐光くんじゃ、それこそ大学生が小学生にまじって授業受けてるような気分だと思うよ。きみはプライドが高いから、いやなんだろ」

「わかったようなこと――」

「わかってるんだよ。ていうかね、きみ、わかりやすすぎるよ？」

くすくすと笑われて、憮然となる。だがどうしてか、いつものようないらだちはこみあげてこなかった。

言葉が通じる相手を、同じ目線で世界を見る人間を、ひさしぶりに得たせいだ。そして、自分が、どれだけそれに――ごくふつうのコミュニケーションに飢えていたのか気づく。

つまらない遊びに乗ったのは、けっきょくひとりでいたくなかったからだ。だが薄っぺらな会話やセックスでは満たされず、さらに自分がいやになった。

「なんかほんと、俺、なにやってんだ……」

くだらなくてみっともない、だらしない。兄や敦弥のような人間を見くだしていたのに、自分はそれ以下に落ちた気がした。

青ざめたままうなだれていると、高間は思いがけないほどやさしい声をだす。

「まだぜんぜん、間に合うよ。きみは若いし、これからだ。後悔しても取り返しのつかないほど、遅いってわけじゃない」

はっとして顔をあげると、穏やかな目をした彼がやさしく笑っていた。

「うるさいお説教だって思ってくれてもいい。でもね、間に合ううちに、ちゃんとできればいいんだ。それでもし、失敗しても、生きてればどうにかなるってことを俺は知ってる」

真摯《しんし》に告げる高間の声に、佐光は思わず息を呑んだ。

「生きてればって、そんな、おおげさな」

「おおげさじゃない。死んだら本当に取り返しがつかないから」

さらりと言った言葉が重たくて、佐光はなにも言えなかった。軽く伏せられた高間の目は、さきほどとは違って暗い。

この目は、どんな深淵を覗いたのだろう。そこになにを見たのだろう。

中庭でのやりとりの際に覚え、そして無視していた好奇心が、むくむくと頭をもたげてくる。鈍っていた心臓が血液を送りだし、体内に感じる鼓動で、まだ自分は止まっていなかったのだと気づかされた。

気づかせてくれたのは、彼だ。佐光がじっと見つめていると、物思いに沈んでいた高間はその視線に気づき、あの穏やかな表情で告げた。

「本当はまじめにやってるほうが性に合ってるだろ。やれる力があるのに、発揮しないでいるのはもったいない。もうすこし、がんばってみたら？」

「……ああ」

素直にうなずくと、高間は一瞬拍子抜けしたような顔をする。

「なんだよ」

「いや、急にしおらしいからびっくりして。まだ具合悪い？」

「ちげーよ。いや、違わねえけど」

話すうち、いつの間にか口腔からなくなっていたミントの清涼感は、舌のうえだけでなく、胸にも感じられた。

（礼、言ったほうがいいんだよな）

高間が、知りあいの経営する店だということに偶然居合わせなかったら、いまごろ自分はどうなっていただろうか。

ドラッグに溺《おぼ》れ、本当に堕ちたか、あるいは――いまごろ病院で、危篤状態になっていたかもしれない。背筋が凍るような想像に、佐光はぶるりと震えた。

「寒い？　空調の温度あげようか」

「あ、いや……」

「頼まないと温度変わらないんだ。言ってきてあげるよ」

そうではなく、と言いかける佐光をよそに、高間はさっと立ちあがった。

なんだか知らないが、面倒見のいい男だ。すこしばかり押しつけがましいけれど、弱っている状態で、自分がなにも考えなくてもいいのは助かる。

「あり、がとう」

たどたどしい礼に、高間が笑った。むっと顔をしかめると、「ついでに毛布かなにか頼もうか」と彼は言った。

「吐いて疲れてるだろうし、しばらく寝ていきなさい。落ちついたらでればいい。俺は帰るけど、なんなら泊まっていってもいいよ」

佐光は、その言葉にはっと顔をあげた。すがるような目をしていることも気づかず高間を見ると「なんだい？」と首をかしげられる。

ここにいてくれないのか。そんなあまったれたことを考える自分を羞《は》じて、佐光はもごもごと、適当なことを口にした。

「ここ、チャージ料とかいるんじゃねえの。俺、あんま手持ちないけど」

「ああ。水飲んだだけだし、いらないよ。俺、一応、顔パスだしね。そうでなくても、子どもに払わせるわけないだろ」

佐光は子ども扱いに憮然とする。くすくすと笑って高間は言った。

「受験、がんばれよ。いい絵描けたら、見せてくれると嬉しい」

「あの……」

なにを言えばいいのかわからず、まごついている佐光をあとに、彼は「それじゃ」とでていった。それから数分もしないうちに、さきほどの店員がドアをノックして、クッションとタオルケットを運んでくる。

「ほかに、なにかほしいものはございますか？　お食事は？」

「あ……いや、いらねえ、です」

「かしこまりました。もし気分が悪くなったら、内線でお気軽に呼びだしてください」

佐光は、同年代か、もしくはひとつふたつ年上だろう店員に敬語を使われ、ひどく居心地が悪かった。そしてプロ意識の高そうな相手をまえに、みっともないいまの自分の情けなさをしみじみと感じる。

店員は出ていき、ふたたびＶＩＰルームにひとり取り残された佐光は、ぐったりとソファに横たわった。また寒気を覚え、手触りのいいタオルケットを広げると、クッションに頭を埋《うず》める。

「俺、だっせえ……」

ここ数時間の自分を振り返ると、顔から火がでそうだった。

とんだばかをさらしたけれど、今夜、あらゆる意味で佐光は高間に助けられた。

無理やり胃のなかのものを吐きだしたせいで、身体はだるいし気も弱っている。だが、おかげですっきりしているのも事実だ。

全身がひりつくほどに自分を羞じながらも、どこか佐光はほっとしていた。

大量の水に押しだされ、酒と胃液とともに、悪いものをすべてだしきったのかもしれない。プライドも、ついでに捨てたような気がするけれど、高間に対して感じる敗北感は、けっして悪いものではない。

ただ、闇雲《やみくも》に恥ずかしい。いまさらになって手が震えてきて、両手をきつく握りあわせる。後悔と、すこしの不安と、ひさしぶりに感じる、自分と将来への希望がごちゃまぜになって、佐光は長々としたため息をついた。

目を閉じると、一気に意識が遠くなる。

革張りのソファは、背の高い佐光が横たわっても充分な大きさがあって、ほどよく硬いクッションが沈む身体をやわらかに受けとめてくれた。

数カ月ぶりに、よく眠れそうだった。

＊　＊　＊

翌日の朝、高間はいつものように出勤し、エプロン姿で仕事の準備をはじめていた。

ディスプレイのセットに在庫のチェック。ひとりでまかなえる程度の簡易店舗であるため、それほど時間はかからない。

この本校舎のある神田界隈《かいわい》には、美術系予備校や専門学校、大学が多数。そしてむかしから有名な『レモン画翠《がすい》』をはじめとした画材専門店や大手アートショップが数十店存在する。

いつぞや昭生に言ったように、近辺のショップよりは安く購入できるよう価格をさげてはいるけれど、あくまで消耗が早いものや、最低限必要な教材——鉛筆と紙類、基本の絵の具類などをおおまかに揃えているだけだ。

高間の担当する『東京アートビジュアルスクール本校舎店』で、いちばん売れ行きがいい時期は、春だ。土地鑑がなく画材などにも知識がとぼしい新入生が、まとめて『前期授業セット』を購入していく。慣れてくるころには、もっと豊富に画材を揃えた専門店がいくらでもあると知った生徒たちの足は遠のき、忘れ物をしたときくらいしか利用しなくなる。

入れ替わり、立ち替わる顔ぶれを相手に、毎日、店は開く。同じようでいてまったく違うきょうとあした。大過なくすぎる平穏な日々を、高間はこよなく愛している。

「あの、すみません……」

「はーい、いま並べてるから、ちょっと待って」

通路に面して設置されたケースに商品を並べるため、屈みこんで作業していた高間は、頭上から聞こえた声に顔をあげないまま、愛想よく答えた。

「ごめんね、お待たせ」

作業を終えて立ちあがると、そこには予想外の姿があった。佐光がこわばった顔をして、じっと高間を待っていた。一瞬だけ驚きをあらわにした高間は、そのあとすぐに微笑み、

「おはよう」と告げる。

「……ども」

ぶっきらぼうな態度とハスキーな声が特徴的な青年は、しばらく黙ったままそこに立っていた。高間もとくにうながすことはせず、背面にあるストックの棚を片づけはじめる。背中を向けるのは失礼かとは思ったが、彼はなんとなくまごついているようだった。顔を見ていないほうが、話すのが楽なのだろうという気がした。

「きのうは、いろいろ、助かった。ありがとう、ございました」

佐光の素直な態度に、高間はいちど目をみはり、すぐにほっと息をついて微笑んだ。振り返り、彼の気まずそうな様子に、表情の変化を見られなくてよかったと思う。

この朝の佐光はいままでのふてぶてしさが嘘のように、無防備に見えた。プライドが高いからこそ、あれだけ見苦しい場面を見られた相手に虚勢を張るのは無意味だと悟っているのだろう。

それでも、まさか日を改めて礼を言いにくるとは思わなかった。彼にとっても忘れてしまいたいできごとだろうし、思い起こさせる高間を避けても当然だと考えていたからだ。

（案外、きちんとしつけられた子なのかな）

微笑ましくなりながら、高間は彼の目を見て告げた。

「もう、ああいう、変な遊びはやめなさいね」

佐光は反発することもなく、こくりとうなずいた。本当に素直だ、とおかしくなった高間は、ついよけいな口をきいた。

「ついでに煙草もよしたら？」

胸ポケットにはいっているらしいボックスを指さしてやると、一瞬目をまるくした佐光は、にやっと笑ってみせた。まだすこし硬いけれど、それでもいままで見かけたなかで、いちばんいい表情だと思えた。

「それは無理」

「無理って言わない。若いうちから悪い習慣つけると、のちのち大変だよ」

「あんただって、やめてないんだろ？」

「だから言うんだよ」

以前、自分も喫煙すると言ったのを覚えていたらしい。記憶力のよさに驚くと同時に、くすぐったい気分にもなった。この手の青年は、興味のない相手のことなど五分と覚えてはいないだろう。

「あとね、あんたって言うのやめてください。俺は高間一栄って名前があるから」

「じゃあ、一栄さん」

思いのほかあっさりと名を呼ばれて、高間はどきりとした。

「な、なんで名字じゃなくてしたの名前？」

「だって、ほかの連中はみんな一栄さんって呼んでただろ」

「ああ、まあ、そうだけど」

海外ならいざ知らず、日本でファーストネームを呼ぶのは、やはりそれなりに親しい相手のみだという感覚がある。すくなくとも高間はそう考えている。

それとも、いまの若者はそれが当然なのだろうか。高間も三十近い年齢だ。クラブに顔見知りもいたりするが、いまどきの若者事情にさほど精通しているとは思えないし、この学校内で見かける生徒らの言動に驚くことも多々ある。

一瞬の間にそれだけ考えていると、佐光が首をかしげてみせた。

「なに、気にいらない？　だったら名字で呼ぶけど」

ためらいを読みとられ、それにも驚く。もともとポーカーフェイスは高間の得意とするところで、つきあいの長い昭生ですら「おまえは本音がわからん」とこぼすこともある。

はっきりしているのは、佐光は名前を呼んだ、そのたったひとことで高間との距離をつめてしまったということだ。——すくなくとも、高間にはそう感じ取れた。

（いや、違う）

そもそも、立ち入り禁止のバリケードが張り巡らされた佐光に近づいていったのは、自分のほうだ。やれやれ、と高間は内心で自分を笑う。

「いいよ、それで。朗くんなんかも、そう呼ぶし」

「アキラクン？　誰？」

「俺の知りあいの甥で、ここの卒業生。俺にとっても甥っ子同然の、かわいい子だよ。歳はきみと同じだったかな」

にっこり微笑むと、子ども扱いする相手と同列に並んだことを不服そうに、佐光が眉をひそめた。彼の不機嫌にとりあわず、高間は表情を変えない。

「……煙草は所定の場所でね」

無意識にか、胸ポケットをさぐった佐光に先んじて釘を刺す。唇を歪めた彼は「わかってんよ」と言ってくるりときびすを返した。

振り返らず歩いていく背中の強さにほっとする。

無駄ないらだちを捨てた佐光は、どこか雰囲気も、顔つきさえ変わって見えた。

そのまま正しくまっすぐ、信じる道を歩いていってくれれば、高間の気まぐれも役に立ったというものだ。ほんのすこしのきっかけと出会いで、ひとは変われる。

かつて高間自身が昭生に導いてもらったのと同じだ。しみじみと思い、ちょっといいことしたかもしれない、などと悦に入っていた高間は、いきなりくるりと振り返った佐光が、ずかずかと大股で戻ってきたことに驚いた。

「あのさ」

「な、なに」

「もうすぐ休みだろ。一栄さんは、ここにいんのか」

唐突な問いに意味がわからず、身がまえることもできないまま、高間は事実を口にした。

「補習や補講があるから、俺の仕事もあるよ。シフトは午前だけ、あとは基本的に新宿の本店で仕事してるかな」

「本店ってどこ」

「ええと、三丁目にある『ゼスト』っていって」

「知ってる。わかった」

なにがわかったのか言わないまま、佐光はまたくるりと背中を向け、今度こそ振り向かずに去っていく。啞然としていた高間はその背を見送り、つぶやいた。

「……しかし、なんで俺のシフトなんか訊いたんだ？」

首をかしげた一秒後、まあいいか、とあっさりその疑問を頭から消した。若者の気まぐれをいちいち本気でとりあっていてはきりがない。

二十歳のころ、世界のすべてが終わったと思った。けれどいまはそんな記憶も遠くなり、多少忙《せわ》しなくも平穏な日常を送っている。

去る者、日々に疎《うと》し。

おそらく佐光にとっての高間も、そうなるはずだ。

いつか彼が日の当たる場所にいって、ごくなつかしく過去を振り返った際、あんなやつもいたなと思いだしてくれればいい。

人生の傍観者として生きることを決めている高間にとっては、その程度で充分だった。

＊　＊　＊

専門学校が夏休みに突入し、カレンダーの日付も八月へと近づいていく。

ゼスト新宿本店、午後三時をすぎた、客がすくない時間帯。売り場のラックにはいっている紙類のストックを補充していた高間は、こっそりとあくびをかみ殺した。

それをめざとく見つけたのは、背の高い金髪の青年だった。

「一栄さん、疲れてるのか」

「ん、ああ。暑いからね」

高間は水道橋と新宿を行き来するシフトのおかげで、すこしばかり夏ばてを感じはじめていた。熱帯夜が続くせいで、あまり眠れていないというのもある。

このところ、いろいろ気がかりなことがあって、気疲れを覚えているのも事実だが、それは目のまえの彼には関係のない話だった。

なにごとにつけ、予想どおりに物事が動くことはまれだ。まして他人の思惑など、計り知れるものではない。

（それにしても、よもやの状況だったなあ）

ちらりと横目で見た佐光は、カラーマーカーの棚のまえで、つまらなそうな顔——といってもそれが彼の素の顔らしい——をしながら、ペンを引っぱりだしては試し書きをしている。

「イラストでも描くの？　油絵専攻じゃなかったっけ」

「そりゃ美大で目指してる学科だ。いまの授業だとグラフィック全般の授業もあるし、たまには違う画材試してみんのも、いいかと思って」

真剣な目でためつすがめつしている佐光に、高間は微笑む。

「わざわざ新宿にこなくても、御茶ノ水のほうがいっぱいショップあるのに」

佐光が自分の顔を見に通ってきているのを知りながら告げると、彼は顔をしかめた。

「いやなのかよ」

むっとしたように言う佐光に「べつにいやじゃないけど」と苦笑する。

「せっかくの息抜きの時間に、俺なんかと会ってて楽しいの？」

「べつに楽しかねえけど」

ふいと顔をそらした彼に「コドモ」とつぶやく。じろりと睨まれ、ストックの管理表を挟んだクリップボードで顔を隠した高間は、くっくっと笑った。

（あんまり、なつかせる気はなかったんだけどなあ）

檻《おり》のなかにいるからと牙《きば》を剝いた狼にちょっかいをかけたら、噛みつかれるどころかかすりよられた気分だ。よもやの事態に戸惑いはするけれど、悪いことではないだろう。

扱いのむずかしそうな青年を、どこまで手なずけられるか定かではない。そもそも、手なずけたいと思っていたわけでもない。

「冗談ですよ、お客さま。ごゆっくりどうぞ」

補充したぶんにチェックをいれながら告げると、ちいさな舌打ちが聞こえた。それでも、かつてのようにいらいらと立ち去ったりはせず、むすっとしたまま近くにいる。

不思議な距離を保ったまま、お互いに無言でそれぞれのことをする。

「……きのうは、家に帰った？」

「最近はちゃんと。また、兄貴とけんかしたけど」

背中を向けたまま、短い言葉をやりとりする。彼はこのところ、毎日高間の仕事場に顔をだしては、ぽつりぽつりと自分のことを語るようになっていた。

「夜中にがんがんにゲーム音でかくすっから、うるせえっつったらわめき散らされた」

「親御さんは、なにも言わないの？」

「言ったろ、兄貴が養子だってわかってから、口だせる雰囲気じゃねえって」

家のこと、三度の受験失敗。いままで誰にも言えなかったという彼の鬱屈を、静かに聞くだけで、佐光がすこしずつ落ちついていくのが手に取るようにわかった。

微妙な関係の兄と、ぎくしゃくした家族。精一杯突っ張ることでしか自己主張をできなかった佐光が、可哀想にも感じた。

同時に、そんなことまで自分に話してしまっていいのかと、怖くもなる。

（簡単に信じて、いいのか？）

彼はたぶんいままで、無防備にひとを信用するのがむずかしかったのだろう。心の壁が厚いのは、もろさの裏返しでもある。

学校で見かけた、絵を描くときの集中力を思うにつけ、佐光はとにかく激しくて一本気だ。そのぶんだけのめりこむとブレーキがきかない。白か黒、そういうはっきりした結論を求めるのは潔いとも言えるが、不器用にもほどがある。

追いつめられた状況を助けてくれた高間を、疑いもなく慕って——彼はそれを自分自身に認めるかどうかは怪しいけれど——いるのがその証拠だ。

危なっかしいと思う。だからこそ見捨てられず、高間は黙りこんでしまった彼に水を向けた。

「講習、やっぱり受けさせてもらえそうにない？」

「なんのために専門にいれたんだって。もうやめろの一点張りだった」

歪んだ笑みを浮かべる口元には、かすかに疵《きず》が見えた。

「……まさか、殴られた？」

「親父《おやじ》が話も聞かねえで部屋にこもろうとすっから、肩摑んだら振り払われた」

そのあと妙に気まずげだったという父親の気持ちもわかる気がして、高間はなにも言えなくなる。

「んな顔しなくても、わざとじゃねえんだろうから」

「ずいぶん、聞きわけよくなったね？」

「この程度で引っこんでるようなら、本気で負けだから」

静かな声で言う言葉に嘘はないようだった。高間に諭されたことで、佐光は自分を取り戻し、まじめに勉強をはじめている。

前向きにもなってきて、悪い仲間とも手を切り、真剣に絵に打ちこんでいるようだ。

だが現実は厳しく、まずは理解を求めるべき両親との溝が埋まらない。またここしばらくの素行の悪さが災いして、相手も相当かたくなになってしまっているようだ。

「生きるのって、めんどくせえな」

「なにをおおげさな」

ぼそりと吐き捨てた彼に、高間は思わず笑ってしまった。

たぶん、彼の知っている以上の闇が世のなかにはある。けれど、まっすぐすぎてぶつかることしかできない佐光に、これ以上傷つかないようにと願ってもしまう。

だが佐光の現実は、高間では変えてやることはできない。救いの手、万能なものは存在しないのだ。

「俺でよかったら、話は聞くけどね。自分のことは自分で解決しないといけないよ」

「……わかってる。ちゃんとやる」

思うよりもはっきりした答えが返ってきて「なら、いいね」と高間はつぶやいた。

なんの役にたたなくても、こうして佐光の話を聞くことで、彼は安心を覚えるのだろう。

無料のカウンセリング代わりになるなら、それでもいいのかもしれない。

だが、高間にあまえることを覚えてしまうのは、あまりいいことだと思えなかった。

他人を極端に遠ざけることでしか自分を護《まも》れない。そしてそれは、高間にも覚えのあることで、だからこそ野生の獣じみた彼の警戒心と距離感に、同情を感じていた。

それを感覚で理解しているから、佐光は高間に近づいてくるのだろうけれど。

(わかりすぎちゃうのも、問題だ)

シンパシーが強すぎる同士で世界を狭めた結果、自家中毒に似た症状を起こしてしまうことは、経験上知っている。

たぶん、佐光の世界はもうすこし、風通しをよくする必要がある。

クリップボードのチェックを終えた高間は、佐光のまえに立った。なんだ、という顔をする彼を見あげて、広い胸を、軽く握った拳でたたく。

「きみ、もうちょっと同世代の子と話したほうがいいよ。……ああ、ここにくるなとか迷惑とか、そういう意味じゃないから、怖い顔しない」

反論を制して、高間は笑う。むすっとした佐光に「ちょっと考えがあるんだ」と告げた。

「考えってなんだよ」

「うーん、わかんないけど。俺よりも適任なひと、かな」

怪訝な顔をする彼に「それを信用するもしないもきみしだいだけど」と高間は言った。

「あした、時間があるならちょっと、会ってみない？」

逡巡した佐光は、長いこと黙りこんでいた。

どういう答えをだすにしても、いま告げた言葉のとおり、彼しだいだ。高間は静かに、佐光を見守った。

＊　＊　＊

高間が言った「同世代の子」を紹介されることについて、佐光は結局了承した。

というよりも、彼が自分のためだと言うなら、信じるしかないのだろう。そう思うほどには、高間を信頼していた。

荒れて無駄な時間をすごしていたけれど、もっときちんとしていたいと感じるようになったのは、高間のおかげだ。

（にしても、なんでそこまでしてくれるんだか）

最初は相当な態度をとっておいて、手のひらを返したようなものだ。正直、鬱陶しいと言われてもしかたがないはずなのに、いつも穏やかに受けいれる彼にあまえすぎていた自覚はあった。

佐光の言葉を歪まず、バイアスもかけずに受けとめてくれるのは、いまのところ高間ひとりだ。こんなふうに依存するのがいいことではないと薄々感じていただけに、ほかの誰かを紹介すると言われたとき、多少の落胆と同時に安堵《あんど》もした。

なんだか、自分でも彼に対する執着が怖くなってきていたからだ。

「こっちだよ」

「……そんなほうに、店あんのか？　カフェバーなんだろ？」

池袋の駅から離れ、ひたすら歩く高間についていきながら、佐光は疑問を口にした。

見慣れない場所を歩くのは、じっさいよりも体感時間が長い。延々とたどりつかないような気分になってくる。うろんな目で周囲を見る佐光に、高間はいつものように笑った。

「住宅街のなかにある店なんだよ。昼間はカフェ営業だけだから、近くのひとたちがランチ食べにきたりしてる。……あ、そこだよ」

思ったよりもちいさな店構えのそこは、洒落た喫茶店という外観だった。夜になり、軒さきにかかっている鉄製のランプに明かりが点《つ》けば、それなりに雰囲気がでるのだろう。

「……あのランプ、いいな」

じっと佐光が見ていると、高間が「さすがに目のつけどころが違う」と言った。

「なんとかっていう、鍛金の造形作家が作った作品なんだって」

「ナントカじゃわかんねえだろ……」

「誰だっけ、忘れた」

きっちりして見えるようで、高間は案外いいかげんだ。興味のないことがらは、すっぱりと記憶が抜ける。そしてまったく執着しない。

（このひとも、案外謎だ）

毎日彼のもとに顔をだし、いろいろと――といっても佐光が一方的に――話をしていくうちに、自分などよりもよほど冷めた部分がほの見えることも感じていた。

まったくの他人にああもしつこく小言を垂れてくるなど、よほどのおひとよしかお節介のどちらかとふつう思うけれど、高間に関しては違う。

具体的にどう、というのではないが、たとえばさきほどのランプのデザイナーにおなじく、他人に対して全般に、興味が薄いことは見ていてわかる。

穏やかそうでいて冷ややか。やさしいかと思えばぞっとするような顔も見せる。

こうして佐光に対して親身になってくれる半面、クラブで長いつきあいだったという男に対しては、傲然とした態度で命令をくだしていた。

（ほんとに、何者なんだか）

出会いからずっと高間の印象はちぐはぐで、それが佐光には不思議でならない。

「ほら、はいって」

「ああ」

考えているうちに足が止まっていたらしい。軽く腕を引かれ、『コントラスト』にはいると、内装も外観におなじく、雰囲気のいい店だった。

「あ、きたきた。一栄さん！」

カウンター席に座っていた、小柄な青年が振り返り、ぱっと表情をあかるくする。カウンター奥でくわえ煙草の男も、軽く会釈をした。

「朗くん、こんにちは。きょうはありがとうね。昭生さんも」

「いや」

「んん。なんも。そっちが佐光？　だよね？　俺、相馬朗。んでこっちが叔父で店長の相馬昭生。よろしくー」

「……ちわ」

高間が紹介すると言ったのは、このふたり、とくに朗のことだった。

朗はずいぶんかわいらしい、まだ未成年といっても通りそうな相手だった。小柄でアイドル顔負けのルックスなのは敦弥と共通しているが、朗の表情は健康であかるく、素直さと育ちのよさが全身からにじんでいる。

そしてタイプは違えど、叔父である昭生も、ちょっと目をみはるような美形だ。

「ＤＮＡがえらい優秀な一家だな」

ぼそりと言うと、朗と昭生はきょとんと目をまるくした。そういう顔をするとさすがに血縁らしくよく似ていて、高間が「あはは」と笑う。

「どっちもきれいな顔だからね。ま、とにかく座ったら？」

「一栄さんは？」

「俺はおじゃましませんよ。昭生さん、適当によろしく」

言うなり、さっさと奥のテーブル席にひとりで向かってしまう。佐光が唖然としていると、昭生が苦笑して「ああいうやつだよ」と言った。

「なんか食うか？」

「あ、いや。コーヒーで」

いまさらどうしようもなく、頬杖をついてにこにこしている朗の隣に佐光は座る。そしてはたと、口を挟む暇がなかったことに気がついた。

「あー、佐光正廣っす。よろしく」

「はあい、よろしく」

カウンター席で隣りあった朗は、笑う。高間の、どこか抑制のきいたそれとは違う、あけっぴろげな表情だ。

見た目こそ幼げだが、案外剛胆らしい。佐光の派手な見かけにもいっさい臆した様子はなく、にこにこと話しかけてきた。

「佐光、一年だけど、タメなんだって？」

「あ、そっす」

先輩にあたる相手に一応は敬意を表して、佐光はうなずく。といっても、単に学年だとか年齢がうえというだけなら、こんな態度はとらない。

本音を言うと、最初に話を聞いたときは、いまさらオトモダチの斡旋《あっせん》か、とあきれた。ばかばかしいと思ったけれど、佐光が了承したのは、高間の言葉のせいだった。

――すごく、いい絵を描くよ。ジャンルはイラストだけど、見てみたら？

高間にそう言われて調べてみたところ、じつは朗の作品を佐光は知っていた。

名前は覚えていなかったものの、出版社のデザインコンペで入賞したイラストは、学校の公式サイトにも掲載されているし、雑誌に掲載されたものも見た覚えがある。

なかでも佐光が「いいな」と思ったのは、卒業制作で彼が描いたという、少年と母親の絵だった。パステルの素朴な風合いを活かし、やわらかいタッチで綴《つづ》られた連作は、そのまま絵本として売りだせそうなレベルだった。

佐光が気にいったのは、暗喩としておかれたいくつかのアイテムだ。

連作のラスト、母子《おやこ》がピクニックをしているような光景のなか、バスケットの側面に描きこまれている、髑髏《どくろ》のマーク。わざとへたくそに描かれたそれは、一見、子どもが有名な海賊マンガの真似で落書きしたようにも見える。

だが、母親が手にしていたのは空のグラス。そして、一連の作品の右端には、そこが屋内であろうと屋外であろうと、デフォルメされた時計が描きこまれていた。

絵画におけるメタファーとして、髑髏は死の象徴、空のグラスは人生の終わり——時計はそのまま、うつろう時を意味するという。むろん解釈はそれぞれ、時代によっても変わるものだが、一連の絵のあどけなさにちりばめられたバッドアイテムが、かすかな刺《とげ》になっていて、イラストをひき立たせていた。

ただかわいいだけのイラストなら、こうも心に残りはしなかっただろう。畑は違うけれど、素直にいいものを作っていると感じた。

失礼ながら、あの学校にもましなものを作る人間がいると驚いたせいで記憶していたのだが、本当のところは、朗のような人間があの学校から卒業した事実はほんのすこし、腐っていた佐光の心を慰めてくれていた。

そんな本音を知ってか知らずか、朗は身体に似合ってちいさな手をひらひらと振った。

「無理に丁寧にしなくていいよ。俺も呼び捨てっから、そっちも朗でいいよ。相馬だと、あーちゃんと同じになっちゃうからね」

「あーちゃん？　誰？」

「そこのヒト。昭生だからあーちゃん。ね？」

朗とは対照的にあまり感情をあらわにしない昭生は、わずかに苦笑して肩をすくめただけだった。おそらく幼いころの呼び名をあらためない甥について、いまさらなにを言う気にもならないのだろう。

「でさ、あんまり詳しく聞いてないっつか、細かい話は直接どうぞって一栄さんに言われたんだけど。なんで佐光、タメなの？」

朗のあっさりした態度のおかげか、ふだんは言いづらいことも口にできた。

「え、ああ。浪人してたから」

「ふーん。ま、美大系はめずらしくもねえか。どこ受けたん？」

「去年は多摩美《たまび》。芸大と武蔵美《むさび》受けたこともある」

といっても、最終的にはどれも入院騒ぎで実技試験を受け損ねたのだが。きょろんとした目をした朗は、「おお」と声をあげた。

「ってことは頭いーんだ、佐光」

「べつにふつうだろ」

「謙遜すんなよ。美大系でもそこらへんって、学科も上位じゃん。すげー」

素直に感心されて、どういう反応をすればいいかわからず戸惑った。それを気にすることもなく、朗はしみじみと言う。

「それに芸大ってことはセンターも受けたんだろ。国立受けといてふつうとか言われたら、俺立場ないじゃん」

「立場もなにもないだろ。試験とかテストとかってものが死ぬほどきらいなくせに」

叔父の突っこみに、うっと彼は顔をしかめた。

「それ言わないでよ、あーちゃん」

「言うっての。やればできるって言われてるのに、ぐずぐずして栢野《かやの》さんに尻たたかれるまでコンペにもだそうとしなくて――」

「わーかった！　わかったから古傷えぐるのやめて！」

降参、と両手をあげてわめくが、にやにやする昭生の口は止まらなかった。

「ひとと競争するのが苦手なんだよ、こいつは。だから予備校のほうも、プレで見にいってやめちまったし」

「え……どこの？」

「御茶ノ水の……」

もそもそと言った朗が口にした予備校は、佐光が去年まで通っていたところだった。そう告げると「うわあ」とげんなりした顔で朗は肩を落とす。

「やっぱすげえな、佐光。俺、あのガリガリした雰囲気がきらいで、はいるまえにやめた」

「あんなもんじゃねえのか？　受験予備校なんて」

しのぎを削る場所だろう、と佐光が言えば、「んんー」と朗は首をかしげた。

「俺、楽しくお絵かきしたいタイプだったからさ。たぶん、文系とか理数系でも、くじけたんじゃね？　受験勉強っていうのが好きじゃないんだよな。目的が絞られすぎてて」

各大学の傾向や対策を調べ、効率よく点をとる。いまの日本の受験制度としては、正しい攻略法だということはわかるけれど、と彼は言った。

「知識と技術のベルトコンベアか。ブロイラーじゃねえんだよって思っちゃうんだ。絵はとくに、自分が好きでやってたから、よけいにそう思ったのかも。自分がしたい勉強をするんじゃなくて、させられてる感じっていやじゃん」

意外にといっては失礼ながら、深いことをつぶやく朗に内心で共感しつつも、佐光は軽く雑《ま》ぜ返す。

「自分でしたいって言うけど、それじゃ、勉強自体は好きなのかよ」

「えー、うーん……きらい？」

半疑問系で、えへっと朗が笑う。佐光はあきれ顔で突っこんだ。

「んじゃ、だめじゃねえかよ」

思わず殴るマネをしてしまったが、朗は目を輝かせて「だよねー」とからから笑った。

「や、しかしいいツッコミすんね、佐光！　裏拳、ちょうはやかった！　けんか上等？」

「裏拳言うなっつの」

「あはは、アート系男子だから手は大事って？」

こうも健全そうでまともな相手に、親しげに話しかけられたこと自体がひさしぶりで、佐光はまたもや奇妙な顔をしてしまった。

高校時代、それなりにつきあいのあった友人も、浪人生活で失ってしまっている。家族ですら、最近はまともに目を見あわせたことがない。無神経なふりで話しかけてくる敦弥ですら、本当のところは腰が引けていたりする。なのに朗は、まるくてきらきらした目をまっすぐに佐光へと向けてくる。

「どしたんよ、佐光。変な顔して。顔しかめると、ますますいかついぞ」

「……とか言いながら、朗って、俺にびびってねえよな」

戸惑いの理由を口にすると、「びびる理由ねえじゃん」と朗は言った。

「だいたい、オッキー見てると、金髪くらいじゃすんげえふつうに思えるんだよね。俺、基準おかしいかな」

「オッキー？」

また知らない相手だ。どうも朗は脈絡なく、自分の知人の名前を愛称でぽんぽん口にするのがくせらしい。

「あ、沖村っつって。すげえんだよ、ＣＧみたいな美形なんだけど、髪の色毎回違ってさあ」

くったくのない顔で笑う朗は、かつて同学年だった服飾専攻の友人の話をした。

佐光もかなりの長身だが、冲村というのはさらにうえをいくらしい。現在はべつの服飾専門学校にはいりなおし、再勉強をしているそうだ。

「いいなあ、みんなでかくて。なんで俺の知りあい、でけえのばっかなんだろ」

しつこくぼやく朗に、コーヒーをすすった佐光は「知らねえよ、そんなん」とにべもなく告げた。

「愛想ねえなあ。まあでも、あと三年は希望が持てるし、いいか」

「なんだ、三年って」

「俺、二十四歳まで男は身長が伸びる説を信じる教の信者なの」

拳を握った朗に、どうあがこうと基本サイズがそれでは無駄ではなかろうかと思った。賢明にも口にはださなかったけれど、思わず目視でサイズを測ってしまったのがばれたらしい。じっとりした目で睨まれ、目をそらした。

「なんだよ」

「なんも、べつに」

「言っておくけど、俺の頭は、手の置き場じゃねえからな」

またわけのわからないことを言いだした朗に目顔で問えば「みんな置くんだ……」と口を尖らせる。

「ああ、まわりのでっかいのが、か？」

「そーだよ。栢野センセとかオッキーとか、最近は伊勢さんまでっ」

きー、と怒って見せた朗に、佐光は思わず笑ってしまった。すこしは説明責任を果たせとうながす。

「だからさ、今度は誰だよ、伊勢さんって」

「弁護士であーちゃんの彼氏。そのひと一八二センチ。栢野センセがジャスト一八〇。冲村なんか一八七センチとか言ってた……佐光、いくつ？」

冒頭で、さらっとなにかすごいことを言われた気がした。思わず昭生を見ると深々とためいきをついて顔をしかめ、かぶりを振っている。

「……おまえ、いまなんか、えらい大事なこと言わなかったか？」

一応突っこんでみたものの、朗は「なんだっけ」と首をかしげた。

「んなこといいから、身長いくつだよってば。ねえねえ」

「しつけえな、小学生かよ」

突っこんで見せつつも、本気で腹はたたない。

こてん、と小首をかしげる仕種や、わざと子どもっぽく振る舞うさまが敦弥と違っていやみに感じないのは、この目の強さのせいだろう。敦弥はあくまでも、自分をよく見せようという媚びた態度だが、朗の場合、かわいらしい容姿すらネタにして笑わせようという気配がある。

「もーいいよ。佐光の身長は一七〇センチ。俺が決めた」

「無理あんだろそれ、実寸と十五センチ違うぞ」

「ってことは一八五か！　ああもう、ひかりちゃんのばかっ」

もういちいち突っこむのも疲れてきたけれど、佐光は一応律儀に「ひかりちゃんて誰」と問いかけた。

「俺のお母さん。身体弱いのに産んでくれただけありがたいんだけどさ」

朗はさらりと言ったが、瞬間的にあの卒業制作が頭に浮かんだ佐光は、言葉をなくした。描いた朗にとって、自覚的にか、無自覚なのかはわからないけれど、やはりあの絵に隠されたアイテムは、死の暗喩を含んだものだったのだろう。

「……悪いのか？」

「心臓がちょっとね」

いまがどうだとか、そういうことを朗は口にしなかった。思わず昭生を見ると、彼は目を伏せている。けっして、楽観視はできない状態だということなのだろう。

佐光はしばし迷ったあと、あえて自分の話題へとひきこんだ。

「……病院って言えば、俺、風邪薬でひでえ目にあったことある」

「え、ひでえってどんな？」

「去年、受験の真っ最中に、アレルギー起こして死にかけた。やばかった」

げっ、と声をあげた朗は「災難だったな」と同情の声をだす。

「災難って言うなら、ほかもひどかった。一昨年《おととし》は交通事故で、そのまえは大雪で――」

流れで、三浪したいきさつを口にすると、朗も昭生も「それはまた」と言ったきり絶句していた。

「しかし、三年連続で不幸続きって、ある意味すげえよな」

「ばかにしてんのか？」

「してないよ。ってか、逆に考えると悪運つええじゃん？」

どういうことだと佐光は目をみはる。朗は「だって、ぶっちゃけそれ、ぜんぶ死んでてもおかしくないじゃん」と言った。

「雪で転んですべって頭打ったかもしれないし、バイクとかアレルギーとか、一歩間違えたらほんとに、いまごろ、土のしただって可能性高いよ」

「……まあな」

それは佐光も何度か考えたことだ。だがそれを、『ラッキーだった』と捉《とら》えるような発想の転換はしたことがない。

「そんだけ悪いことあったら、このあといいことしかないって。佐光、ぜったいハッピーバランスきてるよー、ちょう楽しみになんない？」

「さすがに、そこまで楽天的には考えらんねえよ」

「えー、佐光、くっらい。あかるくいこうよー」

「……俺がか？　キャラ的に無理じゃね？」

シニカルに告げたところ、朗はこくんと首をかしげたのち、じっと佐光を見る。

「……うん、ごめん。佐光が全開で笑うとか、考えたらきもかった」

「きめえは言いすぎだろ」

すまん、と男らしく拝まれて、佐光は苦笑した。

からからと笑う、ひなたの子ども。だがあのイラストそのもののかわいらしい姿の奥に、苦いものを秘める奥深さも持っている。

高間がなぜ彼を紹介しようと思ったのかわかった気がして、佐光はすこし肩の力が抜けるのを感じた。

「あ、そーだ。佐光、連絡さき教えて」

「え、ああ」

ゆきなにどれほどせがまれても、けっして教えなかった携帯の番号とアドレスを交換する。

この日、コントラストにいこうと言われたときは、アウェイ戦かと身がまえていた。だが考えてみれば、この店は昭生の持ち物だというし、その甥である朗も自分の素性をはっきりと佐光に明かしているということでもある。

（むしろ、あのひとは……）

佐光は、ふと背後にいる男を振り返った。視線に気づいた高間は、コーヒーを飲んでいた手を止めてにっこり笑う。佐光は意識的に、すこしだけ声を大きくした。

「あのさ。一栄さんも教えてくれよ」

「え、なに。いままで知らなかったの？　仲よしなのに」

朗が目をしばたたかせる。佐光は軽く首を振った。

「ガッコで会えるから、いちいち聞かなかった」

これもすこし嘘だ。訊いても教えてくれるかどうかわからなかったため、ためらっていた。しかし朗のまえで言えば、たぶん高間は断らないだろう。

「……俺も、言うの忘れてたね」

にっこりと笑う高間の表情の裏、軽く恨みがましい目を向けてくるのがわかった。佐光はにやりとして、「携帯」と手を突きだす。立ちあがった高間はポケットをさぐったあと、ぽいと無造作にそれを投げてきた。

「赤外線とか面倒でわかんないから、きみ、やって」

でたな、と佐光は思った。やわらかに見えてかたくな、ガードが固いと思えば投げやり。いつもの高間のちぐはぐだ。ふたつの携帯を操作しながら、佐光は高間にだけ聞こえる声で言った。

「……登録したあと、番号変えんなよ」

「しないよ。そんな面倒なこと」

面倒ときたか。佐光は思わずにやりと笑った。ある意味、おためごかしの建前や礼儀よりも、よほど高間らしい。

表情に気づいた彼が「なに？」と目を軽くみはる。めずらしい表情に興味を惹かれつつ、「なんでもねえよ」と携帯をいじるふりで目をそらした。

手にした携帯のメモリー。実体のないデータを手にいれた、それだけなのに、なんだか熱を持ったような気がする。興奮状態にあるからだとは気づいたが、その理由がなんなのか、深く考えることを佐光はやめた。

不可思議、謎。理解がむずかしい相手のことを知りたいと思うけれど、一気呵成《いっきかせい》にどれもこれもとやるのはつまらない。すこし臆してもいる自覚はある。たぶん知るのが怖いのではなく、高間が間違いなく逃げるからだ。

（じゃあ、なんだ。逃がしたくないのか、俺は）

しかしそれはいったい、なぜだろうか。

佐光がじっと思考に沈みかけていたところで、朗のあかるい声が聞こえた。

「ねえねえ、そういえば、俺も一栄さんの番号知らなかったかも。俺も登録していい？」

「なんだ、ひとのこと言えねえじゃん」

雑ぜ返す佐光の声に「うっかりしてたんですー」と歯を剥いてみせる。子どもっぽい、あまえる表情。だが目の奥で、微妙な光が揺れている。

(空気読んだか)

佐光と高間の間にある、微妙な緊張感に気づいて、流れを変えようとしたのだろうことは知れた。

こちらがなにも言わなくても、内面を見透かしてしまうようなそれは、高間の空気にも似ている気がした。

朗は一見、幼くて苦労知らずのおぼっちゃんに見える。だが一時間足らず話しただけでもあくまで見た目だけだということはわかった。勉強はきらいだと言うわりに頭の回転も速い。事前に作品を見ていたせいもあるのだろう。彼はどこか独特の、哲学的な観点を持っているし、それを表現するすべもあるタイプだと思えた。

これはこれで、おもしろい男だと佐光は思う。けっして佐光は会話がうまいタイプではないけれど、朗が相手だと彼のおしゃべりに釣られて口がなめらかになる。同時に頭も使うし、いい意味で軽い緊張感もある。

(だから紹介しようとしたのか?)

間違いなく、今後の自分にとって刺激になるタイプだと思えた。ただ、ひとつだけわからないことがある。

——ちょっと考えがあるんだ。

あれはいったい、どういうことなのだろう。怪訝に思っていた佐光の隣で、朗が高間の携帯を登録しながら「なあなあ」と話しかけてきた。

「佐光ってさ、受験勉強、独学でやってんだよな。もうじき夏休みだろ。やっぱさ、予備校の夏期講習とかいったほうがいいんじゃないの？」

「……今度の受験自体、あんまり賛成されてねえんだよ。無駄だとか言われて」

三度の失敗のおかげで、再受験に関していい顔をしていないという親について語ると、朗は「んん」とすこし考えこみ、佐光をじっと見る。

「あのさあ、佐光はさ、そういうとき大人の方便使うのきらいか？」

「え？」

唐突な言葉に驚くと、朗はくりんとした目でまっすぐに佐光を見た。

「さっき聞いてたと思うけど、俺、栢野先生と親しいんだ」

話題にでていたのは、現在もあの専門学校で、デザイン科の講師をしている栢野志宏《ゆきひろ》のことだそうだ。

「あいつ……って、たしか『エスシティコス』のデザイナーじゃねえの？」

「あれ、知ってんだ」

「最近、専門誌とかでデザイン集団の特集あった。講師やってんのも知ってたけど」

雑誌に載っていた栢野は、アクの強いデザイナーらのなかでは却って目立つ、やたらさわやかなハンサムだった。手がけたというＣＭ作品のイメージボードも掲載されていたが、本人に似合いの都会的でセンスのいいものだった。校内でも見かけたことがあるけれど、写真と違わない二枚目ぶりだったことは覚えている。

「でも、その栢野がなんだってわけ？」

怪訝な顔で問いかけると、朗が言った。

「もし、親の説得に口添えしてほしいなら、頼めると思う。あのひと、本気でやろうとしてる人間には力になってくれっから」

思いがけない提案をされ、佐光は目をみはる。

「けど、専攻違うだろ」

「そんなの関係ないんじゃない？　要は『先生からのお墨付き』があればいいんだよ、そんなもん」

かわいらしい顔でずいぶんあざといことを言う朗にあっけにとられていると、昭生がぽつりと言う。

「頼むだけ頼んでみろ。栢野さんは、面倒見はいい」

「知ってるんすか」

「……ま、そこの甥っ子がな。専門のとき、さんざん手ぇかけさせた」

そういえばさきほど、尻をたたかれたとかなんとか言っていた気がする。じっと朗を見て説明を求めると「言ったじゃん、競争きらいって」と口を尖らせる。

「コンペとか、ほんと苦手だったし。イラストを仕事にする気もなかったんだけど、追いかけまわされて説教されたんだよ。……そういう意味では、あのひと頼りにはなるよ」

なにを思いだしたのか、朗はうっすら赤くなった。なんだろう、と目をしばたたかせた佐光に気づき、「なんでもないよ！」とわめいた朗はカウンター席から離れ、高間のいるテーブルへと逃げるように去った。

「……なんだ？」

「なんでもねえ、ほっといてやれ。……とりあえず栢野さんについて、使える男なのは保証する。案外、あれで計算高い男だし」

なにを思いだしたのか、昭生が苦笑しながら言った。

「あと、親が無理なら自分で稼いで予備校に通うなり、受験し直すって手もあんだろ」

「え……」

「そんだけでけえ身体してんだから、多少寝る時間削って働けば、それなりに稼げるんじゃねえのか？」

切れ長の目が、じっと佐光を見た。それとも、その程度のこともできないのかと試されている気がした。昭生は甥に較べると寡黙なタイプだと思うけれど、その目力は強い。

「受験をクリアしたところで、今度は学費の問題だってあんだろうけどな。行政でも、大学のほうでも、いろんな補助金やシステムはある。ばかじゃねえなら、頭使えよ」

さっくり言われたことで、自分がどこまでもあまえていたことに気づかされる。というよりも、以前にはちゃんと考えていたことだった。受験に落ちるたび死にかけたこの三年で、すっかり思考を放棄していた。

「予備校入学は無理でも講習会なら、短期コースとか夜間コースとかあるだろ。三万もあれば通うだけは通えるはずだ。途中参加ＯＫのところもけっこうある」

「詳しい、すね」

「朗が受験したいっつった時期、調べたからな」

可能性は、まだあるのだ。ざわりと佐光は肌が粟立《あわだ》つのを感じる。今年の頭に大学を落ちて以来、はじめて血が通っている自分を意識した。

「バイト……いまから、探せるかな」

せめて後期の講習会なら受けられるかもしれない。小遣いについては無駄な遊びで使ってしまったから、いまは先立つものを稼がねば、どうにもならないだろう。受験費用も稼ぎたい。奨学金、助成金、学費免除。そちらについても調べる必要がある。

(時間、ねえな)

いままでの不毛なあせりとは違う、実際的な焦燥感に真剣な顔をすると、昭生がぼそりと言った。

「おまえ成人してんだろ」

「え、はい」

「どこも見つからなかったら最悪、皿洗いでよきゃ雇ってやる」

「本当ですか」とかすれた声で問えば、昭生は顔をしかめる。

「人生かかってる話してるときに、嘘言ってどうする。そこまで性格悪くねえよ」

「でも、俺、初対面ですよ。なんでそこまでしてくれるのか……」

困惑する佐光の疑問に、昭生はふっと目を伏せ、声をひそめた。

「……あいつが、自分から誰か連れてくるなんて、何年ぶりかわかんねえから」

高間のことか、と目をみはる。ごくかすかにうなずいたあと、深くは訊くなというように、昭生はこれもわずかな動きでかぶりを振った。佐光もまた、目で了解と答える。

「それと個人的に、俺はおまえみたいなのはきらいじゃない」

ふっと笑う昭生の目に、自分に似たひねくれた感情を見つけ、佐光は「俺も」とシニカルに唇を歪めた。目のまえに赤いパッケージが差しだされ、軽く上下に振られる。

「いいすか」

「吸いてえんだろ。まじめな話の最中我慢したのは褒めてやるよ」

軽く指をたてて昭生に礼を告げ、一本をもらう。自前のライターで火をつけ、深く吸った。

メントール系に慣れている佐光の口には、昭生のそれは重く苦かったが、味わい深い一本だった。

「バイト中は禁煙な」

「了解ス」

目を細めて煙を吐きだしたところで、朗が背後から肩に手をかけ、顔を覗きこんできた。

「なに、こそこそ話してんの。目と目で会話しちゃって、やらしいなあ」

「なにがいやらしいだ。それより朗、ちゃんと栢野さんに連絡いれろよ」

う、と朗が顔をしかめる。自分から言いだしたくせになんだ、と思って佐光が眺めていると彼はおずおずきりだした。

「えっと、あーちゃんから頼む、とかは？」

「言いだしっぺの法則だろ。ちゃんと自分で電話する」

顔をしかめた朗は、もごもごと言ってちいさな身体をさらにちいさくする。やりとりの意味がわからずにいると、いつのまにか近くにきていた高間がこっそり耳打ちしてきた。

「社外のコンペにだせって話で、けんかしたんだってさ」

「一栄さん！　言うことないだろ！」

どうやらさきほどふたりで話しているときに、打ちあけ話でもしたらしい。朗は目を泳がせながら「それいま関係ないし！」とわめいた。

「なんでだよ。せっかく、どうしても連絡しなきゃいけない口実、作ってあげたってのに」

「ねえ。この流れだったら、間違いなく朗くんはおせっかい焼きたくなると思った」

「せっかく栢野さんがエントリーのむずかしいコンペの話、持ってきてくれたってのに」

「お父さんの会社で雇われイラストレーターじゃ勿体《もったい》ないって、何度も説得されてたんじゃない？　お父さんだってＯＫしてるんだしさ。力試し、してみたら？」

「う、うる、うるさい！」

にやにやする大人ふたりに、朗は真っ赤になって怒りだし、佐光はあっけにとられた。

「……つまり、なんすか。俺、なんかのダシですか」

「一石二鳥って言えば？」

くくっと笑った高間に、あきれた気分になる。だが次の瞬間には、佐光も力なく笑ってしまった。

「考えって、朗が主格かよ」

「気を悪くした？」

「いや。純粋に思いやりとか言われるほうがきもい。思惑があったほうが納得する」

きっぱり言う佐光に、「あはは。佐光くんらしい」と高間は笑った。

（目的は、なんでもいい）

もうすこし高間を、彼によって拡がる世界を見てみたいし、なにより突破口が見えてきたのは事実だ。軽く首を振って、深く息を吐く。ひといきに動きはじめた自分の世界がにわかに信じられず、だが全身が期待でざわついている。

「……おもしれえ」

つぶやいて笑うと、朗が目をくりっとさせた。なんだ、と視線で問えば、彼は小首をかしげてしみじみと言う。

「オッキーって笑うとすんごいかわいくなるけど、佐光って悪い顔になるなあ」

「なんだ、それ」

「ん、どっちも顔かっけえんだけどさ。冲村が主人公《ヒーロー》なら、間違いなく佐光って悪役《ヴィランズ》だよなと思って。吊り目と垂れ目ですごい対照的……」

じいっと見ている朗の目のなかで、なにかがひらめくのが見えた。こいつ、いまネタにしやがったと佐光はおかしくなる。

「モデルはやんねえぞ」

「あ、描くの俺じゃないよ。史鶴」

もはや、誰だ、と訊くのも疲れた。無言で肩をすくめた佐光に「あ、ともだちで、個人でアニメ作ってるんだけど」と朗はあわてて言い添える。

「佐光のキャラ、いま構想中の話にちょうどよさそうなんだよ。写真撮っていい？　だめ？」

「だめならどうすんだ」

「えと……あとでスケッチして史鶴に教える……」

許可をとる意味がないだろうと苦笑したとたん、朗はすかさず携帯カメラにおさめる。

もはや怒る気力もないまま、佐光はげんなりしたふうに自分の額を手で覆った。

けれど唇は、やはり笑ったかたちのままだった。

＊　＊　＊

コントラストに出向いた日の夜、朗のさっそくの紹介で、栢野と電話で話をした。彼の提案で、まずは自分が自宅におもむき、佐光の親との面談をしてみようという話になった。

『それにしても、やっとその気になったわけか』

もともと高間から昭生経由でおおむねのところは聞いていたらしい栢野は、電話口の向こうでおもしろそうに言った。

「やっとって、なんすか」

自室にこもり、携帯電話で話す間も、隣の部屋からの重低音はとぎれない。兄のだす騒音にいらだちながら、佐光は空いている耳の片方を手で覆った。

『ものすごく態度の悪い新入生の話は、一応小耳に挟んでたからね』

「……そりゃどーも。でも俺アート科なのに、よくチェックしてるんすね」

佐光は皮肉のつもりはなく、単純に感心していた。『東京アートビジュアルスクール』は十二学科五十専攻という総合デザイン学校で、グラフィック系からファッション、アニメーション、建築と幅広いコースがある。生徒数は約三千人、水道橋の本校舎のほか、都内・都下にいくつかの校舎や実習所もあるほどだ。

だが栢野は、あっさりと言った。

『一年のときは一部の授業、基礎教養とデッサンなんかは各科共通だからね。逆に二年時には、選択学科で、専攻じゃない学科の授業も受けられる。俺は専任講師じゃないけど、成績のいい生徒の話は耳にはいるよ。大半、美大落ちか仮面浪人だけど』

佐光は、出席日数はぎりぎりなのに、課題を提出するとA＋ばかり。そしてなぜか自主的に絵は描いている姿を見受けられる。

『それになにより、きみの場合は見た目がね。去年卒業した冲村とまではいかないけど、えらく派手なのがはいってきたって評判だった。おまけに年齢は二十一。面倒くさいにおいがするって、講師の間で話題だった』

「面倒くさいっすか。はっきり言いますね」

さわやかに笑いながら、案外と毒気のあることを言う男だと佐光は思った。それを指摘すると『おためごかしが通じる相手かどうかくらいわかるよ』と栢野は言った。

「でも、妙な話ですよね。俺が受験するってことは、中退ってことなんすけど」

『まあねえ。でも暇つぶし感覚で入学してきて、そのまま流れ退学って生徒もいっぱいいるしね。きみもこのままいくと、つぶれるだろ』

否定はせずに黙っていると、くすりと笑う声が聞こえた。

『だったら、前途ある若者の手助けしたほうがマシ。ついでに昭生さんに頼まれたからね。相馬家一丸《いちがん》になって頼まれちゃあ、逆らえないし。俺、あのひとには貸しを作っておきたいんでね』

「……貸し？」

『こっちの話。さて、それじゃ、作戦練ろうか』

含み笑いでごまかされたけれど、さほど追及したい話題でもない。佐光は問われるままに、家族に反対されている現状と自分の希望を打ちあけ、昭生から受けた提案についても語った。

『なるほどね。傾向と対策はわかった。さほどむずかしくもないかもな』

「え？」

『中学のころ絵を習いにいかせてくれたし、三浪するまで見守ってくれたんだろう。さすがに業を煮やしたってところだろうけど、もともとは理解のあるご両親だと思う。そもそも、美大なんかとんでもない、絶対一般企業にはいれ、公務員になれってご家庭よりはずっと攻略しやすいよ』

そんなものだろうか、と佐光は顔をしかめたけれど、栢野はのんびりした声で『まあ、会ってみないとわからないし、でたとこ勝負にはなるけどね』と言ってのけた。

『とにかく、お父さんの空いてる日、押さえて、家庭訪問にいくって伝えて。それじゃ』

電話が終わり、佐光は携帯を放りだしてベッドに転がった。

最後まで軽い口調の栢野に対し、本当にだいじょうぶなのかと不安になった。だがいまのところ頼れる相手が彼しかいないのも事実だ。

（いや、違うか）

栢野はあくまで、手段として協力してくれる人間のひとりだ。根本的に佐光が頼ったのは、けっきょくのところ高間、ただひとりでしかない。

学校の売店で働く、一見は人畜無害そうな、地味な男。

なのに怪しげなクラブは顔パスで、佐光などお呼びもつかないほどやばい連中を、自分の存在ひとつで黙らせることもできる。

じっと手の甲を見た。高間に軽くひねられたとき、えらく身の処しかたがあざやかだと思ったが、あんな場所で場数を踏んでいれば当然だろう。

高間はいったい、何者なのか。どんな人生を歩んで、なにを考えているのか。自分にここまでよくしてくれるのは、なぜなのか。

そして、かつてつきあっていた男と、いったいなにがあったのか。

気づけば、考えるのは彼のことばかりになっている。そんな自分にいらだちもするけれど、知りたくて知りたくてたまらない。

ぼうっと天井を見ていた佐光は、思考を妨げるものに気づいて舌打ちした。寝転がっているると、よけいに隣の部屋の音が気になる。ずずん、ずずん、という重低音が振動となって伝わるせいだ。

「くそ」

だがどのみち、ぼんやり物思いにふけっている場合ではなかった。不愉快な環境を変えるためには、この家からでていくしかない。それにはまず、大学に受かることだ。

佐光は起きあがり、ベッドに腰かけたまま大きく深呼吸をして、立ちあがった。一気に階段を駆けおりる。

「母さん。ちょっと話があるんだけど――」

＊　＊　＊

数日後、八月頭の日曜。父の休みにあわせて、栢野の家庭訪問が実現した。

自宅の居間には佐光の父母。ソファセットの対面に座った栢野は、ふだん、講師として学校にいるときのようなラフな格好と違い、かっちりしたスーツを着ている。

佐光はその隣で言われたとおり、黙りこくっていた。

――とにかく神妙な顔して、口を挟むな。できる限りおとなしくしてなさい。

父に反対されようと、母にあれこれ言われようと、頭のなかでべつのことでも考えて聞き流せ。それがこの日、話しあいを目前にしての栢野の助言だった。

苦虫を噛みつぶしたような顔をする父も、他人に対していきなり暴言を吐くほど愚かなわけではない。歓迎はしていなくとも、栢野の説得を聞くだけは聞いていた。

母親はその隣で、どうしたらいいのかわからないように、栢野と父、佐光を見比べているだけで、いっさい口は挟まなかった。

「――そういうわけなので、彼にもう一度だけ、チャンスを与えていただけませんか」

「お話はわかりました。ですが、なぜそこまで、うちの息子の進学を推奨されるんですか」

ひととおり、話を聞き終えたところで、父は栢野に質問をした。佐光自身も電話で問うたが、栢野はあのときよりずっと丁寧な言葉で答える。

「正直、こう言ってしまっては講師としての立場上微妙なんですが、現在のうちの学校で彼が学べることはほとんどないんです。そもそもデッサンすら入学してはじめてやる子たちも多くて、低いレベルにあわせてはじめるしかない。正廣くんの場合でいうと、中学生のときにやっていたことを、いまさらやらされている、そう感じてもしかたないのが現状です」

このところ、挫折して荒れたことも事実かもしれない。けれど佐光の実力を、このまま埋もれさせるのはもったいないと栢野は力説してくれた。

「彼自身、どうにかしたいとあがいている。だからわたしのところまで相談にもきてくれて、助言を請うた。また、親御さんのご負担を考え、講習会の費用を自分で稼ぐ意志もあるという話で、彼の友人、相馬朗といいますが、うちの卒業生の叔父が経営する店で短期アルバイトの紹介も受けていますす。喫茶店です。夜にはお酒も多少でるお店で、夜半のシフトではありますが、裏方の皿洗いのみです」

栢野はなめらかな口調で平然と、時系列を飛ばした説明をした。いまの語り口では、まるでもともと佐光が朗と知りあいであるかのようだ。そしてここしばらくずっと帰りが遅かったのもアルバイトのせいであり、佐光が再受験のために裏で動いていたかのように聞こえる。

(口挟むなって、こういうことかよ)

案の定、微妙なロジックのすり替えにごまかされた両親は、はっとしたような顔で佐光をじっと見た。

「あなた、そんなことまで考えてたの？」

「ただ遊びまわってただけじゃなかったのか。そこまで受験したかったのか？」

「……はい」

神妙に、神妙に。自分に言い聞かせながら目を伏せてうなずいた佐光の視界の端、栢野が口元だけでにやっと笑うのが見えた。かすかに膝を動かして彼の膝を蹴るのが、いまの佐光の精一杯だった。

そして数時間にわたる話しあいののち、両親も渋々ながら、予備校の夏期講習を了解してくれた。

「そこまでやりたいと言うなら、やってみなさい。ただ、本当に講習会の費用を自分で払うかどうかは、見させてもらう」

母は、そこまで厳しくしなくてもと言い添えたが、さすがに父は「いままでアルバイトだった」という栢野の言葉について、半信半疑だったようだ。

「いままでの信用を取り戻したいなら、まずはやってみせなさい」

「わかりました」

ここ三年の受験のことだけでなく、中学時代の一件から続く素行の悪さについてとがめられているのはわかった。それもこれも、きっかけはともかく自分で撒《ま》いた種であると承知している。これは嘘ではなく、佐光は神妙に頭をさげ、話は終わった。


「……きょうはありがとうございました」

帰り道、栢野を駅に送りがてら礼を言うと、ネクタイをゆるめながら、彼は「いやいや」と笑った。

「案外、すんなりいったほうだと思うよ。一回の話しあいでＯＫでるとは予想外」

それは佐光も同意だった。今後を見させてもらうとは言われたが、それすら許可がでるかどうか怪しいものがあったからだ。

「でも、朗とか昭生さんはともかく、なんで今回はまったく関係ない、伊勢さんとかってひとの話までしたんすか」

父は専門学校の友人——朗のことだ——の家が、バーを営んでいると聞いて最初は顔をしかめていた。だが、その経営者の昭生は叔父であり、けっしていかがわしい店ではないこと、そして相馬家は有名企業であることを説明するうちに態度も変わった。

なにより昭生の親友に弁護士もいることなどを含めて話すと「きちんとしたおうちの方なら」とあからさまに態度を変えた母のことが、すこし佐光は苦かった。

「親とか大人ってのは、肩書きでひとを見るのさ。そして使える名刺はなんでも使うのも、これまた大人だ」

さわやかな顔をした講師は、腹黒いことをあっさり言ってのける。その口調がどこか朗に似ていて、もしかしたらあの子どもっぽい彼の妙に世慣れた発言は、この男の影響もあるのかと思えた。

「いいおうちの友人がいる、弁護士の知りあいもいる。そういう、まっとうな環境にいるってことで、おまえのご両親は安心した。それはそれで間違ってないんだ。おまえのことを心配しての話なんだから」

素直に納得はできないけれど、わからなくはない。佐光がうなずくと、栢野は笑う。

「これはお世辞じゃなく、俺個人としては、佐光の実力は買ってるよ。だから、それこそ環境でつぶれるのは勿体ないと思う。今後どういう方向にいくにせよ、しっかり学べばいい」

「わかりました」

「あと昭生さん、仕事には厳しいから、ちゃんとやらないといちばん怖いの、あのひとだからね」

「……それはなんとなく、わかる」

苦笑いすると、栢野も同じような表情になった。駅についたところで、彼は「課題ちゃんとやれよ」と釘を刺した。

「受験まで並立してやってくってことは、うちの学校の生徒でもあるってことだ。そっちの成績が落ちたりサボりがちになったら、お父さんは許さないだろ」

課題については楽勝だというのは本音だが、そうした傲慢さは引っこめて佐光は答えた。

「ちゃんとやります」

「ならいい。がんばれよ。……あと、すこしは親御さんと話をしてごらん。案外、きみが思ってるのとは違うかもしれないから」

それについてはなにも答えられずにいる佐光に苦笑し、「じゃあな」と軽く手を振って、栢野は去っていった。

うしろ姿に頭をさげ、佐光はもときた道をたどった。これからやらなければいけないことが山積みだ。まず講習会の日程と時間をきっちり調べ、そのうえで昭生の店のシフトを組む。合間に一般教科の勉強も。センターの結果は毎回悪くはなかったが、このところ捨て鉢になっていたから、もう一度、復習すべきだろう。

頭のなかでずっとスケジュールを組みながら歩いていた佐光は、背後からの足音に気づかなかった。だから、突然声をかけられて、ひどく驚いた。

「……正廣、いまの誰？」

ぎょっとして振り返ると、そこには敦弥がいた。夕方なのに出歩くのはめずらしいと思ったが、真夏だというのに長袖《ながそで》パーカのフードを深くかぶり、ポケットに手を突っこんだ彼は他人から顔を隠すようにうつむいている。

「なんだ、敦弥か。驚かすな」

「いまの、誰」

「誰って、学校の先生」

いつものように突っぱねることもせず、淡々と答えた佐光に敦弥は驚いた顔をした。そして一瞬だけ意地悪い表情でにたりと笑ったのち、心配そうな顔を作る。

「え、なに？　夜遊びばっかだから、学校やめろって言われたとか？　だいじょうぶなの？」

「あのな、いま俺が通ってんのは専門学校だぞ。警察沙汰だとか、事件起こしたならともかく、素行が悪い程度でどうたら言われるわけねえだろ」

「……そうなの？」

きょとんとした顔になる敦弥は、本当に世間を知らないのだな、と思った。さほど頭が悪いわけではないが、学校や世間というものの認識が、彼がひきこもった中学生の常識で止まっているのかもしれない。

「だいたい、夜遊びとか。もう成人してんだっつのに――」

ふっと目を伏せて笑ったあとに、朗の言葉を思いだしてさらに噴きだす。

「な、なに笑ってんだよ」

「いや、……こないだ、ダチが、俺は笑うとかわいくなるどころか、悪役顔になるって言ったの思いだした」

敦弥はその言葉に足を止めた。気づかずにしばらく歩いたところで、佐光は振り返る。

「用事ねえなら、さきに帰るぞ」

「――んだ？」

うつむいた敦弥は、聞きとれないほどの声でなにかを言った。「なんだよ」と怪訝に問えば、ぎらついた目で睨んでくる。

「正廣、俺以外にともだちとかいるんだ？　そんなの信じらんない。なんで嘘つくの」

「……はあ？」

「なんで？　不良のくせに。問題ばっか起こして、親にも見捨てられてたくせに。三浪もしてみっともない、性格悪い男に、ともだちとかいるわけないし」

わなわなと震えて、敦弥の目が大きくなった。また妙なスイッチがはいったな、とうんざりしながら、佐光は吐き捨てる。

「つうか、おまえ、俺のともだちのつもりだったのか。知らんかった」

ぎょっとしたように敦弥は息を呑んだ。またこれだ。自分から攻撃しておいて、やり返されると過剰なくらいに傷ついてみせる。

「と、ともだち、じゃん。小学校からいっしょで」

「単なる近所づきあいだろ。ここ何年もつるんでもねえし、しゃべるのはこうやって、偶然会ったときだけだ。ついでに言うとおまえと話すと胸くそ悪いことばっか言われるし」

「み、耳に痛いことだからって、反省もせずに拒否するのはよくないんだぞ！　誰も正廣に注意してやらないから、俺が――」

「言ってやってんだろ。耳タコだよ。聞き飽きた。けどおまえさ、『誰も俺に注意しない』ってなんで決めつけてんだ？　俺のいまの交友関係なんか、知らねえだろ」

「知ってるよ！　そんなの！」

敦弥は叫び、佐光は睨みつける。

「知ってる？　どうやってだよ。俺のあとつけまわしてるってか？」

敦弥ははっと息を呑んだあと、真っ青な顔のまま反対側へと駆けていく。しょせんは、はったりだろうけれど、自分がなにを言っているのかもわからないのだろうか。

(ほんとに、あいつの相手は疲れる)

マイナス感情の固まりのような幼馴染みと話したのは数分。それだけでもぐったりする。

ため息をついて、去っていった彼から目をそらすように背を向けた。

まだ、自分と敦弥との距離は近い。物理的なことではなく、佐光自身、なにもしないで周囲にやつあたりをする人間になりかけていたのは否めないからだ。

「こっから、変わる」

きびすを返して、佐光は家に戻った。ドアを開けると、母が心配そうな顔でこちらへ近づいてくる。

「正廣、あの、さっきの話は本気なの……？」

「本気」

まだ疑うのかといらだちかけたが、自業自得と言い聞かせ、短い会話だけでやりすごした。

自室に向かうと、隣室は静まりかえっている。この日は来客があると言われたためか、兄は朝から外出して、まだ戻っていないようだった。

こうして、最低でも会社に勤め、休みとなればでていくさきのある兄と違い、敦弥は基本的にひきこもりだ。夕方を過ぎ、人通りが減ったころにしか外にでられない。

それぞれの痛みがあって、いまがある。出生の秘密を知ったことや、いじめを受けたのは哀れだとも思うが、もう何年もまえの話だ。

佐光がそうであったように、停滞している現状は、彼ら自身の問題だとしか言えない。誰も自分の生きかたに、責任をとってはくれないのだ。

すくなくとも佐光は折れてうずくまったままでは、もういたくない。

(イチ抜け、すんぞ)

佐光はいままでの自分と訣別《けつべつ》するかのように、静かにドアを閉めた。

＊　＊　＊

八月も十日をすぎた。自力で探してもみたけれど、短期でシフトに都合のつくアルバイトはけっきょく見つからず、午後からの五時間、コントラストで皿洗いをすることに決定した。

とはいえ、はじめて昭生に紹介された翌日から、アルバイトは開始しているため、すでにバイト歴は三週間目に突入している。時給は八百円。相場としては妥当だ。

短期の夏期講習は、なんとか夏休み後半からのコースが申しこみに間に合った。十日間で六万円にくわえ、初回費の八千円という講習費用は安くはないけれど、定休日の二日を除いて一日も休まず働いたおかげで、もうじき目標額が達成できそうだ。

——申しこみのほうがさきだろ。まずこれでさっさと予約いれてこい。それに交通費だって画材費だってかかんだろ。

そう言って、十万円を先払いで渡してくれた昭生には、このさき頭があがらないだろう。

メインの仕事が皿洗いといっても、コントラストの店構えはちいさい。レストランのように、料理をひっきりなしにだすわけでもなく、掃除や片づけも佐光の仕事だ。

そして——酔っぱらい客のあしらいがそれにくわわった。

「……だから、そういうの困るんスよ」

「困るって、俺は客だぞ！　酒ぐらい注《つ》げって言って、なにが悪い」

「だからいま、店長は料理作ってて手が離せねえっつってんでしょ。酌《しゃく》なら俺がしますよ」

無表情に佐光が睨めおろすと、酔客はぐっと顎をひいた。

「で、ご注文は？」

「……もういい！」

ふてくされたように言って、客は席を立った。タチの悪い酔っぱらいだが、さほどしつこいタイプではなかったらしい。「毎度どうも〜」と、気のない声で佐光は彼を送りだした。

「帰ったみたいっす」

「悪い。助かった」

カウンターのなかで、昭生がため息をつく。「いえ」と佐光は肩をすくめた。

この店がゲイの集まりやすい場所だというのを知ったのは、アルバイトをはじめてすぐだった。昼の営業時はともかく、夜は顔ぶれが男ばかりだ。たまに女性客もくるけれど、大抵は空気が違うことに気づいてさっさと帰っていく。

「イメージですけど、ゲイってもうちょい、スマートに駆け引きすんのかと思ってた」

「そういうのもいれば、ああいうのもいる。うちは基本的に、あんまりヘンなのはいなかったんだけどな」

最近は質《たち》の悪いのも増えた、と昭生はため息をついた。

昭生は美形であるためか、絡まれやすい。何人か、彼を狙っているらしい特定の男から執《しつ》拗《よう》に声をかけられていて、見るたび佐光はいらいらしていた。

「昭生さん、そんなんでひとりで大丈夫なんすか？」

「女の子でもあるまいし。おまえに心配されるほど、やわじゃねえよ」

じろりと睨まれ、「そりゃすんません」と佐光は眉をあげる。

「けど、さっきの男はまだしも、徳井ってやつとかは、えれえしつこそうですけど」

佐光が口にした名前に、昭生はぴくりと頬をこわばらせた。

「なんで知ってる？　おまえがバイトにきてからは、顔だしてないはずだ」

「俺、何度か、電話受けたんで」

ここしばらく気がかりだったことを、佐光は打ちあけた。

営業時間内、酒と料理をひとりで作る昭生は電話にでることはむずかしい。皿洗いのついでに電話番も請け負った佐光は、ほんの数分の短い会話でも、徳井という男の態度の悪さや粗暴な気配には気づいていた。

「最初は昭生さんがでたと思って、えらい猫なで声だしたんすよ。で、俺だってわかったら舌打ちして電話切ったり、なんか文句言ったりしてて」

「なんで言わなかった」

「最初のうちは、言うほどのことでもねえかと思ってたんです。名乗りもしませんでしたし」

三度目、四度目と繰り返されるうちに声を覚えた。そして「どなたでしょう」と問うた佐光に対し、キレ気味に『徳井だよ！』とわめいてガチャ切りされたのはきのうの話だ。

「やっぱヤバイやつですか？　言わなくてすんません」

「いや。いい。とにかく今度電話あったら、適当にあしらって切ってくれ」

ため息ひとつで話を終わらせた昭生に「わかりました」と答え、佐光は皿洗いの作業に戻った。

（まあ、彼氏が弁護士だとか言ってたし、だいじょぶか）

いずれにせよ佐光はただのアルバイトだ。あまり首を突っこむべきではないだろうし、それこそ余計な話だろう。

（でも、一応……高間さんには言っておくか）

彼はけっこう顔がきくようだし、そうしたことにあかるい可能性はある。相談すべきだ、と考えて、自分が妙に浮き足立っていることに気づいた。

高間とは、このアルバイトがはじまって以来、顔をあわせていない。

午前中に勉強をし、午後から出勤、夜は戻って自宅でデッサンの練習に課題と、佐光のスケジュールはみっしりで、とてもではないがゼストや学校に顔をだす時間はなくなった。

携帯の番号を教えてもらってから、佐光は二度だけ電話をかけた。アルバイトが確定したこと、予備校の講習会通いが決定したことを報告するためだった。

——そう、それはよかった！　本当によかったね！

わがことのように喜んでくれた彼だけれど、その二度の電話以外、こちらからは連絡できなかった。むろん、高間からかかってくることなど、いちどもない。

もともと、佐光と高間はなんともいえないつながりしかない。昭生や朗は紹介されたことで、バイトさきの雇い主だとか、友人だとかいうポジションが確定したけれど、その仲介を果たした高間は、あれ以来すっと一歩引いてしまった感じがする。

(あのひとは、なんなんだ)

恩人であるのは間違いがない。だが高間は必要以上に佐光に礼を言われたり、感謝されるのをあまり好んでもいないようだし、どこまで近づいていいのか、決めかねる部分もある。

(口実作って話したいって。片思いの中学生かよ)

ばかばかしいと、自分をあざ笑ってみた。けれど、その発想に妙に落ちつかなくなった佐光は手にしていた皿を取り落とす。

「ばか、佐光！　割ったら給料からさっぴくぞ！」

「すんません！」

ぐだぐだ考えているより、行動したほうがマシだろう。昭生にどやしつけられながら、佐光は決めた。

＊　＊　＊

翌日、さんざんためらった末に、高間へと連絡をつけると『元気だった？』というあっさりした声で拍子抜けした。

「元気っす。一栄さんは？」

『夏ばてしそうだけど、まあなんとか元気。昭生さんとこでは、うまくやってる？』

用意していた話題に近いところへと水を向けられ、「そのことなんですけど」と佐光は切りだした。単に気にしすぎているだけかもしれないが、と前置きして、徳井という男からしつこく電話がかかっていることを打ちあけると、高間は苦い声で『ああ』とうめいた。

『やっぱりかあ……小島も災難だな、ほんとに』

「小島？　誰すか」

『徳井の彼氏で、俺と昭生さんのともだち。ここまで言うと、めんどくさい話だって、きみならわかるよね』

佐光でなくともわかるだろう。友人の彼氏が、悪びれもせずにちょっかいをかけているとなると、めんどくさいではすまない話だ。

「でも昭生さんて、彼氏いるんすよね。伊勢さん、とかいう」

『うん、けどそれ、一部の人間しか知らないんだよね。去年までは、あのふたりすごい微妙な関係でもあったんで、昭生さん自身が、彼氏はいないとか言い張ってたし』

さらに話がややこしくなってきて、佐光はげんなりしてきた。もともと、男女だろうがなんだろうが、恋愛関係の話は苦手なのだ。

「まあ、そのへんの事情は俺、よくわからねえけど、一応、高間さんには言っておいたほうがいいかと思ったんで」

『ありがとう。間違いなく昭生さん、口つぐむからね。ちょっと伊勢さんとも相談しとく。……きょうは、それでわざわざ電話を？』

問われて、佐光は一瞬押し黙った。そうですと言えば電話は切れる。そして高間はまた、すっと引いていくのだろう。

「えーっと、いや。これは口実っつうか」

『え？』

「一栄さんと話してねえなあと思ったし。お礼もきちんとできてなかったんで」

『お礼って、おおげさな。俺はなにもしてないだろ』

案の定、自分はただひとを紹介しただけだと言われ、佐光は「違う」と言い張った。

「あんたの紹介でなきゃ、俺は会おうとも思わなかったし、昭生さんたちだってそうだ。それに、そもそも助けてくれたのは一栄さんだろ」

『クラブでのことは、たまたま――』

「それだけじゃなくて！」

笑いながら言おうとした高間の言葉を佐光は遮った。

「なんつか、俺は、一栄さんのおかげで目が覚めたっつうか。そういうことあるし、本気で感謝してる。違うとか言われても、これは俺のなかじゃ事実だから」

『佐光くん、でも』

「とにかく、お礼させてもらうまで、引っこみつかねえし。あと、これからだって俺は、あんたに見ててほしい」

妙に熱弁をふるっている自分を、ふだんなら恥ずかしいと思っただろう。けれどこのときは止まらなかった。必死だった。そうでなければ、高間はどんどん逃げを打つことが、なぜか本能的に察せられたからだ。

「一栄さん、言っただろ。いい絵描けたら、見せてくれって。俺そうすっから。あんたもつきあえ」

『……お礼するには、ずいぶんな言いぐさだねえ』

あきれたように笑う高間の声に、佐光はほっとした。すくなくとも拒絶はされていない。

「礼だけど、昭生さんがバイト代先払いしてくれて、ちょっとあまったんで、飯とかおごらせてくれ」

『だからさ、学生さんにそれは』

「貸し作られてばっかは気が済まないんだよ。つきあってくれよ」

言いつのると、高間はしばし沈黙したのちに、長々としたため息をついた。

『いいよ、わかった。でも高いとこはだめだから』

「そりゃ、言われても無理だ」

『ははっ。予算は？』

おかしそうに笑った高間は、予定が空くのは二日後の木曜日だと教えてくれた。

『仕事あけてからになるから、はやくても六時になるけど』

「それでいいっす」

アルバイトはあるが、たぶん高間に礼をすると言えば、昭生も休みをくれるだろう。

待ちあわせ時間などを決め、電話を切った佐光は肩を上下させて息をついた。自分がひどく緊張していたことを知り、「なんだかな」とつぶやく。

七歳年上の男と、礼のために食事をする。たかがそれだけのことで、浮ついている。

ここ数年、まともに人間関係をこなさなかったせいで、完全にコミュニケーション障害を起こしているのだろうかと考えたこともあったが、そろそろ答えは見えそうだ。

――昔、ちょっとやんちゃしてた男とつきあってた。

過去形で語られたことを聞いて以来、ずっと心に引っかかっていることがある。

その男は誰で、いまはどうしているのか。どんな男だったのか。そして高間は、いまはフリーなのか。

彼に会えない間じゅう、悶々《もんもん》と考えていたわけではない。忙しくすごしていたせいで、高間のことを失念していることもしょっちゅうだった。それでもふと息を抜いた瞬間、いまなにをしているのか、と気になるのは彼のことだけだ。

佐光は、基本的に他人への興味が薄い。いままで、適当につきあった相手はいるけれど、どれもこれも相手に言いよられてのはじまりだった。なのにこのこだわりぶりは、そういうことなのだろうかと思わなくはない。

(まあ、ただ、やれんのか、やれねえのかって話もある)

今後、高間と具体的にどうしたいのかという想像はつかないし、行きすぎた思い入れが執着になっている可能性もあると、何度も自分を戒めた。

それでもしつこく考えてしまうからには、なにかあるのだろう。

佐光の気持ちに名前がついたとして、そのとき、どうなるのだろうか。たとえば昭生に対するあの酔客や徳井のようにあしらわれ遠ざけられるのか、それとも。

「……でたとこ勝負か」

埒《らち》もない思いを巡らせる自分に疲れて、佐光はため息まじりにつぶやいた。

＊　＊　＊

木曜日、高間が指定した店は、彼の住まいの近くにあるというビストロだった。

——安くてうまいんだよ。そこでお祝いしよう。

などと言われたわりに、たどりついたその店は、けっこう高級感のある店構えだった。すこししゃれた雰囲気の商店街のなか、『ビストロ・カスカータ』という看板をまえに、

「これ、雑誌で見たことある店だ」と佐光はかすかに気後れを覚えた。

「俺、適当なカッコしてんすけど？」

一応でかけるときの服ではあるが、言ってしまえばデニムにTシャツだ。

「はは、ドレスコードあるような店じゃないんだから、気にすることないってば」

そう言う高間は、オフの日モードのカジュアルな格好だった。さすがに近所とあってか、クラブで見たときのように高級そうな服は着ていないけれど、ふだん、仕事場で見るときと

違い、髪もセットしているし、印象がだいぶ違う。

「やっぱ変装？」

「違うってば。単に面倒なんだよ、毎日頭いじるの。髪質が太くて重いし」

まめにカットすればいいだろうと言うと「社会人はそんなに暇じゃないですよ」と言う。

「しゃれっ気だすような職場でもないしね。佐光くんは染めてるけど、根元黒くはないよね」

「あー、もともとあんま、真っ黒ってほどでもねえから」

どうでもいい話をだらだらとしながら、食事をした。高間は、長髪をうしろでくくったギャルソン姿の店員が、本日のお勧めだと言った旬の魚のソテー。佐光は牛肉の赤ワイン煮。

たしかに価格のわりにはボリュームもあり、いいタイミングで料理を運んでくる。

「いい店っすね、ここ」

「ふふ、だろ。引っ越しさき探して下見にきたとき、この商店街歩いてみて、たまたまランチにはいってさ。味に惚《ほ》れて、この近くに住もうと思ったんだよねえ」

グラスワインを飲む高間は、酔いがかすかにまわったのか機嫌がいい顔をしていた。

「おかわりはいかがですか？」

顔見知りらしい、長髪のギャルソンがにっこりと微笑んでワインボトルを差しだす。「ありがと」と微笑み返した高間は、けっこうな常連なのだろう。

「飯が決め手か。……男前のギャルソンもいるし？」

「ああ、そうだね。それもポイント高いかも」

酔っているせいか、佐光の言葉に怒ることもなく、高間は笑った。自分で水を向けておきながら、なんとなく複雑な気分になった。

額をだしている高間は、やはりどこか色っぽい感じになる。ふだん前髪で隠れている目尻のほくろのせいだろう。酒のせいでうっすら染まった肌の色、あまり意識したことはないけれども、色白なんだなと思う。

「……なに、じっと見て」

「泣きぼくろっていうんだっけ、それ」

佐光が自分の目尻、高間と同じ位置にふれて見せると「ああ、ね」と彼はうなずいた。

「それがあるひとって、涙もろいとか、エロいって言うけど」

「すくなくとも俺は違うねえ。ろくに泣いた記憶なんかないし。第一こんなの、皮膚にメラニン色素が定着してるだけの話だろ」

情緒もなにもない言いざまに、佐光は思わず苦笑した。まったく高間らしいと思う。そしてこの男が泣くのは、どんなときだろうかとふと考えた。

「……エロのほうは？」

「ご想像にお任せします」

すました顔で言ったけれども、どこか空気が変わった。頬杖をついてじっとほくろを見ている佐光の視線に、高間は気づいている。だがなにも言わず、やめさせもせず、受け流す。

ややあって、グラスの中身を飲み干した高間が言った。

「食べ終わったなら一服する？　それとも、もうでる？」

「あ、いや。でるか」

一応、喫煙席に座ってはいたが、とくに煙草がほしい気分ではなかった。むしろ帰りたいのは高間のほうかもしれないと察し、佐光は立ちあがる。

けっこう飲み食いしたわりに、支払いは一万とちょっとだった。本当に安いと驚いていると、長髪の店員が「またどうぞ」とにっこり微笑み、ドアを開けてふたりを送りだした。

「ほんとにごちそうさま」

店をでたとたん、高間がぺこりと頭をさげた。こちらの意地を汲《く》んで、財布をださないでいてくれたことにほっとしつつ、佐光も「いや、世話になりました」と返礼した。

「でも、もう今後はおごろうとか考えなくていいからね」

「言われても、次のバイト代たまるまで無理」

にやっと笑った佐光に、高間も眉を寄せて微笑む。

突然そのあとの言葉が不意に浮かばなくなり、佐光は口をつぐんだ。高間も同じようで、しばらく黙りこんだまま、お互いの顔を見つめる。

「あ……それじゃ、きょうは――」

別れの言葉を告げようとした彼に、待ってくれと言おうとしたときだ。ぽつんと、なにか冷たいものが頰にふれる。

「え？　雨？」

「嘘、予報にはなかったけど……うわっ！」

一瞬ののち、突然のゲリラ豪雨に見舞われた。バケツをひっくり返したようなどしゃぶりにあっけにとられて路上で立ちすくんだ佐光は、「こっち！」と叫んだ高間に腕をとられる。

「え、ど、どっち」

「とりあえず俺のうち、ここから走れば五分！」

まえが見えないほどの降りに、目を開けているのもやっとだ。夏場とはいえ、たたきつけてくる雨にすごい勢いで身体が冷やされていく。

だというのに、高間の摑んだ腕だけがひどく熱くて、佐光は奥歯を嚙みしめた。


たしかに走って五分ではあったが、高間の部屋へたどりついたときには、ふたりともずぶ濡れになっていた。

高間はうめきながら靴を蹴り脱ぎ、途方に暮れている佐光に向けて言った。

「うわあ、ぐっちゃぐちゃだ……。とりあえず佐光くん、そこで服脱いじゃって」

「え⁉」

「それもう、洗濯しなきゃ、帰るの無理だよ」

指で示されたのは、玄関脇の浴室だ。そこで、の意味を悟ってほっとする。

「すぐそこが風呂場だから、はいってシャワー浴びちゃって。乾燥機あるから、二時間もあれば乾くと思うよ。……ビンテージじゃないよね？」

「あ、洗ってOKっす」

「じゃ、脱いだらそこの洗濯機のなかにいれておいて。下着もぜんぶ突っこんでいいから。シャワー浴びてる間に洗っておく」

「一栄さんは？」

「俺は着替えあるから。ほら、受験生。風邪ひいてる暇ないだろ！」

背中を押され、浴室にはいる。洗面所兼脱衣所に足を踏みいれ、靴下がびちゃりとなるのに顔をしかめた。

2LDKのマンション、玄関からさほど距離のない状態だったので、奥の部屋も一瞬だけ見えた。こざっぱりした、もののすくない部屋はいかにも高間らしい感じがした。

雨のせいで身体に貼りつくTシャツを脱ぎ、空の洗濯機のなかに放りこむ。だが上半身裸になったところで、佐光は脱衣所にバスタオルがないことに気づいた。

ここの洗面所兼脱衣所には、収納棚がないのだ。実家の一軒家にしか暮らしたことのない佐光は、はじめて足を踏みいれた独身者用マンションの狭さに驚くと同時に困った。

（……つうか、俺、風呂でたら、なに着ればいいんだ？）

二時間あれば、と言っていたが、そんなに長風呂をするわけにもいかない。迷ったあげく、佐光は浴室をでた。

歩いて数秒もかからない奥の部屋に向かい、なにも考えずに仕切りのドアを開く。

「一栄さん、悪い。バスタオルと着替え……」

そこで佐光は息を呑んだ。

目をまるくした高間は、全裸でたっていた。

着替えの途中だったのか、身に纏《まと》うのは肩に引っかけたタオルと、同じような素材でできたスリッパのみだ。

一瞬で顔から爪さきまでを視界におさめた佐光は、無意識にごくりと喉を鳴らす。

男でも女でも、裸などデッサンの授業で見慣れていて、佐光にとっては視覚情報が性欲に直結することはなかった。セックスの経験もあるし、直接的な刺激を受ければむろん快楽はあったけれど、相手の裸体を見るだけで興奮したことなど、一度もない。

だというのに、見た瞬間、佐光はどうしようもなくうろたえていた。

（……エロ）

彼は、ずばぬけてプロポーションのいい身体、というわけでもなかった。貧相とまではいかないけれど肉が薄く細すぎるせいで、うっすらと浮いた肋骨《ろっこつ》が目立つ。鎖骨のさき、肘や腰などのラインも、頼りなく尖っている。

けれど、だからこそなまなましかった。

雨の雫が伝う肌が、ぬめるように青白くなめらかだった。細い脚の間にある剝きだしの性器は、体毛が薄いせいでまったく隠れていない。高間自身、それを覆おうともしない。

茫然と突っ立っていると、無言でこちらを見返していた高間が、くすりと笑った。

「あまり、見ないでくれないかな」

「え……あ、悪い」

「きみみたいに、いい身体しているわけじゃないからね。恥ずかしいよ」

言葉と裏腹、すこしも動じた様子はない彼は、緩慢な動きで濡れた髪を拭う。

濡れた髪から雫がしたたり、顎を伝って鎖骨に落ちる。そのあとゆっくりと薄い胸を伝ってのろりと滑る水滴を目で追ってしまう。

凝視する佐光を高間はとがめない。ただ、しかたなさそうにため息をついて背を向ける。

「で、バスタオルね。ひとり暮らしなんで、衣類ぜんぶここなんだ。きみがシャワー浴びてる間にだそうと思ってたんだけど……」

高間は身体を隠そうともせず、平然とクロゼットの棚をあさった。

(……ん？)

薄い臀部《でんぶ》のした、右の内腿になにか、ちらりと見えるものがあることに佐光は気づいた。

紫の金魚のように見えるそれは、彼が動くたびにひらひらと、やわらかいドレープを描いたラインの端だけが見える。

「それ、なに。タトゥー？」

佐光が問いかけると、振り返った高間は「ああ、これか」と下半身を見おろした。

「若気《わかげ》のいたり」

彼らしくあっさりとした口調で認められる。

「なんの絵？　金魚？」

「リナリア。姫金魚草、とも言うから、近いね」

「見せてもらっていいか？」

佐光が告げると、いつでもあいまいに笑っているような高間の目が一瞬見開かれる。その後、あきれたように眉をあげた。

「見るって、これを？　いま？」

「いま」

「あのさあ、きみ、えらい大胆なこと言ってるって、わかってる？　ここ見せるには、俺は思いきり脚を開かないといけないんだけど」

「べつに、もう見た。一栄さん、さっきから隠してもねえんだし、いいだろ」

じっと見つめながら言うと、しかたなさそうにため息をついた高間は、全裸のままベッドへと腰かけた。

爪さきに引っかけていたスリッパを蹴るように脱ぎ、片膝を立てて大胆に脚を開く。

「どうぞ」

ためらいも、羞じらいもなにもない。おとなしそうに見えていっそ剛胆なその態度に、佐光もまた表情だけは平然とした顔のまま近づいた。

じっさいには、心臓が破裂しそうなくらいだった。

ベッドのまえで膝をつき、彼の不似合いなようで似合っているタトゥーを眺める。近くでしげしげと眺めて気づいたが、下生えかと思っていたのは、タトゥーのデザインの一部だったようだ。

「毛、剃ってんの？」

「これいれられたときに、永久脱毛とセットだった」

高間は色のない声で答える。なんだか疲れたような気配を感じたが、肉に刺されたあざやかな紫の花は、佐光の興味をそそった。

下腹部から腿へと伸びる、穂状に咲いた花弁は幾重にも重なっている。その周囲を繊細なレースのような紋様で囲んだ図柄のせいで、遠目には股間付近に薄い翳《かげ》りがあるように見えたのだとわかった。

「蘭《らん》に似てるけど、違うんだな。なんでリナリア？」

「こういう地味な花のほうが向いてるだろって言われてね」

投げやりな声には反応せず、佐光は「えらい奥までいれてんな」とつぶやいた。

紫の花群は、肉のあわさったところ——尻の奥まで続いている。それをたしかめようと、うなだれていた彼の細めの性器をひょいと持ちあげた佐光に、さすがに高間が目をみはった。

「ちょっと、きみねえ。ひとのそれを、そうあっさりと」

「じゃまなんだよ」

抗議をたたき落として、佐光はしげしげとそれに見入った。

恥骨から内腿の裏までにかけて咲く小ぶりな花の群れ。トライバルのとげとげしさはなく、どちらかというと日本画のような精緻なそれに、和彫りか、と佐光は見当をつけた。

「……うわ、すげえな、こんなとこまで。これ痛くなかったのか」

感心しきりに眺める佐光に、高間はもうあきらめたような口調で「痛かったよ」とつぶやいた。

「あんまり痛いんで、麻酔いれてくれって言ったくらいだけど。そんな資格持ってないからだめ、だってさ」

自分の行動を棚に上げ、変な男だと佐光は思った。他人に急所をさわられて、一応はとがめるけれど隠そうともしない。複雑に思いながら翳りの奥を見て、納得した。

（ああ、慣れてんのか）

佐光もこのところのきわどい遊びで、慣れた女と経験したからわかる。アナルセックスを知った身体は、そうでないものとはかたちが違っているものだ。

これは男を知っている孔《あな》だ。それもかなり慣れている。ゲイだとわかっていたけれど、あらためて知った事実に、妙に胸がざわついた。

ただ、かたちのわりに奇跡的なくらいにくすみやよれ、色素沈着はなく、だからこそ、このタトゥーはひどく栄えた。

「これ、いれさせたの、やんちゃしてたって男だよな。おおかた、揃いのタトゥーいれたんだろ」

「まあね。わかる？」

「想像つきすぎる」

内腿から窄《すぼ》まりに向かって咲く花。それを愛撫し、犯す気分は格別だろう。

「相手の男は、なに？　蛇とか？」

「違う、蜂。へそのしたあたりから、ペニスに向かっていれてた」

突き刺し奪う側と、散らされ奪われる側か。なんとも倒錯的な図柄を共有していたものだ。ぞくりと背中が震え、胃の奥が熱くなる。いらだちに似たものを感じつつ、同時に興奮が全身を駆け抜けた。

ふだんあれほど地味にしている彼の過去になにがあったのか、その全容はまだ見えない。だがずっとちぐはぐだった高間の奥にあるもの、謎の片鱗《へんりん》がひとつ、暴かれた。

エロティックで背徳的な花。それをいいように散らしたという男にも、興味がわく。

「そっちも見たかったな。写真とかないのか」

「……ほんと、佐光くんってアーティストだなあ」

よけるために持ちあげていた性器は、ゆるく角度を持っている。わかっていて手を離さなかったのだと、おそらく高間も気づいているのだろう。だがあえて指摘もしない。

「あるの、ねえの？」

「ないよ。そんなところ、いちいち撮るわけないだろ」

「んじゃハメ撮りは？」

無言の拒絶。だが、経験がないとは言わなかった。おそらく撮るだけ撮ったがあとで処分したということなのだろう。

沈黙の果てに、高間は、深々とため息をついた。

「勘弁してほしいな。俺はそこまで神経太くないんだよ」

「嘘つけ」

これだけ堂々と股間をさらして、照れも羞じらいもしない男の神経が太くないわけがない。まるで挑発するかのようにすがめた目で佐光を見ながら、顔色ひとつ変えもしない。

じっと、互いの心をさぐりあうように目を見交わした。高間とこうして声もなく見つめあうのは、もう何度目かわからない。そして、彼の核心にふれようとすると、すっと身を引いていなくなるのだ。

「さ、もういいだろ。俺も寒いし、きみも冷える」

「え……ああ」

軽く肩をたたいて「おしまい」と言われ、佐光は名残惜しげに顔をあげる。

案の定、躱《かわ》されたことに内心舌打ちをしながら、佐光は食いさがった。

「なあ、それ今度、描きたいんだけど」

「いやだよ」

「なんで」

一言の下に却下され、不満の声をあげても高間は折れなかった。

「これは、俺の男にだけ見せるもんなの。きょうはアクシデントで見られただけ。だから忘れて」

「……あんたの男は、いつもそれ見てんのか」

「見てたよ」

さらりとした過去形に、もう関係は終わっているのだと知れた。とたん、佐光のなかで、なにかがいきなり内圧をあげる。ぐっと顎をひき、いまにも破裂しそうなそれをこらえるか、はじけさせるかとためらううちに、高間が微笑んだ。

あの、シャッターをおろす顔で笑われては、もう無理だ。

「ほら、シャワー浴びておいで」

「一栄さん」

「洗濯しないと、帰れなくなるよ。やることあるだろ、いっぱい」

それを言われてはもう、どうしようもない。釈然としないまま、もやもやしたものを持てあました佐光は部屋から追い払われた。

そして浴室にはいり、さきほどより雨水が染みていっそう肌に貼りついたデニムと格闘しているうちに、脱ぎにくくなった理由を察した。

「あほか」

ぎちぎちのデニムに押さえつけられた股間は、いきりたっていた。追い払われるわけだとため息をついて、どうにか濡れた衣服をひき剝《は》がし、洗濯機に突っこむ。

「勝手に洗っていいんすかぁ」

ドアごしに聞こえるよう、大声をあげた。

「いいよ。洗剤とか適当に使って。使いかたわかる？」

なにごともなかったような声で返事があり「わかる」とまた声を張りあげ、容量最小のコースを選んで洗濯機のスイッチをいれる。

「……ふつうじゃねえなあ」

起動音ののち、音を立ててドラムのなかに水がたまりはじめた。

佐光のなかにも、なにかがこうして満ちている。そして機械のように、適量でストップするような機能はついていない。溢《あふ》れるのはいつか、どんなかたちか、すこしもわからない。

雨のにおいのする手で顔を覆った。頬が、熱い。

＊　＊　＊

高間は佐光が帰ったあと、自室のベッドのうえでひとり、膝を抱えていた。

「ばか」

ぽつりとつぶやくのは、自分にでもあり、佐光に対してでもある。

あの花を見られたのは、かつて自分にタトゥーをいれろと命令した男から数えて、やっと三人目だ。

彼がいなくなってしまったあと、いちどだけ、ぬくもりを求めてほかの男と寝た。いまは渋谷のクラブでオーナーをやっている、清白という男だ。

恋愛感情ではなかった、お互いに彼の——廉の存在が大きすぎて、ぽっかりと空いた穴をどうすればいいのかわからなかっただけだ。セックスというより、殴りあうようなそれに近かった。泣きながら抱いて、抱かれた。涙が重くて、なにも見えていなかったと思う。

だから、もしかしたらある意味、簾のあとにこのリナリアをはっきりと見たのは、佐光がはじめてなのかもしれない。

「ほんとに、遠慮もなしにさわるし、見るし」

デッサンをとるとき、塑像などをさわって立体感をたしかめるというが、佐光のふれかたはまさに、対象物を観察するときのやりかただった。それでも軽く反応したことが気まずかったのに、あろうことか彼も勃起していて、なおいたたまれなかった。

やめるようながした佐光はあっさりと引いて、単なる雰囲気に呑まれただけだったと知ったあとの安堵にまじった、かすかな落胆。

「ほんとに、そろそろ恋人作ろうかな」

枯れきった生活をして、もう八年だ。あのころ、爛《ただ》れたセックスに溺れていた反動か、すっかり性欲などわかない。

高間が二十歳のころ、佐光はまだ十三歳。打ちあけ話によれば、兄の彼女にいきなりのしかかられ、パニックになっていた時期だ。

(子どもで、かわいかったんだろうに)

自覚はなかっただろうけれど、たぶん、佐光はそのことで傷ついたはずだ。彼がときおり、女性に対して異様に辛辣《しんらつ》なのは、トラウマなのかもしれない。

なんにつけ、はじめてのセックスは心に残る。痛みでも感動でも。

高間にとっては、そのすべてが混沌《こんとん》とまじりあったものだった。けれどもう、最近では、思いだすことすらすくなくなっている。

「廉……」

ひさしぶりに口にした名前に、もう胸は痛まない。ただ、かすかに、誰かを裏切ってしまったようなうしろめたさと、せつなさだけが全身を取り巻いている。

雨は、まだ降り続けていた。佐光はそういえば、傘を持っていかなかった。勧めることもしなかった。どれだけ動揺していたか思い知り、高間はふっと笑う。

その笑みは一瞬でかき消えて、膝を抱えたまま、目を閉じた。

＊　＊　＊

八月の後半、講習会がはじまり、いよいよ佐光の生活はタイトなものになっていった。

アルバイト自体は、夏休みいっぱいという約束でまだ続けている。時間は夜の三時間に絞られたが、昭生の言ったとおり消耗品の画材についても金は必要で、親に頭をさげて小遣いをもらうより、多少の忙しさのほうがましだった。

講習は朝の九時から夕方六時まで。以前とは違う、新宿にある予備校で、さほどギスギスした空気はないけれど、いい緊張感があった。

制服を着た現役生、浪人生。いちばん難易度の高いコースに絞っただけあって、同じ教室内でもくもくとデッサンをする面々は、いずれもうなるほどうまい。ブランクがあったことについてあせりもするけれど、『負けたくない』とシンプルに思えるライバルがいる環境が、嬉しくてたまらなかった。

（専門じゃ、さすがにこれは無理だった）

あの学校でも、朗やその友人らのように、がんばって腕を磨く者がいることは、いまではわかっている。ゆっくりしたペースで学ぶのも、あっている人間はいるだろう。

だがどうあっても、この張りつめた緊迫感だけは味わえない。そして佐光は、こういう刺激を発憤材料にするタイプだった。

ぐいぐいと自分がうまくなっていくのを感じるのは、たまらなくいい気分だ。講評でも上位につけられ、ほっとしたが、「でもこれからだ」と言われて気は抜けなかった。

「受験テクニック的なものは、完璧に身についてる。けど、うますぎる絵ってのは、へたするとこざかしさにもなって、のびしろが見えないとも言われかねない。がっついてそうだから、大丈夫だろうけど」

佐光のデッサンをそう批評した講師は、ひとの悪そうな顔でにやりとした。

佐光も同じような表情で「がっつき具合だけは心配ないっすよ」と答え、あきれたため息と笑いをもらい、その日の講習は終わった。

「佐光さん、きょうもバイトですか」

教室内で、一、二を争うほどうまい現役生の女子に声をかけられ、「ああ」と佐光はうなずく。講習会をこの予備校で受けることに決めたのは、新宿駅から近いこともあった。うまくすれば六時半にはコントラストにつく。バーの営業時間には遅れるが、さほど迷惑をかけずにすむのは助かった。

「がんばってくださいね」

「そっちは？」

「わたしは、これからこっちの予備校です」

テキストのはいったバッグを見せられ「そっちもがんばれよ」と告げる。にやっと笑った彼女が親指を立て、佐光も同じ仕種を返した。

おそらく同じ大学を受験するだろう相手だが、互いに実力を認めあっているせいか、仲がいいわけでもないが険悪でもない。また変な色目を使うでもないから、話すのが非常に楽だった。

(ああいう女もいるんだよな)

駅までの道を歩きながら、佐光は思った。

ゆきなのように、ひたすら遊びまわっている女としかここ数年接触していなかったが、高校時代にはたしかにもうすこし、骨のある女子もいたことを思いだす。要するに佐光自身が、ろくな会話もいらないような相手としかつきあいがなかったというだけの話だ。

あれっきり、ゆきなとは会っていない。フリーメールのアドレスにも連絡はこなくなり、縁は切れたらしいと感じている。それについて、高間の知りあいがなにかしたかどうかも、佐光は知らない。高間もまた、口にすることはないだろう。

(ま、終わった話だ)

それよりも、はやくバイトにいかなければ。カルトンケースを抱えて道を急いでいると、夜が近くなり、にぎわいはじめた新宿の街はがぜん歩きにくくなってきた。

「すみません、……ごめん」

あちこちぶつかりながら歩いていると、大抵の人間は舌打ちで去っていく。だがいよいよ駅まであと数メートル、というところにきて、派手な女にぶつかった。

「いったーい！　なにすんのよ！」

「わ……」

悪い、という言葉が佐光の喉で引っかかった。不機嫌そうに振り返った女も、一瞬で目を見開く。

「うっそ、正廣じゃん。なにやってんの……って、ああ、お絵かきか」

カルトンケースを一瞥した彼女にうなずき、「そっちは？　またオールか？」と問う。

「そだよ。いっしょにいく？」

まるで悪びれず、けらけらと笑うゆきなに「いかねーよ」とため息をついた。

「遊ぶ暇ねえんだ。金もねえし」

「あっそー。まあね、あたしもこれ以上あんたとつるむのやばいし」

「……どういう意味だ？」

「あのあと、すんごい怒られたんだもん。イチエさんの知りあいにちょっかいかけんな、って話まわってっから、シマ変えるしかなかったんだよね」

あっけらかんと言うゆきなに、すこしだけほっとした。説教だけで、それほどの制裁は受けずにすんでいたらしい。

「いいけどさ。おまえもあんま、やべえ遊びすんなよ」

「え、どしたの、やさしい」

アイラインを濃くひいた目をまるくして、ゆきなは驚いていた。

「やさしいとかじゃねえけど、あんなことばっかしてたらやべえだろ。酒はともかく」

「なに、心配してくれてんの？　あはは、うっそー。まじで正廣変わったんだぁ」

茶化すな、と睨んだ佐光に、ゆきなは肩をすくめた。

「あーん、ごめん。でもあれはさあ……」

言いかけて、ゆきなははっと口をつぐんだ。

「あれは、なんだよ」

「んー、んー。言ったら怒られるかなあ。困るんだけどねー。うーん」

佐光にはまったく意味不明なことをぶつぶつこぼしたあと、ゆきなはぱっと顔をあげた。

「な、なんだ」

「んー、正廣、わりとヨかったしさ。あたし、けっこう気にいってたんだ。だからチューコクしてやんね」

「なにを？」

ふふ、とゆきなは笑った。その表情は軽薄な彼女らしいもののようでいて、いつもとはすこし違って見えた。

夏の暮れ、まだ日はあかるい。だが風に流され差し掛かった雲が、ふっと世界を暗くする。

「ホーリーナイトには、気をつけな」

「えっ？」

「そんだけ。じゃーね」

なにがなんだかわからないでいると、警告めいたことを告げて、ゆきなはあっという間にひとごみのなかに消えた。

「ホーリーナイトって、なんだそれ……？」

唖然となった佐光は、しばらくその場にたちすくんでいた。

ゆきなのせいで遅刻となった佐光《さこう》は、昭生《あきお》に怒られ、しこたまこき使われて、へとへとになりながら帰途についた。

＊　＊　＊

ふだんはバイトあがりにまかない飯を食べていけと言われるが、遅刻のせいで夕飯は抜きだった。自分が悪いのでなにも言えないが、空腹は耐えがたい。なにか買って帰ろうにも、先日高間《たかま》におごったことで、小遣いは底をついている。

（冷や飯くらいは、ねえかな）

こっそり台所をあさるしかないだろうか。げんなりしていた佐光は、夜道に見えた人影に、さらに疲労感が増すのを感じた。

「正廣《まさひろ》、おかえりー」

能天気な声で手を振る敦弥《あつや》は、またいつものコンビニ帰りだった。手にした袋の中身はおそらく駄菓子類だろう。

きょうはもう、これ以上のアクシデントは勘弁、という気分だった佐光は、疲れきった声で「おう」とだけ答え、重い脚をひきずって歩き続ける。

「なんだよ、また夜遊び？」

敦弥は毎度のごとく、こちらの空気も読まないまま、あれこれ話しかけてきた。答えるのも面倒で無言のままさきをいこうと歩みを早めたところ、夜道で突然、敦弥は大声をだしはじめた。

「なあ、無視すんなって。なあなあ。なー！」

「うっせえよ、ばか！」

近所迷惑だろうが、とたしなめた佐光の横を、これも帰宅途中らしいサラリーマンが歩いていく。じろりと睨《にら》まれ、俺のせいじゃない、と腹だたしくなりながら、息をついて感情をおさめた。

「夜遊びとかしてねえよ。そんな場合じゃねえし。遅くなったのはバイトだ」

講習にアルバイトに夜の勉強。しばらくぶりで受験に本腰をいれている状況のうえに、高間のことで、正直、頭がいっぱいだ。おまけに今夜はゆきなの残した謎の言葉が引っかかり、佐光の意識は散漫なままだった。

「この間、先生きたっつったろ。あれは来年、もういっぺん受験することについて、助言しにきてくれたんだよ。親も了承した」

「えっ……」

説明は終わったと、すたすたと佐光が歩きだす。あわてて敦弥はあとを追ってきた。

「じゅ、受験するっていまさら？　なんで？」

「なんでって、大学いきてえから」

「来年って正廣二十二歳だろ？　それで新入生ってヘンじゃん」

「いまだって二十一で新入生だよ。それに浪人なんざめずらしくもねえし、あの専門には、べつの大学卒業してから入学しなおしてくるひとたちだってけっこういる。いくつだろうと、勉強したきゃすればいいんだ」

敦弥に言いながら、こんな基本のことも忘れていた自分がおかしくなった。そしてふと、以前ならばけっして言わなかっただろうことを、口にしていた。

「おまえも、どうにかしてみたら？」

「どうにかって」

「ともだち、まともに作るとか。学校はいるとかさ」

言ったとたん、敦弥は顔をこわばらせた。それは数時間まえ、驚いたように目をみはったゆきなの反応と、根っこをおなじくするものだ。

——え、どしたの、やさしい。

あれはたぶん、あたりまえの心配の言葉すら、かけられたことがないのだ。すこしまえの、自分とおなじく。

（いや、言われてても、気づいてねえんだろうな）

敦弥がいくら邪険にされても話しかけてくるのは、おそらくほかにしゃべる相手が誰もいないからだ。

佐光はそんな彼に対して、以前のように、くだらないと切り捨てることはできなかった。

すくなくとも、佐光は高間に見捨てられはしなかった。

じっと見おろした幼馴染《おさなな》《じ》みは、唇を何度も嚙《か》んでうめくように言う。

「いまさら……中卒の十九歳で、どうしろってんだよ」

「高校卒業資格とるとか、してみりゃいい。ほかにも、そういうんじゃなくても実技系の専門学校とか、探せばなんかあるだろ」

静かに返すと、敦弥はまた息を吞《の》んだ。みるみるうちに、その目には憎悪に似たものが滾《たぎ》り、佐光はかすかに眉《まゆ》をひそめる。

「……いきなりかっこつけてんじゃねえよ、三浪が！」

さきほどまでにこやかだったのが嘘《うそ》のように、敦弥は子どもっぽい顔を歪《ゆが》めて吐き捨てた。またいつものヒステリー反応だ。こうなると、敦弥は自分の興奮がおさまるまで言葉を止めない。

「無駄な努力して、ばかじゃねえの。それでえらくなったつもりで説教か。どうせ来年だって落ちるに決まってるのに！」

いささか閉口しつつも、佐光は冷静な自分に驚いていた。

「わかんねえだろ、そんなん。それに、落ちたら落ちたで、どうにか考える」

高間、昭生、朗《あきら》に栢野《かやの》。クセはあるが心に届く言葉を持った彼らに出会い、やり直せると口々に背中を押されていま、ようやく自分は向き直ったところだ。そしてそれもすべて、高間がつないでくれた細い糸でしかないことはわかっている。

まだ佐光自身は、なにも為《な》していない。これからを見る、と言った父の言葉は正しいのだと、敦弥を見ていて思った。この幼馴染みと同じ次元で腐るのは簡単で、足を引っぱろうとするいままでの悪縁は完全に切れたとは言えないのだろう。

「まじでおまえ、なんとかしろよ。変わるのは、自分で決めねえとできねえぞ」

かつてのように、いやみの応酬で返した言葉ではなかった。彼に対して、もうおまえとは違うと宣言するための言葉だった。

敦弥は正しく意図を汲《く》み取ったのか、全身を震わせていた。

「……正廣に言われたくない」

「俺もおまえに言われたくない」

「おまえがまともになったとか、信じない！」

以前なら、この言葉に逆上していただろう。じっさい、ほんの一カ月まえまでは彼の言うとおり、どうしようもない人間だったけれど、いまは、すくなくとも心根だけは違う。

「俺は、腐ってても、意味ねえってわかったし。やれるだけのことはやるつもりだ」

「かっこつけてんじゃねえよ、ばか。ばーか、ばーか！」

足を踏ん張り、敦弥はわめく。佐光はやはり怒らなかった。不思議なくらい、敦弥がみじめさを隠そうと虚勢を張っているのが見えた。

そしてなぜ、自分がよけいな口出しをしてしまったのかも悟った。

（まんま、俺はこんなんだったんだな）

きらいな相手とはいえ、むかしから知っている。将来などと大きなことを言える身分ではないけれども、どうしようもなくくすぶっている敦弥を見ていると、ほんのすこしまえの自分がそのままそこにいるようで、苦いのだ。

「まあ、おまえがばかだと思うことまでは、否定しねえよ。好きにすりゃいい」

背中を向けると、なにかをぶつけられた。転がったのは、さきほど彼が手にしていたコンビニの買いもの袋だ。拾いあげ、散らばった中身を袋におさめた佐光は、無言でそれをさしだす。敦弥はそれをひったくった。

「ぜってー許さねえから……」

「べつに、許されなきゃなんねえことはしてねえよ」

憎悪に近い言葉をぶつけられ、さすがに目をすがめる。睨《ね》めおろすと、自分で挑発しておいたくせに、敦弥はびくりと震えてあとじさった。

（いらんこと言った）

後悔しながら、佐光は家路までの数メートルを振り返らずに歩いた。玄関を開けるとき、横目に見た路上には、もう敦弥の姿はなかった。

「おかえりなさい……」

家にはいると、心配そうな顔の母が玄関まででてきて、妙にこちらをうかがっているような顔をした。おそらく、敦弥の怒声が聞こえていたのだろう。「けんかは、してねえ」と、佐光はため息まじりに告げ、バッグのポケットをあさる。

「ちゃんと予備校もいってきた。これ、一応、予備校内の成績だけど」

「ぜんぶAプラス……すごいじゃない」

この日配られた実技の成績表を見せると、母はほっと息をついた。口元がわずかにほころんでいた。

栢野の説得があって以来、すこしずつ歩み寄ろうという気配がある。まだぎこちなくはあるが、以前は顔もあわせなかったところ、こうして話くらいはするようになった。

さりとて素直な孝行息子へといまさら変われるわけもなく、佐光は気まずさをこらえてそのまま二階へあがろうとした。

だが、おずおずと呼び止めたのは母だった。

「あの、正廣、ごはんは？　きょうも、バイトさきで食べてきた？」

「あ、いや。食ってない。遅刻したんで……」

言いかけたところで、派手に腹の虫が鳴った。ぷっと噴きだした母は、「じゃあ簡単に用意するわ」と台所へ向かう。

「助かる、ありがとう」

なんの気なしに言うと、母は目をまるくしたあと、また微笑《ほほえ》んだ。

「……手、洗ってきなさい」

階段脇にバッグを置いて、洗面所で汗と埃《ほこり》に汚れた手を洗った。鏡を見ながら、そういえば母の笑った顔など、何年も見ていなかったことに気づく。

(見落としてばっかだったな)

ずいぶん長いこと、曇った目で周囲を見ていたものだ。母は気弱だし、父に逆らうほど気丈なタイプでもない。見捨てられたように感じていたが、とんでもない間違いだった。

夜遊びをして家に帰るたび、こっそりと、足りない小遣いを補塡《ほてん》してくれていたのも、案じるような目で見ていたのも彼女だ。

自分の未熟さにほぞを噬《か》んでいると、「できたわよ」という、母の声がした。

「いまいく」

汗ばんだ顔だけ洗い、台所に向かう。テーブルにはしょうが焼きとみそ汁、ごはんという、立派な夕食が並んでいた。

「ありがと。いただきます」

席に着いてそう告げると、母は驚いたように目をみはる。

「なんだよ」

「……だって、いただきます、って」

このところ昭生のまかない飯を食べる際の習慣だったが、そういえばまともに食事の挨拶《あいさつ》をしたのは中学生のころまでだった。

「……泣くことねえだろ」

うつむいて目尻を拭《ぬぐ》っている母に、ぶっきらぼうに告げる。うん、うん、とうなずいている彼女は、こんなにちいさくなっていたのか、と感じた。

——親御さんと話をしてごらん。案外、きみが思ってるのとは違うかもしれないから。

食事をする間も、母は向かいに座っていた。正直言うと居心地は悪かったが、栢野の言葉を思いだし、尻の据わりが悪いのは我慢する。

黙々と食事をしている佐光の手をじっと見て、母はぽつりと言った。

「手が荒れてきたわね」

「ずっと皿洗ってるから、しょうがねえよ」

みそ汁をすすった佐光の言葉に、母は、ほっと息をつく。

「よかったわ。正廣が落ちついてくれて。髪の色は……まあ、アーティストってことだし、そういうのもありなのかもしれないわね」

「アーティスト？　なんだそれ」

「栢野先生が、おっしゃってたの。なにか心配なら、電話してくれてかまわないって……いい先生よねぇ」

いつそんな話をと思ったが、どうやら栢野はたまに母の相談に乗ってくれているらしい。佐光のファッションも自己主張のひとつ、不良とは違うので認めてくれと言ったのだそうだ。担任でもないのにまめなことだと、つくづく感心する。

だがそのおかげで、このところの両親たちは態度が軟化しているのだ。

(あっちにも礼、言わねえとな)

しみじみ、知らぬところで助けられていた自分を反省していると、母がなにか言いたげに目をしばたたかせた。

「なに？」

「……あの、さっき、敦弥ちゃん……」

「ああ、言ったろ。べつにけんかはしてねえから」

佐光が言いかけたところで、母は「話してたことは聞こえたの」とつぶやいた。

「盗み聞きみたいで、ごめんなさい。でもお母さん、嬉しかったのよ」

「嬉しいって、なんで」

佐光が驚くと、母はほっとしたような顔をしていた。

「やれるだけのことはやるって。そう言ったとき、まえみたいに……なんだか意地になってるんじゃなくて、ちゃんとやるつもりだって、わかったから」

母が言うには、いままでも、受験を闇雲《やみくも》に反対したわけではなかったのだそうだ。

「お父さんは、まじめなひとだから。意固地《いこじ》に反抗して、大学を家を出るための手段と考えているんじゃないかって。それじゃ、学業をおさめるもなにもないって」

心配していたのだ、と母は言った。佐光自身、そういう気持ちがないわけではなかっただけに、なにも言えなかった。

「……まあ、とりあえず親父《おやじ》に本気なのはわかってもらう」

「もう、わかってると思うわよ」

「どうだか」

「あのね、お父さんも、そこまでわからずやじゃあ、ないのよ？」

母のとりなす言葉に、佐光はさすがに顔をしかめた。父と息子が、必要以上に揉《も》めたのは、似た気性同士の多少の売り言葉に買い言葉だった部分もある。だが、長年の積み重ねのうえでこじれたことが、そうあっさりと解決するとは思えないし、佐光にも思うところはある。

黙りこんでしまった佐光に、こうなればわだかまりのすべてをほどいてしまおうと思ったのか、母はこの家でずっとタブーだったことを口にした。

「中学のときのあの……女の子のことで、怒ってはいたけど、どうして怒ったのか、いまならわかるわよね？」

「……あれは」

自分がやろうとしたことじゃない、と言いかけて、佐光は口を閉ざした。母は「あれは、なに？」とうながしてくる。

ふたたび黙りこむと「ねえ」と母はめげずに顔を覗《のぞ》きこんできた。

「お母さんね、あのときなにか、間違ったのかなって、最近思うようになったの。だってあなた、あのころまでは、そんなふうに荒れた子じゃなかったから。だから、もし……誤解していたなら、謝りたいの」

静かにそう告げた母を見て、佐光は逡《しゅん》巡《じゅん》する。

いまさら過去を蒸し返してもしかたがないし、言い訳がましいことも言いたくはない。

「なんで、そう思うわけ」

問いに問いで返すと、母の顔が暗くなった。それこそ言いたくないことがあるのだろうか。怪訝《けげん》に思いながらも、会話がとぎれた。そのとき、二階からどすんという物音がして、佐光ははっとした。

「なんだ、あれ」

「……お兄ちゃん。いつも会社から帰ってくると、ものすごい音量で……あれはゲームなのかしら。映画なのかな？　わからないけど、部屋からずっと音楽と、ひとの悲鳴とか銃声がしてて……」

このところ、部屋で暴れている気配がするの。暗い顔で母はつぶやいた。

「正廣はここしばらく、ずっと遅かったからわからなかっただろうけど……ご近所からも苦情がでてて……」

疲れきったように母は言ったが、それは逆だ。いままでは、隣室の佐光にとって騒音になる程度の音量は流していた。佐光がそう言いかけたところで、母が言葉を続けた。

「あなたが帰ってくると、静かになるの。気配で、わかるみたいで」

それでは清也《せいや》は、あれでもボリュームを絞っていたということだ。たしかに、階下にいてまで聞こえるほどとなると、あの程度の音ではすまないだろう。

（なにやってんだ、あいつ）

顔をしかめた佐光の表情をじっと見つめ、母は切羽詰まったような声で問いかけてきた。

「ねえ、あなたとお兄ちゃん、いったいどうなってるの」

「どうって、なにが」

「ちいさいころは、仲よかったでしょう。ただ、あのことがわかってから、お兄ちゃん、変わっちゃって……」

ひそかにそれを憂えていたらしい母は、ようやくまともに口をきいた息子に、数年間抱えていたという疑問を打ちあけた。

「あのとき、女の子を無理に、その……って言ったの、お兄ちゃんだったでしょう。彼女も、お兄ちゃんのともだちで、そのとおりだって言っていたし、でも……」

本当のことを教えて。すがるような目で、母が言いかけたときだった。

「母さんは、そんなやつの言うこと聞くわけ」

いきなり背後から声がかかり、清也の歪んだ顔に佐光は息を呑んだ。

戸籍上の兄は、ここまですさんだ顔をした男だっただろうか。瘦《や》せた身体《からだ》、以前見かけたときよりさらに不健康に瘦《こ》けた頰《ほお》、どう考えても尋常ではない。

驚きに言葉がなかった佐光を睨み、兄はせせら笑った。

「やっぱり血のつながりってすごいよね。現場を見てたのに、じつの息子は信用するんだ」

「お兄ちゃん、そんな」

「あーあー、やってられないね！」

あざけるように怒鳴った清也に、母がびくっとする。そして、助けてというように佐光を見た。

もしかすると母の態度の変化は、兄に怯《おび》えるがゆえに、次男――実の息子であるこちらに頼りたいと思ったがゆえかもしれない。長いことねじくれていた自分の心がささやく。

けれど、それもまた仕方ないのだろうとすぐに思い直した。母は女で、かなり小柄だ。仕事仕事の父親は不在がち。怯えてすがりたいと思うのは、あたりまえのことだろう。

「女怒鳴るなよ、みっともねえな」

「なに……」

佐光は立ちあがり、兄を見おろす。中学以後逆転した体格差は、なんだかかつて恨んでいた相手をひどくちいさく見せた。

「てめえが気にいらないのは俺だろ。言うなら俺に言え」

「うるさい、おまえなんかっ……！」

摑《つか》みかかってきた兄の手をとり、あのときの高間の見よう見まねで、親指のつけ根をぐっと押す。とたん、顔を歪めた兄の手がゆるみ、あっさりと佐光はそれをほどいた。

「えっ……」

あのときの自分とおなじく、兄はなにが起きたかわからないような顔をした。そして痛みを覚えた自分の手を、もう片方の手で握り、怯えたように佐光を見あげる。気持ちがわかるだけに、つい佐光は笑ってしまった。

「やめとけよ。無駄に痛い思い、することねえだろ」

その笑みを、ばかにされたと受けとったのだろう。兄はうなったあと、ぎろりと佐光を睨んで二階へと駆けあがっていく。また派手な音を立ててドアが閉まったけれど、たしかに音量は絞られたようだ。

(俺が帰ってきたの、気づかなかったのか)

そういえば、きょうは二階にのぼっていない。おそらく階段の足音かなにかで、調整していたのだろう。

「……心配しなくても、けんかとか、しねえから」

振り返ると、おろおろしていた母にできるだけ穏やかに告げると、彼女は涙ぐみながら何度もうなずいた。

「ありがとう、正廣……」

おおげさに感謝されると、やはり気まずい。佐光は残った夜食を大急ぎで口に放りこみ、流しへと食器を運んで手早く洗った。そこでまた、「お手伝いするなんて」と感涙にむせぶ母親に、いままでどれだけ自分がだめ息子だったか思い知らされ、ひたすら居心地が悪い。

「ごちそうさま。お休み」

「お風呂は？」

「疲れた、あしたの朝はいる」

とにかく母親の異様な感激ぶりに閉口して、そそくさと佐光はその場を離れた。

二階にあがると、隣の部屋はいままでになく静かだった。不気味な気配を感じつつ自室にこもり、兄と敦弥のあの荒れ具合を不快に思いつつ、冷静に分析している自分がいる。

（あのひとに会わなけりゃ、俺も変われなかったな）

静かに思いながら、汗ばんだ服を脱ぐ。湿ったシャツの感触に、あの雨の日を思いだした。

地味で穏やかで、しかし動じない、裏の顔を持っている男。まっとうなことを言って佐光を諭したくせに、誰にも見えない場所には淫《みだ》らなタトゥーをいれ、過去にはなにやらきな臭い経験も山ほど積んでいるらしい。

投げやりにさらした肌とリナリアの花。思いだすだけで、唐突に勃起した。舌打ちし、佐光はデニムを脱ぐまえにいらぬ妄想をした自分を呪う。

「いてえっつの」

文句を言いながらどうにかそれをひきおろし、ベッドに腰かけながら蹴《け》り脱いだ。解放感はあったが、違う意味ではよけいに悶々《もんもん》とする。いっそ抜くかと思ってやめた。きつくても、この状況で自慰はしたくなかった。

「俺は、どうしたいんだ？」

ぽつりとつぶやき、ひりつくような熱を持てあました自分の身体を見おろす。数秒後には、高間がほしいと結論がでた。

どういう感情なのかはわからない。だが確実に、彼とセックスはしたいと思う。

(けど、じゃあ、どうする)

そう考えて、途方に暮れる。やりたいと言えば、たぶん拒否はしないだろうが、間違いなく投げやりに与えて、一度きりで終わらされるだろう。それはいやだ。

どうでもいい人間のようにあしらわれたくもない。手に入れるならぜんぶがいい。

もともと佐光は直情径行で、我慢強いほうではない。いずれ溢《あふ》れた感情が暴走するのは目に見えていて、それをどうにかしたいと思いつつ、こらえるのも性分ではなかった。高間のまえにそびえた、見えない壁を踏み越えたい。彼を手にいれる方法がわからないいま、夜が更《ふ》ける。

まだ、この感情に名前はつかない。つけるべきでないかもしれない。

ただ欲しい。それだけがいい。純粋に、強く、佐光はそう思った。

＊　＊　＊

十日間の講習は無事に終了し、ハードなスケジュールが終わったことに佐光はほっと息をついた。

いろいろと考えることもあるけれど、じっくり掘り下げている暇もなく日常がすぎ、気づけばもう、夏休みも終わりにさしかかっている。専門学校の課題もクリアし、あとは自力で勉強を続け、腕がなまらないように絵を描き続けるだけの日々となった。

近所を出歩いていても、敦弥とでくわすこともなく、平和といえば平和な日々だ。

そして講習の終わった翌日、ひさしぶりにアルバイトも休みになったその日に、佐光は高間の家を訪れていた。

「きみ、ほかにいくとこないの」

「なんで。迷惑？」

あきれたように言いつつも「べつに」と高間は拒まない。

「ただ、せっかくオフになったんだろう。なんでまた、俺のところなわけ」

「いいっつったんだから、いいだろ」

いいけどさ、と言いながら、手みやげのシュークリームを高間は受けとった。案外、あまいものが好きらしいことは昭生から聞いて知っている。そして手みやげは、最近有名な店の限定品だ。彼がめざとく店のロゴへ視線を走らせたのをたしかめ、佐光はにやりとした。

「とりあえず、コーヒー淹《い》れるよ」

なんとなくいそいそとして見える高間のうしろ姿に笑いをこらえつつ、リビングのソファに座って足を投げだした佐光は、「あのさ」と台所の彼に声をかけた。

「なに？」

「親父が、とりあえず、後期からも夜間の予備校ならいいっていいって。ただし講習費用は、バイト代でだすならって条件だけど」

「えっ」

あわてて高間が台所から戻ってくる。その顔を見つめながら、佐光は言った。

「きのう、短期講習の成績見せて、親父説得した」

高間はますます目をまるくする。「あんたに報告しようかと思って」と、ぶっきらぼうに佐光が言えば、彼は噴きだした。

「……なんだよ」

「いや、はは。いちばんに報告しにきてくれたんだ？」

「世話かけたから、一応」

メールでも電話でもよかっただろうと言われなくて、佐光はすこしほっとしていた。じっさい、栢野にはさきほど、携帯メールで、高間の家にくる途中で経過を報告した。返事はまだないので、おそらく仕事中なのだろう。

「そうか。じゃあ、またお祝いしないと」

「合格まで、なんべん祝うんだよ」

言いながら、佐光は目を閉じた。高間が立ち働く気配がする。湯を沸かし、コーヒーを淹れる、日常的な動作のたてる音。それがひどく安心した。

だらりと、力が抜けていく。背もたれに頭をもたせかけていると、ふわりとコーヒーの香りが漂った。

「なんだか眠そうだね」

「最近ちょっと、家で眠れねえから……」

あくびをしながらカップを受けとって答えると、高間はすぐに「なにかあったの」と問いかけてきた。

「なにか、ってほどじゃねえけど。うるさくて」
佐光は軽く首を鳴らして、顔をしかめた。
あれからというもの、兄の素行はだんだん奇妙になってきている。会社には一応いってい
るようなのだが、家族のまえにはいっさい姿を見せなくなった。一日中家にいる母ですら、
いつ出勤しているのか、帰ってきたのかもわからないという。
相変わらず近所から苦情がくるほど大音量でゲームをしたりと、常軌を逸《いっ》している。しか
も、最近は佐光がいてもおかまいなしで、すっかり寝不足だ。
いつものように、ぽつりぽつりと家の話をすると、高間はしばし考えこんだのち、慎重な
口ぶりで言った。
「なあ。お兄さん、ちょっと危なくないか？　心療内科とか、そういうのは？」
「親は考えたらしいけど、本人が無理」
なにかあると、どうせ本当の息子じゃないんだと言って暴れる。先日は、業を煮やした父
親が説得しようとしたところ、なにかをドアに投げつけ、砕ける音がしたそうだ。
尋常でないやつれ具合も見ていただけに、佐光はあれ以上刺激しないほうがいい、と意見
を述べ、さしもの父もうなずくしかなかった。
「血のつながりがどうこうとか、もう二十五にもなって、まだ言うかって思うんだけどさ。
本人もしんどいだろうけど、知らないでいる間は、問題なかったじゃねえかって思う。ほん

とに、ただの家族で」

隣に座った高間が、そっと支えるように腕にふれてきた。一瞬、深いところに落ちそうになっていた佐光は、ふっと肩の力を抜く。

「……って、俺が言うと火に油だから、言えねえけど」

「大変だね」

同情するように、高間がそっと微笑みかけてきた。

「俺、あんたには愚痴言ってばっかだな」

「いいんじゃないかな。たまには吐きださないと。物言わねば腹ふくるる、って言うだろ」

「ああ、徒然草か。正確には、物言わぬは腹ふくるるわざなり、だな」

佐光がかすかに笑うと「そうなの？」と高間が言った。慣用句として覚えていたが、出典は知らなかったらしい。へえ、と感心しているのが妙におかしかった。

「でも佐光くんも、だいぶ成長したねえ」

唐突にしみじみ言った高間に対し、佐光は「あ？」と目をしばたたかせた。

「まえは、盗んだバイクで走りだしたり、さわるもの皆傷つけるって感じだったけど」

「なんだそれ。俺、バイク盗んだことなんかねえし」

きょとんとした佐光に、高間は肩を落とす。

「……通じないのか。うん、いや、いい」

「嘘だよ。昭和の歌謡曲だろ」

にやりと笑うと「性格悪いな、知ってるんじゃないか」と睨まれた。

「物真似《ものまね》番組で見た。つか、あんただってリアルタイムじゃねえだろ」

「ある一定層にはバイブルな曲なんだよ」

それはヤンキー連中か、と問おうとしてやめた。なんだか爆弾が埋まっている気がしたからだ。しかし、口を閉ざした佐光の思惑は、高間に見透かされていたらしい。

「……佐光くんは顔にでるねえ」

苦笑いする彼に「そうか？」ととぼけてみせたけれど、ごまかされるわけもなかった。

「うん。たぶんきみは、自覚している以上に素直な子なんだと思うよ」

「子とかやめろよ、たいして違わないだろ」

言いぐさにかちんときた佐光が目をすがめるけれど、高間はしれっと言ってのける。

「七つも違うと違いますよ。きみが小学生のとき、俺もう大学いってるから」

からかうつもりだろうことはわかったけれど、なんとなく不愉快だった。

のしかかり、ちいさな頭を抱えて揺さぶってやると高間が悲鳴をあげた。

「うわ、ちょっと、やめなさい！」

「そのガキ扱いがむかつくんだよ！」

「あはは、ちょっと、ほんとに目がまわる……！」

声をあげて笑う彼の顔は、見慣れないほど無防備だった。手のしたで、さらさらと髪が流れる。肩と腕がふれあい、近づいたぶんだけあたたかい。体温が伝わるからだ。

不意に、抱きしめるような体勢になっていることに気づいて、どきりとした佐光は、突然全身の力が抜け、同時にかっとみなぎるのを感じた。

「……佐光くん？」

いきなり硬直した佐光に、高間は訝《いぶか》しむような目をした。

腕のなかから見あげられ、もうだめだと思った。なにがだめなのかすら考える暇もなく、強引に顎《あご》をすくって、口づける。

「ん……！」

高間は一瞬目をみはり、もがいた。けれど、後頭部をしっかりと手でとらえ、何度も何度も角度を変えてついばむうちに、あきらめたような息をついて目を閉じる。

キスをするうちに、すぐに勃起した。唇は、いままでふれた誰のものよりやわらかくてあまく、舌をもぐりこませると、絡めてくる舌の動きが官能的でめまいがした。

たまらずに、腰を押しつけた。さすがにそこまでは許さないつもりか、高間はぐいと肩を押し、唇を離す。唐突なキスの終わりに、唾液《だえき》が糸を引いた。佐光はそれを舌で舐め取り、切る。高間が睨みつけてきた。

「なに勃《た》ってるの」

「……わかんねえよ、そんなん」

いらいらしたように言い放つ。いまはまともな思考回路など残っていない。ただもっと貪《むさぼ》りたい。それを邪魔した高間が、ひどく憎らしい。

「わかんねえけど、あんたのキスは、なんかあまい。くせになる」

「なん……」

高間は何度も目をしばたたかせ、やわらかい唇が開閉した。そう、やわらかい。もうあの感触を知っている。ふれるまで、どうしたいかまるで想像もついていなかった、ひたすらキスをしていたい唇の温度も、もう覚えた。そして、まだ欲しいと思っている。

「ちょ、きみ、どこでそんな台詞《せりふ》覚えてくるの」

「台詞とかじゃねえし」

なかば濁った思考のまま、佐光はさらに高間をひき寄せようとした。「ちょっと」と眉をひそめて胸を押し返してくる彼のうろたえにも、まるで意識がいかない。

「なにしてるんだ、やめなさい」

「なんで」

「なんでって、なん……んー！」

小言は聞きたくない。どうせならもっとあまい声がいい。壁に押しつけ、唇を吸って、噛んで、舐める。舌をいれると唾液がぬるんと絡んだ。やっぱりあまい。

「や、め……っ」

無意識のまま胸を撫《な》でると、ちょっとだけ違和感があった。乳房がないのか、とぼんやりした頭で考え、だからなんだろうと思う。

感触が欲しいわけではない。この年上の、やさしくてすこし謎が多い男の身体が知りたい。どこか、なにか、スイッチがあれば——。

「あった」

「あう！」

シャツを通して感じた、ぷつんとした尖《とが》り。指に捕らえた瞬間、佐光は無意識ににやりとした。つぶすように指の腹を押しつけると、高間の声が隠しようもなく揺れる。

「乳首、ちっちぇえのに、感じるんだな」

「いいかげん、離せ」

「やだね」

乱れた髪の隙間《すきま》から睨んでくる。いつでも余裕顔で微笑んでいるばかりの高間の凶悪な表情は、なぜか佐光をぞくぞくさせた。

手のひらで、リナリアが咲く場所をするりと撫でる。乳首以上にびくりと反応した彼に、佐光はにやりと笑いかけた。

「なあ。この花、どんくらいかわいがられてねえの」

苦しげな息を吐いた佐光の言葉に、高間の顔がぎくりと歪んだ。そして、共有していたはずの熱が、彼の身体から一瞬で消滅したのがわかった。

「……さあ。忘れた」

ひややかな目で見られ、興奮が一気に引いていく。ふたたび肩を押され、今度は素直に離れた。

高間は立ちあがり佐光から距離をとると、まなざしと同じほど冷たい声で言った。

「あのさ。たしかに俺はゲイだけど、簡単に寝るとか思わないでほしい。ノンケに遊ばれるのはまっぴらだよ」

「遊ばれるって、俺、そんなつもりねえよ」

あざけるような口調にむっとして言い返す。けれど、「だったらどんなつもりなのかな」という言葉には押し黙るしかなかった。

どこまでも静かに問われ、まるでそれは、自分の覚悟をも問うているように思えた。だが佐光は、答える言葉など持っていない。

「……わかんねえ」

「わからない？　ただ、したかったから、した？」

うなずくと、あきれたように高間がため息をついた。小言を言いかけるのがわかって、佐光は急いで口を開く。

「ただ、遊びとかそんなんじゃない。ただやりたいとかでもない。一栄《いちえ》さんは、なんつうか、俺のなかで違う」

「どんなふうに」

「それがわかりゃ、まともに言葉にしてる」

むすっと、まるで怒ったような口調で言いはなった佐光をまえに、高間はしばらく黙りこんでいた。

そして、いつものように笑った。

「はっきり言葉にできないってことは、その程度の気持ちだろ。なら、よしなさい。俺にとっても、これにさわらせるのはおいそれとしたことじゃ、できないんだから」

やわらかな笑顔には、さきほど見せた冷たい怒りのかけらもない。喫煙をとがめたときと同じ、うっすらとした親切心しかない表情に、佐光はさすがにまいったと思った。

（まともに取りあいもしねえってか）

叱責されたり、罵倒されたほうがましだった。ガキの気の迷いで片づけられた。これ以上の拒絶はないと思いながらも、佐光はその姿を目で追う。

「なあ」

「なに」

声をかけたものの、まだ準備はできていなかった。しばらく黙りこんだのち、思いついたことを佐光は口にする。

「まえに、なんか言ってたよな。……それにさわれたやつは、死んだのか」

直球の問いかけに、高間はしばらくの間、答えなかった。じっと見つめていると、視線のうながしに負けたように口を開く。

「あいつは、……廉《れん》は、やんちゃがすぎちゃったんだよね」

目を伏せた一瞬、翳《かげ》った表情に佐光はなにも言えなくなった。ただ思ったのは、高間の男は廉という名前だったのか、ということだけだった。

そんな佐光をよそに、高間は乾いた声でむかし語りを続けた。

「べつに暴力団とか、そこまでいくわけじゃなかったけど、渋谷で遊びまわってれば、それなりに危ないところにも顔を突っこむ。俺も、そのころは若くて、刹那的《せつなてき》になってるのがあたりまえだったんだけどさ」

高間は乾いた嗤《わら》いを浮かべる。

「くだらないけんかして、頭殴られて、打ち所悪くて死んじゃった」

ずん、と胃の奥が重たくなるような言葉に、佐光は唇を噛む。

不思議なことだが、名前がついたとたん、その事実がぐっと佐光のなかで重たくなる。ただぼんやり想像していただけではなく、名を持つ一個人として認識したからかもしれない。

「廉はそのときに、やばいクスリ、きめてたんだよね。俺はぜったいいやだから、やらなかったけど」

ふつりと言葉を切った高間が、ようやく佐光を見る。高間の過去、そしてほんの一カ月とすこしまえのクラブでのできごとが、一気に佐光のなかで組みあがっていった。

それは、すこしも嬉しい予想ではなかったが、高間はだめ押しをするように言う。

「まあ、そういうこともあったからさ。おせっかいだと思ったけど、なんか気になって。知らなければ、スルーしたと思うんだけど、現場、見ちゃったから」

そしたらほっとけないでしょ、と笑われて、全身が凍りついた。それをわかっているだろうに、残酷なほどやさしく笑いながら、高間は言葉を止めなかった。

「あいつが死んだのは、八年まえ。二十三歳で、あいつも金髪だった。だからかな、なんだか、思いだしちゃって」

もっと強く止めてやれば、あんなふうに無軌道になることをやめさせられていれば、彼は死ななかったのかもしれない。そう思って、とっさに出しゃばってしまった。

「だからね、本当によかったと思ってるよ。きみが、ちゃんと立ち直って」

嘘くさい、偽善的な言葉。いままで高間には、似たようなことを何度も言われたのに、はじめてそう思った。それは彼が本心でなく、佐光と線を引くためだけに言い放った、大人の方便だったからだ。

「……コーヒー冷めたから、淹れなおしてくるね。飲む？」

無言のまま、佐光は目を伏せていた。答えを求めたわけではなかったのだろう、高間はそっとその場を離れ、台所から長い間、戻ってはこなかった。

佐光は長い息をついて、ソファの背もたれに身を投げだした。「あー……」と、意味のない声が喉《のど》から漏れる。

(むかしの男に、似てたのか)

高間が出会い頭から、なぜかしつこくかまってきた理由をずっと知りたいと思っていた。そしてようやく知れたのに、すこしも気持ちは晴れない。

片隅で、もしかしたら自分に気があるのでは、とかすかにうぬぼれていた。いまさらそれに気づいて、恥ずかしくもあった。

そして、すこし傷ついた。身代わりはさすがにショックだし、プライドもずたずただ。

だが、心の奥底では納得している自分もいる。

なにしろ、相手は高間だ。そう簡単な心理や思惑でないことくらい、当然だろう。

唇を歪め、佐光は立ちあがった。

「帰るの?」

「ん」

高間は「そう」と軽くうなずいた。こちらを見ているようで、見ていない。手を伸ばし、佐光は彼の泣きぼくろにそっとふれる。一瞬、ほんのかすかに、高間が震えた。

「やっぱ、深《ふけ》えわ、一栄さん」

「え……なに？」

答えず、佐光は玄関からでていった。肩越しに見た最後の瞬間、高間は背を向けていた。

むかつくけれど、それでもこれも、彼の片鱗《へんりん》だ。知りたいことの一部は手に入れた。いまはそれをよしとするしかない。

そうとでも思わなければ、やっていられない。

＊　＊　＊

ドアの閉まる音と同時に、高間は振り返った。なぜそうしたのか自分でもわからず、呼び止めるつもりはもちろんない。

唇がひりついて、かすかに血の味がした。執拗《しつよう》なキスで、佐光の犬歯が傷つけたのだとわかると、いまさら震えがくる。

「ちょっともう、ほんとに、冗談」

ひとりつぶやいて、拳《こぶし》でぐいとこすった。傷口を拡げたらしく、今度は痛みがある。

キスの傷みなんてものは、もう忘れていた。誰かの唾液で膨れあがる、弱い粘膜のことも。

「そんなつもりじゃなかったんだって、ほんとに……」

誰に言い訳しているのかもわからないまま、高間はうなだれ、手のひらで顔を覆った。

まだしばらく、佐光の去ったその場から、動けそうになかった。

＊　＊　＊

高間に強引にキスをした数日後、専門学校の後期がはじまった。

登校し、講義を受け、夕方五時から八時は、夏期講習を受けた予備校で夜間部の集中講座。大半は現役生が受ける講座だけに、かなりみっちりしたカリキュラムだ。そしてそのあと、コントラストでのアルバイト。さすがに夏休み中のように五時間のシフトは無理なので、九時から深夜零時の閉店までの三時間ということにしてもらった。

だが九月にはいって早々に、昭生からは「おまえ、バイト減らせ」という叱責を受けた。

「いえ、やれます」

「やれますじゃねえだろ。きょうだけで、いくつグラス割った。それで怪我してりゃ、世話ねえだろが。きき手なのに」

深夜になり、閉店した店内には昭生の厳しい声が響いた。彼が指さしたのは、佐光の右手だ。泡のなかでグラスを割ったせいで、浅くとはいえ手のひらを切ってしまった。

「ハードスケジュールでバテんのもわからんじゃねえけど、いまからこれで、年末までもつのかよ。予備校の学費、後期からだけっつっても三十万はあるんだろ」

むろん佐光にぽんとその金が捻出できるわけもないため、母が立て替えてくれている。父も了承しているが、毎月、給料日に返済することになっていた。

それでも、三十万だ。一日三時間のアルバイト代でそれをまかなうとすると、最低でも五カ月かかる。しかも、来年の一月、受験本番直前までは、一日も休まない計算でだ。昭生の叱責はもっともで、佐光は歯を食いしばった。

「すみません。まだ身体慣れてないだけで、ちゃんとします」

「……いいけどよ。無理はすんな」

軽く拳で頭をたたかれ、もういちど佐光は頭をさげた。情けなくて顔があげられないのは、この失態が疲れのせいでもなんでもないとわかっているからだ。

きょうは、昭生の知人が店にきていた。古い馴染みらしく、オネエ言葉ばりばりの彼は二丁目で店をやっていたらしい。にぎやかであかるく、いい客だったが、彼がなんの気なしに言った言葉で佐光は動揺してしまった。

——そういえば、高間ちゃん、最近どうなの？

薄いグラスを洗っていたから、力かげんには気をつけるべきだったのに、うっかり握りしめてしまったのだ。破砕音と血の色にカウンターのなかもそとも大騒ぎ、おかげで話はうやむやになり、高間がどうしたのか聞けずじまいだった。

（つか、聞くわけにもいかねえし）

あれから、高間には気まずくて顔をあわせられずにいる。

七月の終わりからずっと通いつめた売店には、いちども顔をだしていない。行こうと思わなければ、立ち寄る理由さえろくにない場所だ。

けっきょく、追いまわしていたのは佐光ひとりで、彼は気まぐれに助けてくれただけだったのだという事実を、数日経《た》ってゆっくりと噛みしめた。

あげくバイトさきでも失敗を多発、昭生に叱られる始末では、本当にあわせる顔もない。

らしくもなく落ちこんでいると、昭生がため息をついた。

「おまえに無茶させると、高間に怒られんだよ」

「そんなこと――」

「あるって。しょっちゅう電話してきちゃ、ちゃんとしてるかって訊《き》いてくる。つうか、おまえら学校で顔あわせねんだろ。話してねえのか？」

はっと息を呑んだ佐光の反応に、昭生はなにかを読みとったらしい。一瞬、切れ長の目がみはられ、「あー……」とちいさく彼はつぶやいた。

「あのな。俺が言うのもなんだけど、高間はほんとに、ややこしいやつだ。あいつ自身のことだけじゃなくて、環境も、むかしのことも」

「それは、なんとなくわかってます」

「……想像以上だぞ。聞きたいか」

重たく真剣な声に、佐光は逡巡し、かぶりを振った。「覚悟はねえのか」と嘲《あざけ》るように唇を歪めた昭生へ、それも違うとまたかぶりを振る。

「まだ、聞いていいもんかどうか、自分じゃわからないんで」

おや、というように昭生が眉をあげた。佐光は深々と息をついて、昭生に巻いてもらった包帯ごと、手のひらを握りしめる。

「この間、襲っちまったんで」

打ちあけると、昭生はおもしろそうに「へえ」と笑い、煙草《たばこ》をくわえた。佐光にもパッケージを差しだされ、いつかのように軽く手をあげて、一本を抜きだす。くわえたところで、手が不自由なのに気づくと、火までつけられ恐縮した。

「殴られたか？」

「いえ。キスまではさせてくれたんすけど、そのあと地雷踏んだみたいで」

「地雷？」

「廉って、どんな男すか」

昭生はしばらく煙草をくゆらせたまま、答えなかった。深く吸いつけたあと、ゆるゆると煙を吐きだし、「それが、あいつのややこしいの元凶」とつぶやいた。

「むちゃくちゃしてた時期があったのは、予想ついてるだろうけど、いまのあいつは、ただの画材屋のにいちゃんだ。なんの力もないし、利用する価値もない。ふつう、そう思うだろ」

佐光ではなく、店の壁を見つめて昭生は淡々と言った。

「でも、世の中には人材を集めるエージェントって仕事があるように、顔の広さってのは案外使えるもんなんだよ」

「使えるって、どんなふうに」

佐光が問うと、昭生はため息をついた。

「廉の置きみやげが大半だけどな。あのクソヤロウとつるんでた連中は、いまそれなりの顔になってたりする」

主に夜の世界で生きる彼らは、力を持っただけに利害が嚙みあわないこともある。高間はそのこじれた関係のハブになれる希有《けう》な存在なのだと昭生は言った。

「イメージしにくけりゃ、それなりに顔の広かったやくざの組長が、生き残ってる連中の共通の敵みたいなもん、ぶっつぶして死んだ。で、姐《あね》さんだけ生き残ったと思えばいい」

極妻かよ、と雑《ま》ぜ返すことはできなかった。昭生は冗談めかした言いざまで、おそらくかなり真実に近いことを語っていると知れたからだ。

「よそじゃドンパチやってても、姐さんだけは中立地帯で一目置く。で、どいつもこいつも、姐さんをヨメにもらいたがってる。そんな感じだ」

「……ヨメ、ですか」

「あくまで、たとえ話だ。色恋絡みはまったくない。ただあいつは、引く手あまたの話を蹴って、カタギになろうとしてるってとこ」

ややこしい、と言った言葉の意味は理解した。うっすらと、そうした可能性もあるだろうと感じていたが、想像以上にやばい領域の問題だった。

「これはもう、聞かなかったことにしてくれていい。あとはおまえが考えろ。逃げても、俺は責めない。つうか、推奨はする」

「じゃ、なんで話したんすか」

「……本音を言えば、おまえがいれば高間も生きる気力がわくかと思って」

あいつは死人の代わりに生きてるだけだから。

つぶやくように言って、昭生は話を終わらせた。

口のなかは、慣れない煙草のせいばかりでなく苦かった。

＊　＊　＊

怪我もあるので、片づけはいいと言われ、佐光は帰途についた。終電ぎりぎりにどうにか自宅の最寄り駅へたどりつき、ふだんよりさらに人通りのすくなくなった道を歩いていたとき、ふっといやな気配を覚えた。

ひゅん、と風を切る音がして、振り返ったとたん、耳がかっと熱くなった。

「なに——」

そこには、全身を真っ黒な服装に包み、フルフェイスのヘルメットで顔を隠した男が立っていた。数秒後に痛みを覚えた耳は、いま振りかぶったバットで殴りかかられ、それがかすめたからだと気づく。

息をつく間もなく、次に襲ってきたバットを、とっさに身体をひねり、よけると肩を強打された。がんと衝撃を受けて倒れ、地面で顔を擦《す》りむく。

(なんだよ、なんなんだ!)

むやみに足を繰りだして男の臑《すね》を蹴った。「いてっ」といううめきは聞こえたが、ヘルメットのせいかくぐもって聞き取りにくい。よけいに腹がたったのか、肩と言わず頭と言わず、めちゃくちゃに何度もバットを振りおろされ、佐光は地面を転がって逃げる。

きつい殴打が背中にあたり、一瞬目のまえが真っ暗になった。もう逃げることもむずかしくなり、無意識に頭を抱え、うずくまったまま衝撃に耐えようと息をつめた。

そのとき、耳障りな機械音と同時に「ひとごろし!」という叫びが聞こえた。佐光が目を凝らすと、バットを抱えていた男ははっとしたように動きを止め、左右を見まわしたのちに走り去っていく。

「あの、だいじょうぶですか? しっかりして!」

夜半でもフルメイクの彼女は、仕事帰りの会社員のようだった。悲鳴をあげ、とっさに防犯ベルを鳴らしてくれたらしい。礼を言おうにも声がでず、佐光がうめいていると、周辺の家が次々と明かりをつけはじめた。

「助かった……」

かすれきった声でうめき、ほっと息をついて、佐光は目を閉じようとした。だが、ぞろぞろとでてきた野次馬たちの顔のなかに、思いがけないものを見かけて顔をひきつらせる。

(なんで)

真っ青になった佐光に気づいた女性が、気遣わしげに声をかけてきた。

「あの、あなた、救急車呼ぶ?」

「……いや、平気、です」

全身から冷や汗がでて、佐光はどうにか起きあがった。だが、殴られた痛みよりも衝撃が大きいのは、さっきあの場所で、清也の顔を見つけてしまったせいだ。

ひとだかりにまぎれていた兄は、目があった瞬間、佐光を助けるどころか、顔をひきつらせて走って逃げた。

(なんでだよ、どうして)

最悪の予感に、全身が震えた。誰かが通報したのだろう、近くの交番から警察官が駆けつけてくる。話すこともできずにいる佐光の代わりに、親切な女性が目撃したことのすべてを報告してくれて、それも耳を素通りしていった。

「……ええ、そうなんです。黒い服を着てました。バット持ってて」

細かいディテールは暗くてわからなかったけれど、さきほど襲ってきた男も黒い服を着ていた。そして清也も、黒い服だった。

「身体は……細かったかも。身長は、わたしより高くて……ごめんなさい、わからない」

襲ってきた男の体格はかなり大柄に思えたけれど、倒れていたせいで錯覚した可能性がある。女性の言葉を考えると大男というわけではないらしい。そして清也は、たしかにこの女性よりは背が高い。

「あ、ヘルメットかぶってました。でもバイクの音はしなかった」

「土地鑑のあるやつかな。脱ぎ捨てて、どこかに隠したのか……」

警察官のコメントに、佐光はまばたきも忘れて地面を睨む。無反応さはショック症状だと理解しているのか、「きみ、病院に連れていこうか」と、若い警察官は親身になってくれた。

「……いえ、落ちつけば、歩けますんで。平気、です」

「倒れたんだろう。念のため、今夜中に病院にいくようにして」

「わかりました。けど救急車ってほどでもないんで……あの、タクシー、拾います」

簡単な聞き取り調査を終え、連絡さきを告げると、自宅も近いということで、佐光はその場から去ることを許された。大通りにでるまで、女性がつきそってくれ、深夜とあってタクシーはなかなか通りかからず、けっきょく彼女が携帯電話で呼んでくれた。

丁寧に礼を言ってタクシーに乗りこんだ佐光は、病院ではなく、とある街の地名を口にした。怪我をしている金髪の男に運転手は一瞬いやな顔をしたけれど、無言で走りだす。

九月とはいえ、熱帯夜は終わっていない。なのにがくがくと全身が震えていた。

まさかという疑いが頭を駆けめぐる。長いこと、漠然と考えるだけに留《とど》めていた疑惑が、かたちになったことにショックを受けた。

兄がいる自宅に帰る気にはなれなかった。向かうさきは、ひとつしかなく、拒絶も、相手の迷惑も、いまはなにも考えられない。震えてまともに動かない手で、携帯をとりだした。

声がでそうもないので、メールの画面を呼びだす。

【ごめん。けがした。たすけて。たくしーのった】

変換すらできず、そう入力するのが精一杯で、送信ボタンを押した。返信はすぐに届く。

【昭生さんに聞いたけど、それじゃないみたいだね。すぐにきなさい】

ほっと安堵《あんど》して、わずかに涙がにじんだけれど、きつく閉じたまぶたのおかげで流れることはなかった。


服も破れ、顔や手足に怪我をしたまま、佐光が向かったのは、高間のマンションだった。

ドアを開けるやいなや、彼は顔をこわばらせた。

「いったいなにがあったの」

「……わかんねえ」

精神的にぼろぼろな佐光を気遣ってか、高間は硬い表情でうなずき「とにかく、手当しよう」と部屋へあがらせてくれた。

（いつもの顔だな）

キスの気まずさなどなにも覚えていない態度に、多少情けなく感じる。だが、大人な彼は水に流してくれたのだと思うことにした。本当は流されたくないけれど、いまはそれどころではない。

「座って。わかってる限りのこと、話してごらん」

居間で手当を受けながら、真っ青な顔色のまま佐光は話をはじめた。

「通り魔的犯行じゃねえかって、警察はいってた。目撃したひとも証言してくれるっていうし、被害届はだすつもりだけど、捕まるかわかんねえって」

「でも、きみはそう思ってないんだろ」

ずばりと言いあてられ、「なんでわかる」と佐光は顔を歪めて笑った。

「暴力を受けた程度で、きみが助けてなんて言うわけない。なにがあったの」

シャツを脱がされ、汚れた箇所を濡れたタオルで拭き、擦過傷には消毒と、切り傷、打撲には湿布をあてる。手際のよさにぼんやり見とれていた佐光は、しばらく口をきくこともできなかった。

ようやく声がでたのは、すべての手当が終わって、彼にあたたかいコーヒーを勧められてからだ。その間、一度も高間は急《せ》かすことなく、だからこそやっと話す気になれた。

「なんかさ。これだけは考えたくないと思ってたんだけどな」

「……どういうこと？」

真っ青になった佐光の手を握り、高間はやわらかな声でうながしてくる。その手を握りかえして、佐光は声を絞りだした。

家庭の事情や、自分の見苦しい失敗、中学時代の女性問題についてすら高間に打ちあけたけれど、これればかりは相当な気力がないと、とても最後まで言いきれるか、わからなかった。

「俺の受験、もしかすると、ぜんぶが不運ってだけじゃ、ないかもしれない」

この数年、ずっと引っかかっていたことを口にすると、高間がひゅっと息を呑む。

一年目の天候不良という災難はともかく、二度、三度にわたる受験失敗は、本当にただの偶然だったのかという疑問は、ずっと心の奥深くにしまっていた。さすがに被害妄想もすぎると感じていて、誰にも言えなかった。

高間の目を見て、なにをばかなと疑われていたら口を閉ざすつもりだった。だが彼はゆっくりとうなずき、問いかけてきた。

「交通事故のとき、どういう状況だったのか、教えて」

「もともと、遅刻ぎりぎりだったんだ。家を出ようとしたら、靴が見つからなかった」

そうした地味ないやがらせは、兄のせいだとは知っていた。だがそれによって起きたロスタイムが、家の角を出るなり全速力で走ってきたバイクとの接触をひき起こした。

「その翌年の、アレルギーは？」

「母さんに言われて、兄貴が買ってきてた」

医師の処方を薬局に伝え、アスピリン系ではないものを、と言ったはずだった。なのに結果は入院騒ぎ。兄は取り違えたことを両親にきつく叱責されていたらしい。生きるか死ぬかの瀬戸際だった佐光は、その現場を見ていないけれど、それ以後さらに清也からの風あたりがきつくなったことを考えると間違いないだろう。

「俺、めったに風邪とかひかないし。薬物アレルギーあるから、よっぽどじゃないと薬も飲まない。ちいさいころ、似たような発作起こしたらしくて、病院で検査してからは、アスピリン系は飲まないように言われてたけど」

母が慎重に避けてくれていたおかげで、それまではさほどひどい症状がでなかったため、佐光は自分ではアレルギーについてよくわかっていなかった。

「俺が抜けてたんだ。ちゃんとわかってなかったのは、失態だった」

顔をしかめた佐光の腕を、励ますように高間がさする。

「まえに、クスリ勧められたときにためらったのは、それも？」

「ある。へたすると死ぬから」

「市販薬って、銘柄でわからなかった？」

「ピルケースに移されてたんだ。小分けになってたし、急いでたからちいさい字とか読んでなかった」

なにより、いくら気まずかろうが家族が渡してきたものを疑うことなど、考えもつかなかった。しかも危険性を誰よりわかっているはずの家族が、そんなものを持ってくるわけがない。いくら仲が悪いと言っても、そんなことまでするはずがない。

そうやって、必死になって打ち消していた。

「でも、どれも、きっかけが兄貴なんだ。中学のときの女も、バイクにあたる時間に遅刻させたのも、薬、間違えたのも……」

まさか、考えすぎだと思っていた。そんなことを想像する自分がおかしいのかと思いもした。だが今夜、真っ青な顔で逃げていった兄の姿を目にして、抱えていた疑惑からいよいよ目を逸《そ》らせなくなった。

「……俺、殺されかけてんのか？　兄貴に。兄貴じゃなくても、誰かに」

つぶやいたとたん、冷水を浴びせられたかのようにぞっとした。疵《きず》の痛みで発熱しているせいなのか、全身が熱くて、そのくせ寒い。

「きょうのやつ、頭狙って殴ってきてた。なんでだ？　俺、なにしたんっていうんだ……」

錯乱したまままつぶやいた佐光は、ふつりと言葉を切った。もうなんの気力もわかず、ソファから腰が浮くほどがたがた震えていると、不意にあたたかなものが身体を包んだ。

高間がそっと抱きしめてくれている。

「だいじょうぶ。殺させたりしない」

「いちえ……」

「守ってあげるから、怖がらなくていい。助けるから、信じて」

落ちつけというように背中をさすられ、薄い胸に顔を埋《うず》めた。細い腕なのに、ここはひどくほっとする。深く息をついて、佐光は目を閉じた。

しばらく経って、無言のまま落ちつかせてくれていた彼は、佐光の背中をそっとたたく。

「……よかったら、しばらくうちにいる？」

「でも」

このままじゃ、怖くて家に帰れないだろう。いていいからとやさしく告げられ、佐光はぐっと唇を嚙みしめる。

「なんで、そこまでしてくれんだよ」

これも、廉の代わりか。我ながら情けない声で問いかけると、高間はいつものあの、煙に巻くような笑顔ではなく、真摯《しんし》な目で告げた。

「せっかくやり直そうとしてる佐光くんに、こんなことで折れてほしくないから」

「一栄さん」

「廉はね、関係ない。俺は、きみを、助けたい」

じっと目を見て、ひとことずつ区切るように高間は言った。信じろと言われているのがわかり、佐光はうなずく。もとより、彼以外心から信じている相手など、いないのだ。

ほっとしたように高間は肩で息をして、もう一度佐光の頭を胸に抱えこむ。しばらくして、そっと身を離すと「だいじょうぶか」というように顔を覗きこんできた。

「とりあえず、寝なさい。着替えはあとで買ってくる。まだ暑いし、ひと晩くらいは下着ひとつで平気だろう。俺のベッド使って」

「一栄さんは？」

問いかけると、高間は「ちょっとでてくる」と言った。

「でてくるって、なんで」

「調べたいことがある。むかしの話だし、どうなるのかわからないけど……」

「調べるって、なにを」

ふだんと違い、ただ鸚鵡《おうむ》返しにするばかりの佐光が、パニックから抜け切れていないことを察したのだろう。高間はそっと安心させるように、頭を撫でてきた。また子ども扱いだと、いつもの佐光なら腹をたてただろうに、このときはただほっとしただけだった。

「襲ってきたやつのことと……それから、まえにきみにクスリ勧めてきた連中いただろう。あそこ、つながってる可能性はない？　薬物アレルギーのきみに、不確かな薬物を与える。偶然かもしれないけど、違うかもしれない」

まるで別件だと思っていたことを口にされ、佐光は驚く。そして、そういえばゆきながわけのわからないことを言っていたと思いだし、高間に告げた。

——言ったら怒られるかなあ。困るんだけどねー。うーん……チューコクしてやんね。

「偶然会ったとき、ホーリーナイトがどうとか、妙なこと言ってたんだ。あのときは、またラリってでもいんのかよ、って程度だったんだけど」

「……やっぱり、誰かに頼まれた可能性はあるね。一応、あのときたまり場にいた連中の素性は押さえてるはずだから、訊いてみるよ」

高間は落ちついていて、いろんな意味で大人なのだと感心した。同時に、こんな事態でも取り乱すことのない彼が、そしてあからさまに犯罪のにおいがする状況に対し、調べる伝手《つて》があると言いきる彼が、おそろしくも思えた。

「あんた、なんでそんなに平然としてんだ」

「……こういうのには、慣れてるからね」

笑いながらの言葉が、どこか寒々しく感じていやだった。真剣な目をする、その向こうに、なぜかきつい炎を宿している。

——高間はほんとに、ややこしいやつだ。

不意に昭生の言葉がよみがえり、佐光は思った。

ややこしくても、腹が読めなくても、高間はやさしく笑っているのがいいのだ。

こんなすさんだ目で薄笑いをする彼は好きじゃない。そう考えて、はっとした。

(好き……って、なんだそれ)

高間への感情に名前をつけたくないなどと、ぐだぐだしたことを思っていた。けれどシンプルなたった二文字が、あっさりとその場におさまって、佐光は愕然《がくぜん》とする。

欲しくて、抱きたい。イコールでつながって当然のそれと、好きという感情が、どうしてかまったくつながっていなかった。そういうあまったるさと、おそろしく遠かったからだ。

「どうしたの、ぽかんとして」

「あ、……いや」

いきなり腹の奥に落ちてきた恋を持てあまし、挙動不審になった佐光に、高間は「変な子だねえ」と笑った。その顔は見慣れた彼のもので、ようやく息をつく。

「寝てなさい。ここは、安全だから」

また頭を撫でられて、情けないことこのうえない。だが同時に、いつまでもこうしてあまやかしていろとも思う。

複雑に絡んだ心境のおかげで、佐光の顔は歪んでいた。

危険を避けるため、高間の家に居候するにあたり、事実をそのまま親に告げるのはやめた。いくらなんでも、兄が弟の命を狙っているなどという仮説は受けいれられるわけもないだろうし、証拠もない。

言い訳としては、このところの兄の奇行がある意味役に立った。夜中にうるさく、集中して勉強に打ちこむことができない。そう親を説得すると、父も母も「さもありなん」という顔でため息をついていた。

＊　＊　＊

いまでは母親に全幅の信頼を寄せられている栢野の紹介で避難所に選んだ売店の店員――そう紹介された高間に、両親は「よろしくお願いいたします」と頭をさげていた。

そのとき、すこしだけ佐光は気まずかったが、さすがに高間は平然としたものだった。

(なんか、なんもかんもうやむやになったな)

キスをした際、拒絶はされたが、自分と佐光は対等のステージにいたと感じた。だが、あの夜助けてくれとすがったことで、すっかり高間は保護者気取りだ。

――俺、きょうだいっていないんです。だから弟ができたらこんな感じかと思って。

両親に挨拶されたとき、そんなことを言っていたが、方便ばかりでなく本気だったのだろうと思うのは、いま目のまえにいる彼が、大変な格好をしているからだ。

「……あのさ一栄さん。ちょっと、それはどうかと思うんすけど」

「なにが？　あ、さっさと風呂はいってね。うち、追い炊《だ》き機能ないから」

缶ビールを片手にへらりと笑った高間は、風呂上がり、タオル一枚の格好でエアコンのまえに陣取り、涼をとっている。

（なんだよ、こりゃ）

襲撃事件から数日が経ったけれど、事態はいまのところ平和が続いている。学校の行き帰りにも特に問題はなく、怪我もさほどひどくなかったため、三日も経てば青あざだけになった。心理的なショックについても、高間に打ちあけたおかげか落ちついていた。

だがそれだけに、日常生活であまりに無防備な高間にいらいらしてしょうがないのだ。

現在、佐光は2ＬＤＫの部屋の片方をあてがわれた状況だ。とはいえ、仕切戸一枚の状態ではひとつ部屋も同様だし、そのほかの空間も当然ながら共有する。

ともに暮らして数日、しっかりして見えた高間が思ったよりだらしないこともわかった。

――単に面倒なんだよ、毎日頭いじるの。

あれは本当に本音だったようで、いままでひとり暮らしだったせいなのか、異様にマイペースだ。服は脱ぎっぱなしだったりもするし、ものがすくないのは整理整頓が苦手だからだと知った。逆に佐光は散らかっていると落ちつかないタイプで、彼が脱ぎ散らかした服を拾って歩くようなことになっている。

そのくせ、煙で部屋が汚れるのは困ると、喫煙はベランダか換気扇のしたでのみ。チェーンスモーカーの佐光としては、かなりストレスだった。

それはまあいい。居候する身分で、掃除洗濯くらいはひき受けるのが当然だ。煙草も、どうにか我慢できないことはない。

だが、いくらなんでも突然キスした男をまえに、裸に近い格好でうろうろするのは、だらしないとかなんとかいう問題ではないと思う。

「あのなあ、あんたなんで、そんな平然としてんだよ。やばいと思わないのかよ」

「やばいって、なにが」

ごくごくとビールを飲んでいた高間は、佐光の不機嫌そうな顔に、首をかしげた。腰をひねった角度のおかげで、タオルがかすかにずり落ちる。

「ちったあ危機感持てっつってんだけど」

「なにが危険だっていうわけ？　危ないのはきみだろ」

「……俺は、キスしただろうが！　まえに！　ここで！」

どこまでも鈍い高間に、ついに佐光は吠えた。

だがきょとんとした表情の彼は、一瞬ののちに派手に噴きだす。「あははは！」といかにもおかしそうに笑われて、今度は佐光が驚いた。

「ちょ、なんだよそのリアクション」

「な、なんだって。あんな気の迷いで、いちいちうろたえるほど、子どもじゃない——」

笑われて、かっとなった佐光がリビングの床に押し倒すまで、数秒もかからなかった。

高間はまったく予想していなかったらしく、びっくりして目をまるくしている。本当に相手にされていなかったのだと気づいて悔しく思った。だが裸の胸に手のひらをあてがうと、表情ほどに平静ではないらしいことが知れる。

「あんたゲイなんだろ。自分がそういう目で見られてるって、なんでわかんねえの」

「でもきみは、ゲイじゃない」

「あんたには勃つよ。やりてえって思う。気づいてないわけ、ねえよな」

いつかのように腰を押しつけ、鼓動のうえを手のひらで撫でる。ぴくりと眉を動かした高間は目を細め、冷めた声で言った。

「……男の身体もいけるってことと、同性しか好きになれないのとはイコールじゃないよ」

「なんだそれ」

「きみと、俺は、違うってこと」

子どもに言い聞かせるように言葉を句切り、高間は長いため息をついた。

「やりたいなら適当に女の子見つけなよ。ゲイだからって、誰にでも股開くと思ってるならお門違い」

このところ自由に遊べないし、たまってるのかな。しらけきった表情でひどいことを言われ、佐光はかっと頭に血がのぼった。

「そうじゃねえよ」

「なにがそうじゃないわけ？　ほら、どいて」

しかたないとでも言いたげな声で、高間は佐光を押しのけようとした。その両手を摑んで再び床に押しつける。「痛いって！」と抗議する高間の声を遮り、佐光はわめいた。

「俺があんたのこと気になるって、なんでわかんねえんだよ！」

「……は？」

「だから、好きだっつってんだろうが！」

佐光の予想に反して、高間はますますきょとんとなった。まばたきもせず、ただじっと佐光を見あげている。

（さあ、どうくる）

もうどんな拒絶がこようと、折れる気はない。覚悟を決めて待つ佐光をよそに、高間は、突然声をあげて笑いだした。とことん、想定外の反応しかしない男だ。

「ちょ、……笑うな！」

「わ、笑うよ。案外、単純なんだなあ、佐光くん」

涙までにじませて爆笑している高間に対して、高ぶった感情が一瞬で冷まされた。そして、認めたくないことながら、佐光はたしかに傷ついた。何度目かわからない、高間が佐光の気持ちを拒否したり、無視したりするたびにつく傷。

「そんな、おかしいのか」

低い声でつぶやくと、腹筋を震わせていた高間は大きく息をついて「ああ、ごめんね」と意味のない謝罪を口にした。

「でも佐光くん、ちょっときみも短絡的すぎる」

「短絡的って、なんで」

「あのね、合意で、純粋にセックスしたいだけ、っていうなら、考えるよ。でもこういうやけくそまじりはよくない。お互いに、気まずいだけになる」

そんな経験があるかのように、高間は遠い目をした。たぶん、あるのだろう。想像するだけで胸がむかつき、佐光は顔をしかめた。

「やけくそってなんだよ。俺は別にやけになんかなってない」

「この状況で？」

責めるでもなく、できの悪い生徒をたしなめるような顔をされ、悔しくてたまらない。

「ふつうじゃない状況で、追いつめられてるだけだよ。ぜんぶ片づいたら、なんとも思わなくなる。いらいらをおさめる相手がほしいだけだよ」

高間は微笑むと腕をあげ、佐光の髪を撫でてくる。あやすように、なだめるように。この部屋に転がり込んだ夜から、すっかり高間はこれがくせになったらしい。佐光も、ふだんならばきらいではなかった。けれどいまは、最悪だと思った。

「まえにも言ったけど、ノンケに遊ばれるのはまっぴらだ。でも佐光くんはそういう子じゃないだろ。悪ぶってみせても、本当のところはまじめな子だ」

そこまでわかっているならなぜ、と佐光は思った。真剣なのだと、気の迷いなどではないと言いたいのに自分が中途半端すぎて言えない。

自分自身でも戸惑っているくらいなのに、ここで力尽《ず》くで押してしまえば、結局はやりたいだけだろうという高間の言うことを裏づけてしまう。

勢いで、言うことじゃなかった。そんなんじゃ、このひとには届かない。未熟さにほぞを噬んで、佐光はほんの一瞬、高間をきつく抱きしめた。

「……佐光くん？」

「いまは俺、なに言っても説得力ねえと思うけど」

けれどすぐに離し、腕の長さぶんの距離をとって、彼を見おろす。

「とりあえず、ぜんぶ終わって、大学合格して、それでも気持ち変わってなかったら、一栄さんもまじめに考えてくれ」

「まじめにって、でも」

「うちの親父だって、本気か見極める期間、くれた。あんたもそれくらい、してくれたっていいだろう。大人なんだから」

高間が反論できないであろうロジックで詰め寄ると、ぐっと顔をしかめた彼は「まあ、それくらいなら」とため息をついた。あからさまに、どうせ心がわりすると決めつけているのが見てとれて腹だたしく、それでもこの場は引くことにする。

ただ、ひとつだけどうしても、頼まなければならなかった。がばりと身を起こし、佐光はできるだけ距離をとってから告げる。

「あと、頼むから、風呂上がりはなんか服着るようにしてくれ」

「え？」

「え、じゃねえよ。自分の格好見てみろ。次にまた、こんな状態でふらふらしてたら、問答無用で犯すからな。とりあえず、好きだっつった以上、あんたの気持ちは優先すっけど！」

言われて、タオル一枚だった自分に気づいたらしい。しかも押し倒されたはずみでそのタオルすらはずれかかっていた。高間はしばらく茫然《ぼうぜん》としたあと、じわじわと首から赤くなる。

「ちょ、え、わあ」

あわてて身を縮める高間に、佐光はいらいらと言い放った。平然とされるのはむかつくが、意識されたら歯止めがきかなくなる。

「おせえんだよ！　いまさら恥ずかしがるな！」

「そ、そんなこと言われても……」

「誘ってるわけじゃねえなら、さっさと服着ろ！」

怒鳴りつけると、高間はなぜかあたふたしながら着替えをとりにいった。佐光は妙な疲れを覚え、ソファにどさりと腰かける。

「赤くなるとか……」

やめてくれ、と思いながら、記憶を反芻《はんすう》している自分がいる。当然ながら股間は痛い。すぐそこにある距離で、服を着ている気配がする状況で、なにをやせ我慢しているのかと思う。

いま現在の気持ちを言えば、殺されかかっているかもしれない現状より、高間の気持ちのほうがよほど悩ましい。

けれど、あの反応にほんのすこしだけ希望が持てた。

（ありゃ、単に鈍いだけか）

完全にわかっていてはぐらかされたとばかり思っていたが、さきほどの表情は嘘ではなかった。本当に佐光が好意を寄せるなどと考えてもいなかった、という顔をしていた。

けれど、それはそれで問題だと佐光は顔をしかめる。

高間が他人に——人生に対して、どこか一歩、引いたスタンスをとるのは死んだ男のせいだろうか。そいつが高間のやわらかい感情をぜんぶ、持っていってしまったのだろうか。

——あいつは死人の代わりに生きてるだけだから。

昭生の言葉が、耳に重たく残っていた。複雑そうな過去など捨ててしまえばいいのに、高間はずっと縛られている。そんなのは、あんまりだ。

「ぶっ殺してえ」

死んだ相手に言っても不毛だと、佐光はがっくりうなだれた。

＊　＊　＊

高間はその日の夜、治りかけの怪我のせいで眠りのはやい佐光を置いて、コントラストを訪れていた。

たどりついたときには、すでに閉店五分前という状態だったが、表情を読んだ昭生はそのまま店内に招きいれてくれた。

「ごめん、昭生さん。ぎりぎりに」

「いいさ。それよか、佐光はどうしてる」

ぎくりと固まった高間に、昭生は「ふうん」と言ったきり、口を閉ざした。

明かりを最小限にした店でふたりきり、無言で酒を酌《く》み交わす。こういう夜はいままでに何度もあって、けれどいままでに味わったことのない感情が、高間のなかで渦巻いていた。

（……ほんとに、驚いた）

いちばん最初、いきなり裸を見せろと言われたときも、強引にキスをされたときも、多少の動揺はしたがここまで驚いてはいなかった。

どうにか冷静なふりでやりすごしたが、よもや佐光が、好きだと——ある意味『ふつう』の告白を向けてくるというのは、想定外すぎた。

——ただやりたいとかでもない。一栄さんは、なんつうか、俺のなかで違う。

感性が鋭く、頭もよすぎるせいでひねくれている青年は、却《かえ》って自分の感情を見失っているようだった。彼が自分に対して、欲情を伴う好意を持っていることは知れたけれど、高間がはぐらかしているうちに、目も覚めるだろうと思いこんでいたのだ。

——だから、好きだっつってんだろうが！

あんな不格好で、唐突で、飾りのない言葉をぶつけてくるなんて予想外だ。しかも自分で言ったあとに、ちょっと先走ったか、というような顔をしていた。

(ほんとに、ばかだ)

そのままうろたえてくれるような、簡単な男ならよかった。一瞬で開き直って、ぐいぐい詰め寄ってくるから、笑って逸らす以外にどうしようもなく。

——好きだっつった以上、あんたの気持ちは優先すっけど！

あんな、ふつうの好青年みたいなことを言うなんて、どうかしている。手をだしたくて、こらえてフラストレーションをためて、そのやつあたりで声を荒らげるなんておかしい。

「俺だぞ……」

ひとり酒を飲みながらぐるぐるしているうちに、酔いがまわった。うめいて、高間はカウンターテーブルに額をつけた。ごん、という音がしたのを機に、昭生が「なんかあったか」と言った。

「……佐光くんから告白された」

「やっとか。遅《おそ》」

せせら笑った昭生に、高間は顔を横向けて恨みがましい目を向ける。

「そそのかすようなこと、言ってないだろうね、昭生さん」

「言うわけねえだろ。どっちかっつったら、やめとけと忠告はした」

「ならいいけど」

高間は顔をあげ、両手で覆った。手の隙間から盛大にため息をつくと、昭生が「話せば？」と酒瓶《さかびん》を差し向けてくる。きょうはつまみもなく、ひたすらロックのジンだ。味よりなにより、酔いがほしいときの飲みかたを、彼はよく知っている。

「なんで言うかな、っていうか、なんで俺かな」

「そりゃ、あんだけ救世主やっといて、惚《ほ》れられないほうがおかしいだろ」

「ノンケの若い子だよ。気がすむなら、やらせてやればいいのかな」

ぼやいた高間に「そりゃいくらなんでも佐光に失礼だろ」とたしなめられた。ごめん、と目を伏せた高間の頭を軽く小突いて、昭生は煙草に火をつけた。

「……まあ、おまえが頭煮えるのも、わかる気がするけどな」

「そう？」

「好かれてるって、なかなか信じにくいんだよ。それはわかる」

華やかな美形で、ファンも多い昭生の口からでるには不似合いな言葉だ。高間は、彼の長い睫毛《まつげ》をじっと見つめる。どこか苦い表情で、昭生は笑った。

「恋愛のカンって、現役離れると取り戻すのに時間食うんだよ」

「離れる……って、だって昭生さん、伊勢《いせ》さんとは」

思わず口走った言葉を、高間は途中で呑みこんだ。伊勢との間にあったことについて、高間は詳しくは知らない。けれど一年まえまで相当にすれ違っていたのは事実だ。

「あいつとも、ほんとにいろいろあったからな。まともに恋愛してんのは、ここ一年ってとこだし、いまだによくわかんねえよ」

以前なら、この話を振ると昭生が不機嫌になってどうしようもなかった。だがいまの彼は、自分の失敗も含めて受けとめられるようになったらしい。

変わったのだな、と思う。いい方向に、昭生は落ちついた。それを喜ばしく感じていた高間に対し、すっぱりと昭生は言った。

「なあ。言っておくけど、廉と佐光は別人だぞ」

不意打ちで聞かされた名前に、高間は動揺した。「わかってるよ」と微笑んでみせたけれど、昭生はごまかされてはくれない。

「わかってねえよ。助けてやれなかっただとか、妙な罪悪感持ってるみたいだけど、あれは単なる自業自得だ」

無言でいる高間に、昭生はもどかしげな声で続けた。

「正直、死んだから美化されてるだけだ。そうでなきゃ、いずれヤリ捨てされたのはわかってんだろが」

「捨てるも捨てないも、そういう関係ですらなかった気がするけどね」

自嘲《じちょう》気味につぶやくと、昭生は不服そうに顔を歪め、立て続けに煙草をふかした。

高間の過去の恋人——と言っていいのかわからないが、セックスはする相手だった——廉は、渋谷や池袋の街でギャングが流行《はや》ったころに、仲間にくわわって暴れていた男だった。

年上の親戚だった彼に、幼かった高間は心酔し、中学にあがるころには彼にマスコットのようにして連れまわされていた。

そして、大人たちから不良と呼ばれる人間が、大人になる過程で破滅していく、セオリー通りのルートを廉はたどった。仲間たちの幾人かのように、若いころの火遊びを忘れ、ふつうに生きることもできず、覚悟を決めて裏社会に手を染めることもできず。裏の世界にある独自のルールすら守れないほど、ひたすら無軌道な廉には、すべてが無理だった。

結果、無茶を繰り返し敵だらけになった彼は、表からも裏からもはじかれ、死んだ。

昭生と高間が知りあったのは、廉が死んだあとだ。だが、夜の街でのつながりや情報網で、廉のことは詳しかった。そして常に隣にいた高間のことも、顔をじっさいに合わせるまえから知っていたらしい。

昭生に言わせれば、『いかれた男が、クスリで暴れて死んだ』——廉の生きざまは、それだけで説明がつくそうだ。そして高間も、否定はできなかった。

「あれは喜屋武《きゃん》よりタチが悪い男だった。死にたがってたやつなんだ。そんなんに義理立てしてるおまえは、ただのばかだろ」

「そうだね」

「そうだねじゃねえよ。むかし話なんざどうでもいいんだ。佐光をふるなら、ふってやれ」

しみじみうなずいた高間にいらだち、昭生はきつく目をつりあげた。

「わかってんのか。気まぐれでかまった相手の好意をはぐらかして、そのくせ気を持たせて傷つけるような真似だけは、絶対にするな」

それは廉がおまえにしたことと同じことだ。厳しい言葉に、高間は「そんなつもりはない」ときっぱり言い返す。

「それにあの子は、本当にちゃんとした子なんだ。俺みたいなばかじゃない」

だから自分ごときに振りまわされるわけがない。言葉の裏を正しく読んで、昭生はさらに苦い顔になった。

「ちっともわかってねえじゃねえか。そのばかじゃねえ佐光が、おまえがいいっつってんだから、信じてやりゃいいだろ」

「……昭生さんが言うのかよ、それを」

器用でないことを自覚している彼は、開き直るように笑った。

「俺だから言うんだよ。先輩の言うことは聞いておけ。自分をごまかしても、時間、無駄にするだけだぞ」

「ごまかしてるとかじゃ、ないんだけど……」

困惑する高間に、昭生はふんと鼻を鳴らした。

「自分の行動振り返ってみろよ。廉が死んでからこっち、おまえが他人のためになんかしようなんて思ったのははじめてだろ。最初はちょっと似てると思ったかもしれないけどな、話に聞いてるだけでも、廉と佐光じゃまるで逆だろうが」

言われずとも、高間にもわかっていた。共有するキーワードは、長身、金髪。すさんだ目。だが芯から腐っていった廉と、ただ道のなかばで足掻《あが》いている佐光では違いすぎる。

「それともおまえはあれか、ダメンズってやつか？　クズにしか惚れられない共依存か。佐光がまっとうだから、興味ねえっていうならしかたないけどな」

正直、否定はできなかった。廉が荒れている間、言いなりになり、いいだけあまやかし、彼を増長させたのが高間の存在だということくらいわかっている。

「……共依存ってより、さげまんかも。って、男でも言うのかな」

過去のおのれを見つめて自嘲する高間に、やれやれと昭生はかぶりを振った。

「おまえ、ふだんは飄々《ひょうひょう》としてるくせに、廉に関しちゃどこまでも自虐的だな」

「最期《さいご》を、見ちゃったからね」

廉という存在がたたき割られていくその場に、高間はいた。血がしぶいて、悲鳴をあげて駆けよろうとしたけれど、誰かの手に止められてかなわず——気づいたら高間自身も意識を失って、病院のベッドのうえだった。

昭生と出会ったのは、その直後。ぼろぼろだった高間の打ちあけ話を、そっけなく見えても情の深い彼は聞いてくれて、それからずっと親身になってくれている。その時期の高間がどれほど疲れていたか知っているだけに、昭生は廉に対して容赦がない。

「トラウマでかすぎなのはわかるけどな。何度も言う。あれは、自業自得だ。それともいっしょに死にたかったのか」

「そういうわけじゃないよ」

「じゃあ、もういいかげん、鬱陶《うっとう》しい自虐はよせ。佐光についちゃ、あげてやってんだろ。どう考えてもおまえと会って、いい方向に変わってんだから」

「それは……」

廉の二の舞は避けたかったからと高間が言おうとしたところで、「だから、おまえも学習したんだろ」と昭生は言う。

「佐光がクスリ飲まされそうになってたときだって、本当はクラブに、二度と顔見せしないって言いにいったはずだったろうが」

昭生には再三、むかしの仲間とは手を切れと言われていた。それでも、むかしの情をひきずっていた高間にとっては簡単なことではなかったのだ。

「それがわざわざ、自分からつながり作って情報まで集めて。ほんとに、ヤクザにまた借り作りやがって、わかってんのか？　オーナーの清白《すずしろ》は、鳥飼《とりかい》組でも相当な上位に食いこんでる男だぞ！」

「昭生さん、怒ってるよね。ごめん」

激昂《げっこう》した昭生は、高間の謝罪に眉をひそめたまま「俺はもうなにも言わない。好きにすりゃいい」と吐き捨てた。

「けどな、そこまでしてやって、ただの同情じゃ、佐光が浮かばれねえよ」

「……ずいぶん、佐光くんのこと買ってるね」

アルバイトで接するようになったせいか、昭生はかなり佐光に肩入れしているようだった。

それを指摘すると、昭生はあっさり肯定した。

「朗が、あいつはいいやつだって言うからな。間違いはないだろ。それにひねくれてるけど、俺にはわかりやすい」

あの不器用な、けれど心のなかがやわらかい青年に、敏感な朗が気づかないわけがない。昭生にしても、ちゃんと見極める目は持っているし――おそらく、似た部分のある彼ならば、佐光を気にいると思っていた。

それを狙って紹介したはずなのに、なんだかすこしだけおもしろくない自分もいる。

「……そんな顔するくらいなら、もうちょっと自分と向きあえ」

「意味がわからないんだけど？」

微笑んでみせても、昭生には通じない。笑みを消して、高間はため息をついた。

「あの子のおうち、お父さんはいいとこの部長さんで、お母さんも専業主婦の、絵に描いたような母親、って感じでさ。いまはこじれちゃいるけど、ひき取った親戚の子だって、長男としてちゃんと育ててきてさ……」

「ありもしない、夢のほかほか家族の幻想をあいつに押しつけんなよ。その兄貴が、殺しにかかわってる可能性があるんだろ」

「だから、そうでないことを探してるんだ。誤解がとければ、戻れるだろ」

ちょっとだけ、ほんの数ミリ道を踏み外しただけ。高間は佐光をそう位置づけている。

「で、そんなおきれいな佐光に、自分はじゃまだってか？」

「じゃまもなにも、そういう関係じゃない」

「廉と同じ言い訳か。もう、ほんとにおまえ……」

ついに本気であきれてしまったらしく、昭生は口をつぐんだ。それとも彼自身、思いあたるところのある感情だったのかもしれない。

「なーんで、こんなややこしくなったかなあ」

ちょっとかまって、年長者ごっこでもするつもりだったのにと、高間は頭が痛かった。だが昭生はきっぱりと「おまえのせいだ」と言いきった。

「エサやったら、野生動物は味しめるんだよ。責任持って、飼ってやれ」

「そんな、犬猫みたいな……」

「言っておくが、佐光はその程度のタマじゃないと思うぜ」

またわかったようなことを言う昭生に、高間は黙りこんだ。その顔を見てにやつく友人になにか言ってやりたくても、言葉が見つからない。

「……ごちそうさまでした」

「帰るのか？」

無言でかぶりを振ると、昭生はまた顔をしかめた。「清白か」と言われ、高間が答えないまま微笑むと、昭生はがりがりと頭を搔《か》きむしる。

「終わったら、今度こそ終わりって言え。おまえがあいつにしてやったことの清算だって」

「俺は、なにもしてないってば」

ごくたまに、むかしの知人の連絡さきを教え、ひととのつなぎを作っただけ。礼を受けるわけでもないし、なんの貸し借りもない。

ただし、紹介した相手がどういう組織に属する人間なのか、なんのためのつなぎかについて、高間は訊《たず》ねないし、口外もしない。それだけのことだ。

「いつまで、廉の代わりの人生やってんだ、おまえ」

高間は答えず、微笑んだ。そしてドアを開け、でていく際に、背中に昭生の大きなため息がぶつけられる。

「ごめんね」

つぶやいた声は、誰にも届かないほどちいさなものだった。

昭生には申し訳ないとは思う。それでも、高間はこれからの行動を止める気はない。

佐光を襲った犯人は、いまだにわからない。警察は無差別的な通り魔事件と見ているが、早々に手詰まりになったらしい。

手段を選んでいられる状況にはない。犯人を突き止め、解決するために使えるものならなんでも使う。

――そこまでしてやって、ただの同情じゃや、佐光が浮かばれねえよ。

昭生の声も、佐光の熱い視線も、いまは意識の外に置いておく。表情をなくして、高間は夏の名残《なごり》がねっとりと絡みつく夜を、歩いていった。

＊　＊　＊

高間から、「ゆきなの素性がわかった」と聞かされたのは、それから一週間ほどが経った日のことだった。

「例の渋谷のクラブに出入りしてたから、さぐりをいれてもらったんだけど、わりと面倒なことがわかったよ」

滋賀《しが》とかいう店員がクラブの常連を通じて話を聞いたところ、彼女は『東京アートビジュアルスクール』の生徒ではなく、二十歳のフリーターだった。

「わざわざ生徒のふりをしてもぐりこんで、佐光くんを誘うように頼まれたそうだ。誰に、と問いかけても『知らない』の一点張り。ただ、嘘ついてるとか、しらを切ってるわけじゃないらしくて、本当にわからないらしい」

「わからないって、どういうこと」

高間は微妙な顔をして、「うーん……」と言葉を濁した。

「どうする？　いま、そのクラブに呼びだしてもらってるけど、直接聞いてみる？」

佐光は即答で「いく」と答え、立ちあがった。

そして小一時間後、なるほどこれは「わからない」はずだと、げんなりしながら思った。

「……だーかーらあ。ほんっとに知らないんだってば！」

「知らないやつの口車に乗って、犯罪まがいのことするやつがいるかよ」

「知らないもん！」

メイクもぐしゃぐしゃにして、ゆきなは泣きわめいていた。

最初、クラブのＶＩＰルームにたどりついたときには、まさか暴力でもふるったのかと佐光は疑った。しかし、げっそりした滋賀の表情や、ひたすら泣き続ける女にうんざりした店員らの顔を見て、それはないな、と察した。

「もうこの調子で、話はじめるなりずっと泣きっぱなしで……」

「俺が直接訊くよ」

苦笑した高間は「タオルとおしぼり」と小声で告げ、ぐるりと周囲を囲まれたゆきなのもとへと近づいた。佐光もついていこうとしたが、「あとで」と制止され、しばらく様子を見ることにする。

大ぶりなソファセットに座るゆきなのまえに跪《ひざまず》いた高間は、なにごとか小声で話しかけていた。しゃくりあげていたゆきながこくこくとうなずき、手渡したタオルで顔を拭く。真っ黒なメイクが流れてしまうと、素顔は案外あどけなかった。

「話、してくれるって」

戻ってきた高間はあっさりと言った。毎度ながら、どういう話術で人心を掌握しているのだろう。自分がそれこそ心を握られた立場ながら、佐光は感心してしまった。

「じゃ、ゆきなさん、最初から話してくれるかな」

「うん……」

ようやく涙の止まったゆきなの言葉によると、登録していたモバイルゲームサイトで知りあった相手に、佐光のプロフィールを教えられ、「こいつ落とせる？」と持ちかけられたのだという。

「そんなんでOKしたのか？」

「援助とか、そういうヤバいのじゃないみたいだったし。何人ナンパできるかみたいな賭《か》けなら、わりとよくあるから」

実際の金銭的な報酬はなかったけれども、証拠写真を送ってくれれば、ゲームサイト内で使えるポイントを譲ると言われ、了承したのだとゆきなは言った。

「それ、買うと何万かするゴールドポイントだったし。だめもとだからと思ってOKしたんだけど、考えてみるとうさんくさいよね。指示どおりやればいいから、簡単って思ったけど」

考えるまでもないだろうに、いまさらゆきなはそんなことを言った。

「クスリ飲ませようとして、うさんくさいもねえだろ」

「だってあれ、ほんとにべつにやばいのじゃないもん。法律違反じゃないって言ってたし、ただのカクテルだし」

憤慨したように言う彼女と佐光の認識の違いに、頭が痛くなってきた。

事実、あのあと高間が調べたところ、取り締まりの厳しくなった脱法ドラッグのなかでも新種のものではあったらしい。だがそれは『違法ではない』わけではなく、『まだそれを取り締まる法律ができていない』たぐいのものだった。

その違いについて、まったく理解していないゆきなにどう説明すべきかと悩んでいると、彼女は「べつに悪いことしようと思ってたわけじゃないもん」と口を尖らせた。

「あたしだって、正廣のことは気にいってたしさあ。楽しく遊ぶだけだと思ってたんだよ。でも……なんかあっちの言うことヤバくなってきてたし、あれーって思って」

じつのところ、クスリの一件のあとも、執拗に『指示』は飛んできていたそうだ。ゆきながクリアしていないとわかれば、【なにやってんだよ、さっさとしろ】【てめえ、いまさら降りるとかふざけんな】といらだちをあらわにした文面になり、怖くなってきたのだと、ゆきなは白状した。

「だからもう、途中でアカウント消して、逃げちゃった。ポイントはもらいそこねたけど、なんか、あいつそれどころじゃないよなって感じで」

言葉を切って、しゅんと肩を落としたゆきなは、「怪我だいじょうぶなの？」とおずおず聞いてきた。

「殴られたとか……知らなかったし。そういうアブナイのはやだよ」

涙目になっているのは、嘘ではないのだろう。佐光は複雑ながらそう思った。

(しかしクスリは勧めても、怪我させるのはいやだってか)

ゆきなに一般常識でものを語っても意味がないのかもしれない。男を引っかけるのも、危ないクスリも、彼女にとってはゲーム感覚だったのだろう。

気をつけろと警告してくれたあたり、本当に悪気はなかったようだ。いまさら、薬物アレルギーで佐光が死ぬ可能性もあったと打ちあけても、彼女が驚くだけで意味はない。

なんとも言えない気分で黙りこんだ佐光の代わりに、話をうながしたのは高間だった。

「……で、その話を持ちかけてきたのが、ホーリーナイト？」

「うん、ハンドルしか知らないから、本名とか言われてもわかんない」

「ありがちっていえば、ありがちな名前だしね。ホーリーナイト——聖夜、か」

いったい何者なのかとつぶやいた高間の声に、佐光は硬直した。

「どうしたの、正廣」

青ざめた佐光に、ゆきなが目をしばたたかせる。高間もまたその顔色をうかがい、大丈夫かと言いかけて口をつぐんだ。

「……セイヤ？」

「お兄さん、さっきそれもう言ったじゃん」

気づいていないらしいゆきなをよそに、佐光と高間は見つめあったまま顔をひきつらせた。せいや、という響きから連想するのは、当然ながら兄の清也だ。殴られた現場で見かけた姿と、この符合がどういう意味を持つのか、考えるまでもない。

「ねえ、どーしたのってば、ねえ！」

異様な空気を感じたのか、ゆきなが不安そうに声をあげる。

佐光は答える言葉もないまま、白くなるほど自分の拳を握りしめていた。

＊　　＊　　＊

ひとまず、ゆきなのほうも身辺に気をつけろと注意して、その場は解散した。

高間の自宅へ戻った佐光は、リビングで頭を抱えこみ、鬱々としていた。あまりに合致している符合にひどく滅入り、なにをする気力もない。

じっと床を睨んでいると、目のまえにカフェオレとサンドイッチが差しだされた。

「すこし、なにか食べたら」

卵とハムの挟まったそれに目を落とし、佐光はうつろな声で「買ったの？」と問う。「作った」という返事があり、いつの間にと時計を見れば、帰宅してもう三十分も経っていた。

もそもそとサンドイッチをかじり、カフェオレを飲む。ふだんの佐光ならあますぎて飲めないレベルの飲みものなのに、ほとんど味がわからなかった。

「……やっぱり、兄貴なのか、あれ」

長い沈黙のあとつぶやくと、同じことを考えていたらしい高間が「どうだろう」と言った。

「そんなに安直かな？　きみのお兄さんて、たしか国立大出身だよね。相当頭もいいし、ネットにもはまって長いんだろ」

「そうだけど……」

「だったらそんなわかりやすい、素性がばれそうな名前、つけないと思うよ」

高間の言うことを信じたいけれど、もういったいなにがどうなっているのかわからない。

――うるさい、おまえなんかっ……！

殴りかかってきた兄は、あのときいったい、なんと続けるつもりだったのだろう。死ね、だろうか。殺してやる、だろうか。

（そこまで憎まれるほどかよ、いったい俺がなにをした？）

継子《まま こ》という関係が、かつては聡明だった兄の神経を蝕《むしば》んだのはわかっていても、ここまで追いつめるほどのことだっただろうか。

無言でうずくまる佐光の背中に、高間の手のひらがあてがわれた。

「考えるのはよしたほうがいい。こういうときは、最悪の想像しかしないし、ずっと考えてるうちに、それが本当の気がしてくるから」

「んなこと言ったって、無理だ」

「わかるけど、頭切り替えないと。きみがしっかりしなきゃ、どうしようもないんだ」

意味もなく、笑いがこぼれた。ひきつった呼吸をまき散らし「どうやってしっかりすんだよ」とうつむいたまま佐光はうめく。

「なんべんも殺されかかって、それ、兄貴がやったかもしんねえのに」

「でもきみは、生きてる」

「今後どうなるかわかんねえってのに⁉　あしたはまた違う手でやられるかもしんねえだろ！」

「させないよ」

きっぱりと言いきった高間に、佐光ははっとなり、頭をあげた。あの夜、助けてやると言いきったときと同じく、高間は佐光の手を握りしめる。

「俺がさせない。どういう手を使っても護《まも》ってあげるから、佐光くんは、しゃんとしなさい。こんなことで折れたらだめだ。ふつうにして、受験も今度こそ成功させないと」

決意の漲《みなぎ》った目を見たとき、ぐらりと世界が揺れたのがわかった。

（ここに、映ってんのはたぶん、俺じゃない）

高間のこれが、代償行為なのだろうことはわかっている。かつて好きだった男を救えなかった、その代わりに佐光を救おうと躍起になっていることも。

（でもそれが、なんだってんだ）

たったいま、佐光がすがれるのは高間しかおらず、そのためにどこまでも尽力してくれる彼の、思惑などどうでもいいことではないだろうか。

高間の男だった、廉。彼とつきあいがあった連中には、いまは完全に裏の世界へ足を踏みいれてしまったものもいると昭生が言っていた。そして高間は、佐光を助けるためになら、縁を切ろうとしていたむかしの仲間にまで、おそらく頭をさげたはずだ。

見返りがいったいなんなのか、それは佐光には計り知れない。わからないから、不安で、おそろしくもある。

「大丈夫か？」

高間の手を強く握り返すと、いたわるような声を発して彼は首をかしげた。

クラブ帰りのせいで、今夜の高間は上質なシャツを身につけていた。変装ではないと彼は言うけれど、ふだんの自分とギャップを作りたいと思っているのはたしかだろう。

(俺が、そこまでさせたんだ)

過去が過去だけに、地味にまじめに生きて悪縁を絶ちきろうとしていたはずの高間に、またつながりを作らせてしまったことが苦しい。なのに、同時に嬉しいとも思っている。

細い身体で、けれど誰より高間は強い。その強い高間が、自分のためにここまでしてくれる、その事実がどうしようもなく、胸を熱くする。

「……あんた、いっしょにいてくれんの」

「必要なら」

指を絡めるように、手を握りなおす。佐光はソファの前面、床に膝《ひざ》をついた高間にすがるように、薄い胸に顔を埋める。高間は佐光の金の髪を撫で梳《す》き、そっと抱えこむ。

「なにかの間違いって可能性もあるんだ。あまり考えすぎなくていい。考えるのは、俺がしておくから、落ちついて」

安心させようという、いつもの仕種《しぐさ》だ。彼にふれられているところからこわばりがほどけ、ゆっくりと息ができるようになる。

（……くそ）

酸素を求めて深く吸いこむと、あまい香りがした。ほっとして、そのすぐ直後、全身が熱くなる。いまは最悪だ、それだけはだめだと思うのに、髪を梳く指も、耳を押しつけているせいで胸から響くやわらかな声も、すべて佐光をそそのかしているようにしか思えない。

「ネットゲームのほうは、朗くんのともだちで、詳しい子がいるらしいから、そっちから調べるのもありだと思う。それと、伊勢さんにも力貸してもらったりできると思うし――」

「なあ」

胸に顔を埋めたまま、くぐもった声で佐光が呼びかける。話を中断されたのに機嫌を損ねることもなく、高間は「なに」とやさしく問いかけてくれた。

「考えるな、っつったくせに、具体的な話されっと、萎《な》える」

「あ……そうか、そうだね。ごめんよ」

すこしあわてたように腰を浮かせた高間の身体を両腕で抱きしめた。はっと息を呑んだ彼が身をもがかせるけれど、こうなればとことんあまえてしまえと佐光は顔をこすりつける。

「ちょ、佐光、くん」

「なんも考えたくねえ」

「うん、だから――」

「やらせて、一栄さん」

高間はぴたりと口をつぐんだ。ためらい、どうすればいいかわからないと逡巡する気配に、つけこみどころはあると佐光は踏んだ。顔を見ないまま、ひたすらあまったれたスタイルの状況でたたみかける。

「頭、からっぽにしてえんだよ。飲んだって無理だ。あんたとしたい」

「けど、それは」

「同情でいい。それ以上言わない。ずりいのわかってるよ。けど俺、怖《こえ》えんだよ。いま、あんた以外誰も信用できねえし、あんたがいなかったらどうなるかわかんね」

情けない心情をすべて吐きだした。高間はじっとおとなしく、黙りこんでいる。

息を吸いこむと、またあまいにおいがした。高間のにおいで、清潔で、ほんのすこし香る、銘柄のわからない香水のにおい。ここまで近くによってはじめてわかる控えめなそれが、佐光の全身をずきずきと疼《うず》かせる。

「純粋に、セックスしたいだけなら考えるって、まえに言っただろ」

「それは」

「いまは俺の気持ちとかどうでもいい。とにかく、頭からっぽにしたい。けどほかに誰もいない。俺には、……一栄さんだけだ」

わざとうそぶいてみせても、最後のひとことに心がこもりすぎた。気持ちがどうでもいいなんて、嘘だとわかっているだろうに、高間はいつかのように拒否することはなく、そっと佐光の髪を撫でてくる。

いつでも佐光をなだめた細い指が、そのときだけぎこちなかった。

「……きょう、だけなら」

長い沈黙のあと、高間はちいさくつぶやいた。

「きょうだけ、いちどだけな、ら……っ、んん！」

佐光は顔をあげるなり腕に力をこめ、抱きしめなおした細い身体の持ち主の唇を奪いとる。噛みつくようにキスを交わした。最初は押されるばかりだった高間が背中に腕をまわしてくれたとき、脳が煮えるかと思うほど熱くなる。

(やっぱり、あまい)

カフェオレの味はわからなかったのに、高間の唇はあまくておいしい。舌を含ませると、そっと吸われた。背中を撫でていた手をおろし、ちいさな尻を摑む。

この奥にひそんだリナリアを濡らして、散らしたい。一瞬でさらに高ぶった腰を押しつけると、高間がはっと息を吞んだ。軽く肩を押し返され、佐光は渋々距離をとる。唾液にてらついた唇を舐め、同じように息があがった高間がうつむきながら言った。

「シャワーする時間だけ、くれるかな」

「逃げねえ？」

「逃げようがないだろ。ここ、俺の家なのに」

苦笑した高間の唇をもう一度だけ盗んで、佐光はそっと腕をゆるめる。やわらかく頬を撫でた彼の手は、もういつものなめらかさを取り戻していた。

＊　＊　＊

シャワーを終えた高間は、いささか緊張しながら寝室にはいった。バスタオルを腰に巻いただけの姿は何度も見られているけれど、佐光がきょうほど無遠慮に目で追ってきたことはなかった。

（いままで、本当に気を遣われてたんだ）

なんどもはぐらかしたことが、ひどく残酷だったのだといまさら思う。

「……いい、よ」

静かにそう告げると、ベッドに腰かけていた佐光は無言で立ちあがり、自分の服を毟《むし》るように脱いだ。彼自身は、高間がいやでないなら、風呂にもはいらなくていいと言い張った。そうでなければいっしょにはいると言い張られ、それだけは丁重にお断りした。

(きれいな身体だな)

短期間ながら生活をともにして、何度かお互いの裸に近い姿は見た。広く張った肩に上背、長い手足のすべてがバランスよく整った佐光は、彼独特の美意識で自分の身体を作りあげたのだろうかとすら思う。

「……っ、あ」

じっと見つめていると、下着まで脱ぎ去った佐光は高間の腕をひき、性急にベッドへと押し倒した。抵抗せず腰をあげると、最後の一枚をはぎ取られる。

脚を開かされ、しげしげと眺められる。以前にもこうされたことはあったけれど、あのときはもっと冷静な、観察するような目つきだった。

視線が質量を持って突き刺さってくるようで、反応しまいとする身体が熱くなってくる。

(完全に、ほだされてるな)

どれほど本人が主張しても昭生に諭されても、若い佐光の気持ちなど、高間はこれっぽっちも信じていなかった。たぶん日常に戻れば、ごくあたりまえの健全な恋愛をするだろうと。

だがそんな冷めた自分の奥にあるものが、視線だけで刺激されて、火照《ほて》っていく。爛々《らんらん》と光る目に欲情を乗せて、舐めまわすように身体中を見られる。そんな経験は何年もなく、まして佐光とははじめてだ。脈がどうしても乱れる。それにつられて感情まで乱れそうで、すこし怖い。

「……一度きり、だからね？」

「知るか、そんなの」

念押しすると、吐き捨てるような返事があった。驚きに目をみはると、佐光は「俺はきょうだけって言われても、ＯＫしてない」と屁理屈を言う。

「あのね佐光くん、それは」

「いまさら、待ったなし、撤回はきかない。今夜、俺は、あんたを、抱く」

「……っ」

見えない襲撃者に怯えていたのと同一人物とは思えないほど力強く宣言され、なぜか顔が赤くなった。男に組み敷かれ、見おろされる体勢もひさしぶりだ。ぞくりとする感覚に、自分が溺《おぼ》れてどうすると内心で叱りつける。

「佐光くん、でもね、……っあ！」

いきなり股間を握られ、ぎょっと高間は声をあげる。その手はなにかぬめるもので濡れていて、いったいなにが――とうろたえていると、佐光が高間の耳元のにおいをかぎながら

「ローション」と短く言った。

「そんなもの、どこで」

「あんたが風呂はいってる間に、速攻でコンビニいってきた」

そのほか、必需品も枕のしたから引っぱりだされ、あきれていいのか感心していいのかわからなくなる。「よくまあ、こんなものを」と絶句した高間に、佐光はにやっと笑った。

「アナルでやった経験くらいあるよ。女とだけど」

「……そういうとこだけ、意外にかわいくないんだよねえ、きみは」

「もともとかわいくねえっつの。もう黙れ」

えらそうに言って、首筋に嚙みついてくる。ぬるぬるした手のひらで脚の間をまさぐられ、もう片方の手で胸を濡らされ、高間は息を詰めた。

「んんっ」

乳首をつままれ、ぬめりを利用してぷつんとはじかれる。同性の性器を握りしめ、しごきあげる手にもためらいはない。

（あ、ちょっと予想外）

佐光の手つきはずいぶんともの慣れていた。風呂を使う間、最悪の場合リードしてやらないとならないだろうか、と迷っていた高間の内心をあざ笑うようだ。しかし考えてみれば、クラブでヤリ部屋まえを定席にしていたような男だ。ゆきなをはじめとした女の子たちが入れ食い状態だったのは間違いない。

息があがっていくのが業腹で、高間はあえて意地悪く笑ってみせた。

「いきなり、ローションプレイとか、ほんとあざとい……」

「うるせえよ」

舌打ちした佐光が、なぶっていたペニスの奥へと指をふれてくる。抗《あらが》わず、さらに脚を開いて誘うと、先触れのようにリナリアの花を撫でられた。高間は声もなく仰《の》け反る。肉に刻まれたラインと色、花弁をめくるようにひとつずつたどられ、びくりと腰が浮いてしまう。

目を閉じて感じいっていると、佐光が耳元でささやいた。

「なあ、ここ、廉ってやつ以外に誰かさわった？」

「……だったらなに？」

無粋なことを訊いてくるあたりは、まだ若いのだなと苦笑した。だがまじめな顔の佐光は、ゆるゆると花を撫でながら言う。

「だったら、廉は悔しいだろうなと思っただけ」

「ええ？」

佐光がではないのか。そう考えてうぬぼれた自分の発想にまた笑いそうになったけれど、続いた佐光の言葉に息が止まった。

「あんたが花で、廉が蜂だろ。俺だけが種付けするってことじゃん。それに、これ……あんた、気づいてんのかな」

「これって、なに……」

「目、閉じててみ」

ぐいと太腿《ふともも》を開かされ、内腿の奥、自分からは見えない位置のタトゥーを佐光が指でなぞった。言われたとおりに目を閉じると、何度も何度も同じ場所を繰り返したどる指が、なにを意味するのかわかってくる。

――r・e・n。

佐光の指は、たしかにその文字を描いた。

「花弁の重なったとこ、よく見ると隠し文字になってんだよ。すんげえ執着だよな」

「う、そ……」

十年近くまったく知らなかった。茫然とする高間がかすかに唇を震わせると、吐息を盗むようなキスが重なる。反応すらできずにいると、隠し文字をなぞっていた指がさらに奥へと進んできた。

「嘘だと思うなら、あとで写真撮って見せてやる」

「あっ……」

浴室で準備をすませたばかりの粘膜、その際《きわ》に、佐光の指がふれた。清潔に整えてある爪のおかげで痛くはない。

湿らされた窄《すぼ》まりをやさしく撫でた指は、幾度もスリットを往復し、やわらかな肉を揉んでたわめた。くるくる、円を描くようにして疼く入口を撫で、少しいれては抜く。

「ああ、あっ、あっ、ふ……」

浅く出しいれされ、息が切れ、乳首がぴんと硬くなるのがわかった。腿が震えて、だらしなく脚がゆるみ、限界まで開いた。

指は、その間にどんどん進んでくる。高間の身体がとろけ、ぬかるんでいく場所に、どんどん、どんどん、入ってくる。

（ああ、指が、あ……）

爪の硬さをやわらかな肉に感じて、膝が笑った。第二関節まで進められ、ぽたぽたと汗が落ち、ちいさな声が漏れる。さらに犯され、粘膜がしゃっくりみたいに振動しはじめた。

「あ……んん……」

「一栄さん、これいい？」

「ん、いい……」

慣れた身体だ、痛みは覚えない。佐光の指を異物と認識せず、ただ感じる。

くち、くち、くち。音が立つたび、高間は腰を前に突きだしたり、引いたりした。狭いベッドがそのたびに揺らぎ、跳ねた膝がベッドわきの壁にぶつかる。そっと佐光の手が膝をかばって撫で、その動きにすら感じていると、なかを押し広げる質量が増えた。

「んんんっ！」

根元までいれてなかでそよがせ、少し曲げたままひき抜いて、また奥までくねらせる。もう片方の手は悶《もだ》えるペニスをからかうように揉み、舌は硬く尖った乳首を撫でている。

忘れさせてほしいといったくせに、どれもこれもやわらかであまい愛撫だ。

（ほんとに、予想外）

ぶっきらぼうな彼の愛撫はもっと乱暴だと思いこんでいた。けれどそもそも、彼は芸術家の卵でもある。指の感覚が鋭く繊細でも、なにもおかしくはないのかもしれない。それとも、荒れて遊び歩いた経験値というやつか。

「おい、考えごとすんなよ」

「あ！」

ねじこむように三本目の指をいれられ、高間は短く叫んだ。すっかりとろけた肉をいいようにいじられ、抜き去るときには縁を引っかけるようにして肉をはじかせる、意地の悪い動きに腰が止まらなくなっていく。

「だ、だめ、だめ」

「なにがだよ、よがってんじゃん」

「そう、だけど、きみが」

ただ与えるだけのつもりだったのに、快楽に溺れそうになる。皮肉な分析でもしていないと、大事そうにいとしそうにふれられて、もともと弱い身体が溶けてしまう。

こんな抱きかたをすると思わなかった。こんなふれかたを——する男は、ほかに知らない。

「これじゃ、きみは、よくない」

「いいよ、すごく」

指でうしろをほぐしながら鎖骨に舌をつけた佐光が、高間の身体の中心をまっすぐに舐めおろす。下半身にたどりついた唇に高間の膝が跳ねると、佐光は高ぶった中心へとためらいもなく口づけた。

「やめなさいっ」

「なんで」

「もう、さっさといれて、終わりにし、ろ……っ！」

語尾が崩れたのは、含まれたせいだった。何年ぶりかで味わう口腔での愛撫に背中がぞくぞくし、息が切れる。

たまらずに、佐光の肩を脚で蹴った。何度か繰り返していると、ようやく口を離した彼が「なんだよ」と機嫌の悪そうな顔で覗きこんでくる。

「違う、こんなのは」

「なにが違うんだよ」

「俺が愉《たの》しまされてどうするんだ。きみがよくなればいいはずだろう！」

肩で息をしながら身を起こし、腹だちまぎれに股間を摑む。先端は濡れていた。こんなに、握りしめた手が痺れるほど熱く脈打っているくせに平然としている佐光が憎たらしく思える。

「若いんだから、ねちねちしたセックスしてないで、さっさと突っこめ！」

お返しにと口でくわえるにも、こつを忘れていて喉につかえた。一瞬咳《せ》きこむと頭を撫でられ、ぎろりと上目遣いに睨みつける。佐光は息を切らしながらも、なぜか笑っていた。

「処女みたいなこと言うな。ろくに前戯されたことねえの？」

答えず、頰を膨らませているものへと吸いつき、根元を揉む。すらりと長い脚が緊張し、やせ我慢もほどほどにしろと思いながら舌を使った。屈みこんだ高間の背中を撫でた手のひらが、そのまま尻へと伝い、また指を挿入される。

「んんっ」

「……いっぺんだけとか言うから、ぜんぶやっときてえだけじゃん」

佐光のつぶやきは平坦な声なのに、どこか拗《す》ねたようにも聞こえた。ずいぶんかわいらしいことを言われて、指を呑まされた場所がきゅうと縮む。心得たように感じるツボを指の腹で撫でられ、爪さきがまるまった。

疼痛が全身を走り抜ける。忘れきっていた欲情のパルスが、高間の思考を鈍らせる。

「まだ、夜は、浅いだろ」

いちど口を離し、太い幹を舐めながら切れ切れの口調で言ってやると、佐光の腹筋が震える。

「ひと晩中、好きにしていい。だから、……だから、もう」

そのさきをねだる必要はなかった。指をひき抜いた佐光が高間の腋《わき》の下へと両手をさしいれ、突き飛ばすような勢いでベッドへとうつぶせに押しつけられる。膝を膝で割られ、腰の高さを調整されて、いままで口のなかにあったものが肉をわけいってきた。

「聞いたからな」

「あ、あ！　あっあっあっ」

とろとろにされた粘膜へと、遠慮もなにもなく押しいり、腰をぶつけてくる。あまりの激しさに眩暈《めまい》を覚えていると、背中に胸をぴたりとつけた佐光が耳をかじった。

「そう簡単に終わってやんねえし、終わっても、また抱く」

「いっ、や……っ」

ぎゅっと両胸のさきをつねられ、悲鳴をあげた。背中を手のひらに押されて、シーツに上半身だけを沈ませる。背後で膝立ちになった男が容赦なく腰を使い、貪る、という言葉どおりの強さで揺さぶられた。荒れた佐光の息が近づいて離れ、ときどきいらだちまぎれに吐き捨てる。

「くっそ、いい……っ。どんだけ仕込まれてんだよ、ちくしょう」

「あーっ、あっ、あっ」

「んな声、ほかの男にも聞かせてたんかよ、なあっ」

無我夢中で腰を振りながら、いらいらと吐き捨てる声は剣呑《けんのん》だった。佐光は廉にかこつけていたくせに、いまはもうとりつくろうこともできず、独占欲を吐きだしている。けれどそれらはすこしも高間を傷つけはせず、むしろ佐光が苦しそうであればあるほど、胸にあたたかいものがこみあげてくる。

（……最悪だ）

佐光が、自分のことで胸を痛めるのが嬉しいと思ってしまう。あれほどにしらけて冷めた目をした彼が、いまはどんな顔をしているのか気になって、どうにか身をよじり、振り返った。

「なんだよ、その顔……」

自分が言いたかったことを、彼がさきに口にしてしまった。高間のすべてを一瞬たりとも見逃したくないというような、熱に浮かされたような目つき。獣じみた、ぎらつくそれに心臓が射貫《いぬ》かれる。視線で、心が犯される。

感覚と直結した粘膜が、ぐねぐねと激しく収縮した。

「んっ、んっ、んんー……っ」

「だから、締めんなって、あ、くそ……！」

びくっと佐光の腰が震え、高間がちいさな悲鳴をあげる。じゅんと内部が熱くなり、うな

るような声をあげた彼が想定外の射精をしたことに気づかされた。

「やっ……て、くれるよなあ、っとに」

「あ……、え？」

ぜいぜいと息をする佐光が、高間の肩胛骨《けんこうこつ》へと額を押し当てた。

まだ状況が呑みこめずに目をしばたたかせていると、突然右の腿を持ちあげられ、体勢が崩れたところでぐるんと視界がまわる。

「……あああっ！」

挿入されたまま身体を半回転され、よじれた粘膜が強烈な快感をもたらす。目がちかちかして、耳鳴りまでした。だが佐光はおかまいなしに、両膝の裏を腕にかけて持ちあげ、さきほどよりもさらに激しくベッドを揺らす。腰をまわされると、全身ががくがく震えてシーツから浮きあがった。制御できない反応に、高間は半狂乱になる。

「あっ、ま、待って、ちょっ……」

「さっさと終わらせようっても、そうは、いかねえからな」

「違う、ちがっ……！　んんん、あ！」

舌を嚙みそうになって、口を閉ざすしかなかった。薄く目を開けていると天井がめちゃくちゃにぶれている。目をつぶり、シーツが破れそうなほどに指を立ててこらえていると、佐光が複雑に腰を揺り動かしながら「一棠さん」と名前を呼んできた。

「一栄さん、一栄さん、一栄……っ」

耳から流れこむ、かすれた必死の声が、高間の理性を食い破って粉々にする。

なにか叫んだような気もするし、ひたすらにあえいでいたような気もする。

ふれた肌に流れる汗が、もうどちらのものかもわからない。腹がぬめり、佐光にそれを撫でられてはじめて、気づかないまま自分が射精していることを知った。

だがその間にも佐光は太いペニスでいたぶり続け、高間の奥はうねりながら彼へと必死に食らいつき、しゃぶるように蠢《うごめ》き、味わった。

立て続けのドライオーガズムに、すべての感覚が狂っていた。どこからがはじまりで、どこが終わりなのかもわからないセックスは、長く長く続いた。

数年ぶりに味わう、けれどかつて知ったものとまるで違う快楽に、高間は我を忘れた。

その間中、名前を呼ばれた。廉とまるで似ていない、ぶっきらぼうなかすれ声。

「一栄……」

世界で信じられるのは高間だけというように抱きしめられ、熱っぽく抱かれて、流されたと思いながらも、ひどく満たされている。

身体の奥をいっぱいにするのは、ただの肉でも快楽でもない。

それがなにかと分析し、自覚するような余裕はなかったけれど、見えないふりをしていたのかもしれないと、心の隅で高間は思った。

精根尽き果てるころには、ベッドはひどい有様になっていた。

マットレスにゴムバンドで止めていたはずのシーツは、はずれてぐちゃぐちゃになって足《あし》下《もと》にまるまり、そこかしこがべたべたに汚れていた。

どれだけ激しかったのか、高間の膝にはいくつかの打撲あとがある。おまけに、どうも天井の位置がおかしいと左右を見て、げんなりした。

「……ベッドが、壁から、ずれてる」

ふだん、ぴったりと壁に寄せてあったはずのそれは、十センチばかりの空間ができていた。どおりで途中、脚が落ちそうになったわけだ。

佐光はおかしそうに笑って、「安ベッドだからだろ」とつぶやいた。

「振動、したの階に響いたかも」

「どうかな、苦情きたらごめん」

およそ、横たわっていて心地よいとは言えない状態になった寝床で、脚を絡ませあったまま ふたりとも動かなかった。動けなかった、というほうが正しいかもしれない。高間の腰は抜けているし、佐光は、横臥位で背後から交わったまま、萎えた性器を抜こうとすらしていない。

彼曰《いわ》く、「まだ続きがある」のだそうだ。ひと晩だけと言い張ったことを相当根に持っているらしい佐光がおかしいやら、ばかばかしいやら。

高間のそこも痺れきっていて、抜けという気力もない。——すこしだけ嘘だ。

大柄な男にこうされている心地よさを思いだした身体が、やんわりと握りしめるように彼のペニスを食《は》んでいる。粘膜の襞《ひだ》をいっぱいに伸ばされるような苦しさを伴う、充溢感がたまらなかった。

（ああ、ほんとに、爛《ただ》れてる）

佐光が言ったとおり、十代のはじめから廉に仕込まれた身体だ。ハードSMのような真似こそしたことはないけれど、大抵のプレイは覚えている。ひさしぶりの受け身のセックスではあっても、怪我ひとつないのはそのころのたまものだろう。

けれど今夜のことは、そういう行為だけの激しさとはなにかが違う気がした。

いちどきり、と言ったはずなのに、なぜか廉と寝ていたころのような刹那的な感覚はなかった。佐光の熱さにひきずられ、我を忘れて乱れた。

こうまで求められているという事実に、慰められた。それを求めていたのは、佐光のほうこそであったのに。

「最低だな、ほんとに」

「なにが」

自嘲気味に高間がつぶやくと、佐光がすぐに答えた。自分の言葉にちゃんと耳をかたむけてくれている、気にかけられている。こういうささいな反応を嬉しいと思いたくないのに、ほころびていくなにかがある。

「俺は、最初にきみを見たとき、寂しそうだなと思ったんだ」

不服そうな息が後頭部にかかる。弱みを握られるのはきらいというわけだろう。佐光らしい反応に思わず笑ってしまいながら、腰にまわった彼の手を軽くたたき、甲を撫でた。

「でも、抱かれてわかった。……本当に寂しかったのは俺のほうかもしれない」

誰にもふれられず、咲いたまま腐りそうになっていた花を開かせた年下の男の腕が、高間の冷えていく身体をあたためるようにさする。そのせいで、言うつもりもなかった言葉がぽろぽろとこぼれていった。

「あんなふうにね、好きだとか言われたこと、いちどもないんだよね、俺」

「誰にも？」

「うん。そもそも、まともに告白されたりとか、初体験」

思わず笑ってしまうと、佐光が静かな声で「廉は？」と問いかけてくる。

「廉は……」

ふと脈絡なく、このところ何度もこの名を口にしていると高間は気づいた。廉が亡くなって以後、彼を知る周囲は自分を気遣い、話題を封印していた。廉自身を知らない昭生なども、極力名前を口にするのを避けるのが常だった。

けれど佐光は遠慮もなく廉の名を呼び、問いかけ、彼の話をしろと要求してくる。

（ふしぎだ）

数年まえの高間であれば、黙っていてくれとわめいたかもしれない。無神経だと怒っただろう。だが、廉に対してなんのしがらみもない、噂《うわさ》ですらあの男を知らない佐光のまえで、懐かしむように語るのは、いやな気分ではなかった。

「廉とは、なんか気づいたら、そうなってた。俺は好きだったけど、あっちはどうかわからなかった」

高間は、ひどく複雑な家庭で育った。金銭的に苦労があったわけではないが、両親の愛情に欠けた、冷たい家だった。誰かに気にかけてほしい子どものころに現れたのが、廉だ。

彼が高間の家に預けられた事情は、詳しく知らない。親も、廉自身もはっきり話さなかったからだ。だがうっすら聞こえてくる噂で、借金、自殺、という単語だけは耳にしていた。

――俺は、死に損ないだから。

ときどき廉はそう言って、置いて行かれた子どものような目をした。当時子どもだった高間の目には、年上なのに幼く見える彼の手を、どうしたら摑んでいられるかわからなかった。廉もまた壊れていて、お互いに寂しくて、つないだ手を離さない方法としてセックスしか知らなかった。

——おまえは、俺のだよな。一栄。

高間は廉を愛していたけれど、廉は——絶対に裏切らないなにか、従順な人形が欲しかっただけだったことには気づいていた。一度として愛の言葉らしいものをもらったこともないし、あまやかされたこともない。

けれど、高間は彼をあまやかした。すべて許し、ただ従順についていった。

廉とのつきあいが発覚して、親に勘当されても、彼は「責任はとらない」と言った。冷たい目をして、毒のような色気だけは溢れる彼に男も女も群がっていた。

それでも離れずにいた高間が、唯一廉に逆らったのがクスリだ。どれだけやめろと言っても聞かなかった。どころか、高間が反対すればするほどに、逆らわれたと怒り、荒れていき、結果、くだらないけんかで命を落としたのだ。

十代の幼い恋は、高間が二十歳になると同時に、相手の死によって消失した。彼があのまま生きていたとしても、続く関係ではなかっただろうとは思う。

「終わり損ねた感じが、してた。あいつと俺、なんだったのかなって……」

ひとり語りをしていたことに気づき、高間は「ごめん」と口をつぐんだ。

「これじゃ、話が違うな。きみの気晴らしにつきあおうって話だったのに」

「俺が訊いたんだから、それでいい」

もっと話せよ、と佐光は身体を抱く腕を強くした。

「もっとって、なにを？」

「あんたと廉って、どんなことしてたんだ。さっき言ってたけど、気づいたらそうだったとか、あいまいすぎんだろ」

きっかけとかないのかと問われ、高間は記憶をさぐる。

「うーん……なんとなくなんだよ、ほんとに。親戚だったから、いっしょにすごすことも多くて。あっちが年上だったんで、エロ話っていうか、そういうのしてるうちに、流れで」

身体の関係がさきにできて、気持ちがひっぱられたかたちだった。お粗末な話だと思っていると、佐光が「へえ」と好奇心まるだしの声をだした。

「かきっこしてて、ってやつか？　それ、いくつのころだよ」

「……俺は、十二歳くらい、かな」

「やべえだろ、それ」

ひとによっては眉をひそめるような事実なのに、佐光はおもしろそうに笑っている。

（やっぱちょっと、変わった子だな）

むかしの男との初体験話を、おかしそうに「やべえ」と聞く時点で、かなりねじれている気はする。おまけに好きだと言ったばかりのその口で、だ。

「あの、きみ、ほんとにこんな話聞きたい？」

「じゃなきゃ、話せとか言うわけねえだろ」

振り返ると、なにがおかしい、と言わんばかりの顔がこちらを見つめていた。戸惑う高間の表情を見て「ああ」と佐光はうなずく。

「あれか。俺が妬《や》いて、わざとあれこれ聞いてるとか思った？」

「いや、そういう……のでも、ないんだけど。変わってるなって」

言ったとたん、佐光はにやっと笑った。なぜ嬉しそうな顔をするのだと驚く高間に「変人は俺らみたいなのにはホメコトバ」とふてぶてしく言う。

「それに、廉はあんたの根っこだろうしな」

「え……」

「あんたが、俺を助けようとする理由の第一位はそれだろ」

佐光には似合わないほどの穏やかな声で言われ、高間は身をこわばらせた。緊張した腹部を、佐光の手のひらがゆっくり撫でる。

「それなら、それでいい。逆にそのほうが理解できる」

「逆にって……」

「べつに一栄さんが俺を好きなわけじゃねえのはわかってるし、困ってるひとを見逃せない、なんて人情家でもねえだろ。けど、理由はどうあれ、結果として俺は助かってるから、それでいい。あんたと寝たことも」

「……っ、あ」

腹からすべった手のひらが、高間のペニスをゆるく握りしめる。

「こんなふうに、やりっぱなしでもOKなエロい身体にしたのも廉なんだろ。それ否定しても意味はなくねえ？」

ちいさく声をあげたけれど、やわらかに撫でるだけの動きに快感をひきだす意図はないようだと知って、力が抜けた。

「そいつがいたから、いまの一栄さんがいるし、それを俺が頼んで抱かせてもらったことが事実なら、それはそれでいいんじゃねえのかって。……まあ、やったいまだから言えるけど」

「やるまえは？」

「想像してむかつきはしたかな。でもあんたエロい身体してるし、まあいいかって思った」

本当に高間を好きだと思っているのか、と問いたくなるような、あっさりした言葉だった。

だが佐光のなかでは、佐光なりの理屈があり、それはすでに完結しているらしい。

それはなぜだかとても、心地よい感じだった。

「身代わりにされたみたいで、いやじゃないのか」

ずるい問いかけだとわかっていたくせに、言葉がこぼれた。ほんの一瞬身をこわばらせた佐光は、しばしの沈黙のあと、ふっと息をついて答えた。

「俺は俺だし、廉は廉だろ。処女性とかこだわるわけでもねえし。そりゃ、いまだに生きてつきあってるとこに割りこんだってんならやばいけど、いない相手を気にしてもしょうがねえだろ」

「いない、相手？」

「そう。いない相手」

本気か強がりか——それとも高間に気を遣ったのか、淡々とした声の調子だけではわからなかった。静かに繰り返され、あらためて「そうか」と高間は思った。

彼と話すうちに、どんどん廉のことが過去のことだったのだ、という感覚が強くなる。

もうとうに、終わったことなのだ。廉はいなくて、その影響を強く受けはしたけれど、高間という存在があるだけ。そしてそれを抱いているのは、佐光なのだ。

「なんだよ」

首をねじって振り返り、じっと佐光を見つめると、怪訝そうに眉を寄せる。なんでもない、とかぶりを振ってまえを向く。さらに深く抱きしめてきた佐光が、また問いかけてきた。

「ギャング時代って俺よく知らねえから。ドラマとか小説になってっけど、あんな感じ？」

「うん、まあ、だいたいあんな感じかな……」

身体のなかにあるものが、かすかに芯を持っている。さんざん睦みあったせいか、性急に求めてくる気配はないけれど、気になってしかたない。

「もぞもぞすんなよ」

身じろいだ高間をとがめるように、佐光がかすれた声で言う。それがひどく男臭い色気を漂わせていて、子どものくせにと複雑になった。

「無理だよ。しないなら抜けよ」

高間がいささかつっけんどんに告げ、背後の男を肘《ひじ》で押す。めげる様子もなく、長い腕がさらにしっかりと絡みついてきた。あげく、またあの煙草に焼けたハスキーな声で、耳のうしろにささやきかけてくる。

「痛いか？」

「……痛くはないけど」

ならよかった、と佐光がまた腹を撫でてくる。ごくささやかで、わかりにくい思いやりのこもった仕種に、またもや高間は顔をしかめた。

ぶっきらぼうで、怒りっぽいくせに、佐光の本質はやさしい。

だからこそ、自分などに関わらせてはいけないと思うのに、逃げだせそうにない。

「また、いい？」

首筋に唇を押し当てながらの問いに、ふっと笑いが漏れる。話している間に、すっかり回復した佐光の若さにあきれたのもあるが、この体勢でいまさら確認もなにもない。

無言で、やわらかく奥を締めた。熱っぽい息が肩をすべり、腹部にあったはずの手は、胸元へとゆっくり這《は》いのぼってくる。

腰の奥があまく爛れていく。興奮と充足が同時に襲ってきて、深く長い息をついた。胸を満たすこの熱さ、その理由をけっして考えまい。

(いまだけだ)

目を閉じて、ほんのわずかな時間、高間は自分にぜいたくを許した。

＊　＊　＊

佐光が目を覚ますと、高間はすでにベッドにいなかった。軽く顔をしかめて舌打ちし、のそりと起きあがる。

(やっぱこうか。だとは思ったけど)

ひと晩中と宣言したとおり、激しく、執拗に抱いた。女だったら腰が抜けて立てなくなっているレベルだろうに、したたかでタフな男はあっさり、なにもなかったかのように腕のなかから消えている。自分の言葉を忠実に守り、ひと晩限りのつもりなのだろう。

「まあ、いい」

念押ししたことで言質《げんち》を取ったと思っているのだろうが、こちらもこちらで反論はしている。口約束が成立したのは『きのう、佐光が高間を抱くと宣言したこと』、これのみで、ほかについては双方同意に達していないのだ。

ベッドから足をおろした佐光は、自分が素っ裸だということに気づいた。なんとなく股間がひりつきこわばっているのは、事後の感覚が抜けないだけでなく、体液の始末がいいかげんだったせいだろう。

そういえば、朝方さいごのセックスをしたあとで眠気に負け、シャワーも浴びていなかったと思いだし、舌打ちする。

「クソ。なんだこりゃ」

枯れ果てるというほど搾り取られたはずなのに、股間が朝の生理現象にくわえ、ゆうべの高間を思いだしただけで興奮状態になってしまったからだ。

この状態で、きのう脱ぎ捨てた下着をはき直すのも、新しい服を身につけるのも、うんざりだった。かまうものかと佐光は立ちあがり、全裸のままで寝室の仕切戸を勢いよく開ける。

「あっ、佐光くん、おは――」

音で振り返った高間は、絶句して真っ赤になった。佐光はその反応に、にやりと笑った。

いつもいつも、半裸にタオルだのと気の抜けた格好でいらいらさせていたのは高間のほうだ。たまには気まずい思いでもすればいい。そう思った佐光の目論見《もくろみ》は、一応は成功だった。

ただ、一瞬だけ、目が佐光の股間に吸い寄せられたのを知ったとたん、さらにペニスの角度が跳ねあがったことと――それを見ている第三者の存在がなければ。

「なんだ、一栄。もうそういうことになってんじゃん」

「あっ、やっ、ちがっ！　あ、昭生さん、これは」

「ごまかすだけ無駄だ、堂々たる証拠が目のまえにあるだろ」

佐光のペニスを一瞥《いちべつ》して、しらっとした声を発するカフェバーの店長は、コーヒーをすってにやにやと笑っている。うんざりと佐光は問いかけた。

「……昭生さん、なんでいるんすか」

「相談があるって呼びだされた」

これも平然と答えた昭生は、佐光にはまだ許されない居間での喫煙を、まったく悪びれずにやってのけた。二重にむかむかしたものを覚えつつ、いまさら裸を隠すのも妙な話だと佐光もまた「へえ」と目を細めた。

「相談って、なんの」

「おまえの厄介ごとについてに決まってんだろ」

佐光はとたんに顔をしかめる。じろりと高間を見ると、気まずいのか顔を背《そむ》けた。昭生は無言のやりとりにちいさく笑う。

「佐光、心配されてんだから、その顔はねえだろ。あと、こいつ朝っぱらから電話してきたけど、えらいテンパってたから、なんだか面倒なことになってるらしいってとこまでしか、話は聞いてねえよ。原因は、いまわかったけどな」

「……そっすか。そりゃどうも、ご足労かけまして」

気のない会釈《えしゃく》をすると、昭生は「おう」とまた笑った。耐えられなくなったのか、高間が顔を歪めて口を開く。

「ちょっと、ふたりともなに、ふつうに会話してんだよ！　佐光くんは、早くお風呂はいって服を着てきなさい。昭生さんも平然としない！　ていうか、じろじろ見ない！」

常識的なお小言を、昭生と佐光はあっさり聞き流した。

「見るなってもなあ。べつに見たくて見たわけじゃなし。ついでに減るモンでもねえだろ」

「そっすね。見られて困るような貧相なもんでもないし」

引き戸の上枠に両手をかけた状態で、軽く前屈《まえかが》みになった佐光が自分のものを見おろす。同時にそこへ視線をやった昭生が、煙を吐きだしながら「体格からいったら妥当なとこじゃねえの」と言ってのけた。

「それって褒められたんすかね？」

「たしかにでけえが、役に立つかはまたべつだ。本体もおなじくだろ」

「あ、ひってえ」

バイト中とおなじく、口の悪いやりとりをしていると、高間がついにぶるぶると震えだした。

「話を、するまえに……服を！　着なさい！　それと常識的に考えて！　おかしいから、いまの状況！　羞《は》じらいを持ちなさい、ふたりとも！」

声をうわずらせた高間の言いぐさに、佐光は「へーい」と言いながら足を踏みだす。腹を掻きつつ、堂々とリビングを横切って浴室へ向かう間、高間はうつむき、昭生は爆笑していた。

佐光が風呂をあがって着替えを身につけ、リビングへと戻ったとき、昭生は携帯電話を手に誰かと話していた。わかった、よろしく、などの言葉で締めくくったあと、彼は「でるから支度しろ」と顎をしゃくってみせる。

「でるって、なんすか。バイトはこのところ、休みもらってますよね」

怪訝な顔をする佐光に、昭生は「おまえの兄貴の件だ」と鋭く言った。

「あのことで、俺にちょっとアテがあるんだ。紹介するから、話だけでもしてみるといい」

「ちょっとまた、なに、勝手な……」

不在の間に話が決まっていたらしい。佐光は思わず顔をしかめ、高間を軽く睨んだ。しかし昭生は「意地張ってる場合じゃねえだろ」とため息をつく。

「高間の知りあい関係当たったけど、けっきょくはゆきなとかって女のところで詰《つ》んだ。警察にも、まだ詳しい話する気はねえんだろ」

佐光は押し黙った。確たる証拠がないというのもあるが、身内が犯人かもしれないことで、さすがにいきなり警察というのは躊躇《ちゅうちょ》しているのも事実だったからだ。

「朗のともだちに、ネットだのゲームだのって話に関しては、エキスパートがいる。まえも何度か、彼の情報収集力で助かったことがあるんだ。そこ頼れ。なにもわかんねえかもしれねえけど、なにか糸口くらいは見えるかもしれない」

立ちあがり、昭生はすたすたとひとり玄関に向かう。佐光のまえを通り抜ける瞬間、彼は小声でささやいた。

「それと、あいつがテンパってるのもすこしはわかってやれ」

「え……」

「廉がいなくなってから、この家に寝泊まりしたのはおまえだけだ。あとは察しろ」

佐光の肩を軽くたたき、昭生はそのまま足を進めた。思わず振り返ると、気まずそうな顔をしつつも目をそらさない佐光がいる。

「……いくだけ、いかないか？」

頼む、とでも言いたげな顔をされてしまっては、佐光もなにもいえず、ため息をついて了承の意を示した。

＊　＊　＊

コントラストに赴くと、ドアには『ＣＬＯＳＥ』のプレートがかかっていた。なかにはいると、そこには朗と、はじめて見るまるっこい体型の青年がいた。

「佐光くんだよね。はじめまして、ムラジです」

「……ども」

にこにことしたオタクふうの彼は、田中連《たなかむらじ》と名乗った。現在は自分で興したゲーム会社の取締役、兼、ゲームデザイナーであるそうだ。

「とりあえず、ムラジくんはゲーム関係はエキスパートだから。作るだけじゃなく、やりこむほうでもプロ」

「やだなあ、相馬《そうま》くん。それぼくがネトゲ廃だったって話みたいじゃないか」

恥ずかしい、といまいち照れどころがわからないところで照れている彼は、全身からなごみオーラがにじみでている。ふだん他人に冷ややかな感情を持つことが多い佐光ですらも毒気を抜かれるというか、『いいひと』を絵に描いたようなタイプだった。

(なんか、イメージと違うな)

昭生がエキスパートと称した彼について、佐光はハッカーのたぐいを想像していた。イメージは見るからに尖っていて、反社会的人物。こういうのほほんとしたタイプだとは予想外だった。

(こんなんで、ほんとにだいじょうぶなのか?)

一瞬不安になったが、テーブル席についたムラジが自作のノートマシンをとりだし、「とりあえず話、聞かせてもらえるかな」と言った瞬間に考えをあらためた。

「ざっくりしたところは聞いたんだけど、当事者じゃないと漏れてる言葉があるかもしれないからね。襲撃事件に関しての、概《おおむ》ねの人間関係についても細かくお願いします。あ、なるべく時系列順でお願いしたいけど、前後してもだいじょうぶ」

「あ、ああ。ええと、ゆきな……最初に俺に声かけてきた女がいたんだけど、そいつが携帯のゲームサイトで、変なバイト持ちかけられて……」

穏やかな風貌のムラジにうながされるまま、佐光は思いだせる限りのことを詳しく語った。どうやらオンラインチャットを数窓開いているらしい。検索サイトにキーワードを打ちこみながら、ときおり佐光の話に質問を挟み、会話もしているのに、キーボードを操る手はいっこうに止まらない。しかもキータッチが早すぎて、なにを操作しているのかさっぱりわからない。

「あのそれ、何人と話してんだ?」

「ん? スカイプ? 常駐が五人くらいかな。携帯ゲームとパソコンのネットゲームとだと、巣が違うからね。それぞれのサバもあるし……うん、ゆきなさんがやってたのって、モバイルプレイタウンかな。で、相手はホーリーナイト?」

「あ、そう」

「わかった。そっちはそっちで詳しいのに任せてみる」

その間、ムラジはにこにこしたままだ。「詳しいのってどんなの」と問えば「ナカノヒト」という返事が返ってくる。

「なかの……って、スタッフってことか？」

問いかけた言葉に答えたのは、ムラジの隣で興味津々の顔をしていた朗だ。

「ムラジくんのともだちに、携帯ゲーム会社のサーバー管理の、面倒くさい部門……いわゆるトラブル対応やってるのがいるんだって」

携帯ゲームSNSは隠れた出会い系ともいわれ、金銭や男女トラブル、詐欺行為などで頻繁に揉めるらしい。個人対個人のもめごとならば手のだしようがないけれど、悪質な女性トラブルの常連——美人局《つつもたせ》だったり、性犯罪だったり——や、ゲームアイテムなどをゲーム内のポイントではなく、じっさいの金銭で売買するなどの会員については、当然、被害者側からクレームや密告がある。

「そいつに聞けば、なんかわかるのか？」

「相手が黒なら、タレコミはあると思う。ただ、ホーリーナイトなんて中二病ハンドル、ありがちだし、きみに関わる件だけピンポイントで絞る場合は情報すくないだろうから、精査するのに時間かかるかも。むしろお兄さんのやってるネトゲのほうが、情報集めやすいかもね」

半分くらい言っている意味がわからなかったけれど、「そうか」と佐光はうなずいた。

「それで、ゲームのタイトルは？」

画面から完全に目を離したままキーボードをたたくムラジが問いかけてきた。しかし、そこで佐光は言葉につまる。

「知らない？　もしかして」

「俺、ゲームとか興味ねえし。兄貴の部屋なんて何年もはいってねえから」

兄のやっているオンラインゲームを確認しようにも、兄の部屋へは鍵《かぎ》がかかっていて立ち入れないうえに、自分のパソコンは必ず持ち歩いている。

「名前くらい聞いたことないかな？　うろ覚えでもいいけど」

と言われても、そもそも兄と会話すること自体がろくにないのだ。せっかくの調査も、もとの情報がなければ手詰まりになる。

「家に戻って、調べてくる？」

朗がなにげなく言うと、カウンター席に座り、一連の会話を黙って聞いていた高間が「それはむずかしいな」と顔をしかめた。

「状況がはっきりしない限り、いまの佐光くんが家に戻るのは、危険かもしれない」

「……ほんとに、お兄さんがやったの？」

素直な朗が、眉をひそめて問いかけてくる。佐光は、わからない、とかぶりを振った。

「正直、どっちとも言いきれねえ。だから、こんな面倒なこと頼む羽目になってる」

テーブルに肘をつき、組んだ両手で額を支える。

高間を抱いて、不安を高揚で紛らわせていたけれど、こうしてあれこれ思いだしながら調査する彼らの姿を見ていると、ずっしりと重たいものが肩にのしかかってくるようだ。

「きついなら、無理にとは」

気遣うようなムラジの声に「いや」と佐光はかぶりを振った。

「もとは俺の問題なんだ。手伝ってくれてんのに、知らないじゃすまねえだろ」

しばらく黙りこんで記憶をさぐっていた佐光は、ふと敦弥が言っていたことを思いだした。

「イクス……なんとかって言ってた気がする。近所のやつが、兄貴とやってるって」

「もしかして、イクスプロージョン・オンライン？」

「ああ、それだ」

ムラジが名称を口にしたことで、あの日の敦弥の声が耳によみがえった。

――ネトゲだよ。教えてもらって、はまってんだ。イクスプロージョン・オンライン。正廣もやってみる？

「兄貴に教わったっつってた。たしかだ」

「それなら、ぼくもやってたことあるよ。最近忙しくて、ログインしてなかったけど……」

ほっとしたように顔をほころばせていたムラジは、次の瞬間、なぜか奇妙な顔をした。気づいた佐光が「なんだよ」と問えば、彼は穏和な顔をしかめてみせる。

「いや……まえにも、そのネトゲでトラブったひといたんだけど」

手を止め、記憶に沈んだようなムラジの隣で、朗が「え、まさか」と目をしばたたかせる。

ムラジは彼に向かってうなずいたのち、顔をあげて佐光を見た。

「ごめん、確認。その、佐光くんを狙ってる相手って、ハンドルはホーリーナイト、だけ？」

「たぶん。つうか、『だけ』ってなんだ？」

「いや……さっきも言ったけど、ありがちな中二ネームなんだよ。だから、ふつうは前後に数字つけるとか、なんとかするんだけど……」

ますますムラジが顔を歪め、「まさか、でも」とぶつぶつつぶやく。そして何度か自分に問いかけるようにうなずいたあと、顔をあげた。

「確信はないけど。しばらく時間くれるかな？　調べてみるから」

よくわからないまま、「わかった」と佐光は答えた。不安を覚えるけれど、心配そうな高間の顔を見つめていると、ここで心を折るわけにはいかないという気分になった。

「よろしく頼む」

佐光が頭をさげると、ムラジは状況の剣呑さが嘘のようにふんわりと微笑み、表情とは裏腹の力強い声で告げた。

「がんばってみるね」

情報のハイウェイと呼ばれるインターネットの情報伝達速度は、リアルタイムの数倍と言われることくらいは知っていた。

だが佐光は、ムラジの言うところの「しばらく」が、まさか数時間だとは思わなかった。

*　*　*

『はーい、ヒットしたよー』

暢気《のんき》な声で電話がかかってきたのは、待つだけの時間に疲れた佐光が、息抜きの散歩にでていたときだった。あわててコントラストに戻ると、すこし疲れた顔のムラジが、さきほどと同じ席で手招いている。

「もうわかったのか？　ネットってすげえな……」

「ゲーム系のスレあさって、いくつかエサ撒《ま》いてもらうように頼んでみたんだ。イク板に関してはマイナー系だし、はやいとは思ってたけどね。あとまあ、ホリたんはそれ系のところでは、かなりのアイドルだったからってのもあるねー」

またもや意味不明な単語を交えつつしゃべるムラジの手は、その間にも止まらない。佐光にはなにがなにやらわからないほどの速度で、画面のなかにはいくつものウインドウが立ちあがり、また消えていく。

おそろしいことに、ムラジは大量の通信相手と会話する間「時間つぶし」と称して、ソリティアを十五回ほどクリアしていた。

「あんたの脳の中身、どうなってんだ？」

「え？　ふ、ふつうだと思うんだけどな」

まじまじと見ながらつぶやいた佐光に、ちょっと照れた顔をしながらムラジは頭を掻く。

おっとりのほほんとした見た目と、脳の処理速度のギャップがしみじみすさまじい。

「で、本題だけど……いやな予感したんだけど、あたったみたい。やっぱり、ぼくらもあながち知らない話じゃないっぽいよ」

「え、どゆこと？」

ムラジが顔をしかめて口にした『ぼくら』のところで視線を向けられ、口を挟まないようにしていた朗が身を乗りだす。

「ぼくらが一年のとき、冲村《おきむら》くんがちょっと、変な騒ぎに巻きこまれたことあってさ。……相馬くん、覚えてるよね？」

「あー、DMくん！　いたいた。あいつがやってたの？　そのゲーム」

軽く興奮気味になった朗としかめ面《つら》のムラジに佐光が説明を求めたところ、二年ほどまえに『東京《とうきょう》アートビジュアルスクール』内では、学校内の掲示板を使ったいやがらせ事件が起きていたそうだ。

「原因は、冲村のルックス。CGみたいな男前だって話はしたよね？」

朗の話に佐光は困惑しながら、「ああ、聞いたけど」とうなずく。

「それが問題だったんだ。二次元とリアルと、区別つかないやつがいたんだよ」

冲村は偶然、イクスプロージョン・オンラインに登録されている『クエンツ』という美形騎士のアバターにそっくりだった。そして同じ学校にいた平井《ひらい》というゲーマーは、クエンツのアバターを使っていた相手とネット上で揉めたことを根に持ち、現実の冲村とアバターを混同して、いやがらせをしたというのだ。

「現実とゲームの相手、ごちゃごちゃにって……そんなんありなのか？」

「じっさい、あったんだよ」

佐光にはにわかに信じがたい話だったが、ムラジと朗はふたり揃《そろ》ってうなずいている。

「これ証拠」と、朗が携帯から冲村の写真を呼びだし、同時にムラジがゲームアバターである、クエンツの3D画像をネットで検索してみせた。

「たしかに、そっくりだな。っていうか、冲村ってやつの顔、パーツのバランスが完璧に、黄金比じゃねえか」

CGなみの美形と言われるわけだ。ようやく意味がわかって感心していた佐光が「で、まさか？」とうながすと、ムラジはしぶい顔でうなずいた。

「その平井と揉めてたやつのハンドルが、ホーリーナイトなんだよ」

「間違いないのか？」

「うん。有名なコテハンだった。周囲も巻きこんで、けっこうな騒ぎだった。おかげで当時のこと知ってるひとたちは、かなり抜けちゃったけど。でもあちこちに話ふって食いつかせて、どうにか情報集まったんだ」

ムラジがいまだにそのゲームをやっている友人に聞いたところ、かつてイクスプロージョン・オンラインでは、私設のゲーム専用裏掲示板があって、そこではゲーム内の仲間や敵対する相手とのもめごと、恨み言などが山ほど書かれていたらしい。

「教えてもらった板に、ひととおり目を通したけど……」

ムラジが逡巡するように言葉を切った。口ごもった理由は、そこで得た話が、佐光にとってすこしも喜ばしいものではなかったからだった。

「佐光くんは、復讐請負サイトって知ってるかな」

「なんだそれ……マンガの話か？」

「残念ながら、リアル。実在する裏サイトみたいだね。報酬を受けとる代わりに、相手に復讐してほしいっていうやつだよ」

「それが、なんの関係があるんだ」

ひたすらいやな予感を覚えながら問いかけると、ムラジはわずかの間目を伏せ、その後、感情を押し殺したような声で淡々と告げた。

「ホーリーナイトは、そこに復讐を依頼したって、ゲームの参加者に話してたんだ。さっき言ったゲームの裏掲示板で、ホーリーナイトたたきのスレッドが立ってて、そこに細かく書いてあった」

裏話をぶちまけた張本人は二年まえ、そのホーリーナイトとゲーム内でパーティーを組み、一時期はオンライン上で友人関係にあったらしい。

だが、いくらたしなめても性格の傲慢《ごうまん》さは変わらず、それどころかあちこちで揉めては仲間同士も険悪にさせるホーリーナイトにうんざりし、ゲームをやめようと考えていた。それでもちょっとした有名人ではあったし、メリットもそれなりにあったので、切るに切れなかったらしい。

だがついに「こいつはもうだめだ」と思ってさじを投げた理由が、復讐請負サイトへと、依頼をしたという、おぞましい話を聞かされたことなのだそうだ。

「その依頼っていうのが、自分の弟を貶《おとし》めてくれ、方法は問わない……ってことだった」

ひゅ、と佐光の喉で奇妙な音が鳴る。気遣うような目をした朗とムラジが、話を続けていいのかと問うように、こちらを見ていた。反射的に佐光は高間を目で探す。カウンターにいたはずの彼の姿がなく、一瞬恐慌状態になったところで、肩に手がふれた。

「ムラジくん、続けて」

佐光の代わりにそう言ったのは高間だった。ムラジは、こくりとうなずく。

「ああいう裏サイトなんて、都市伝説みたいなものだし、半分以上は単なるいたずらだ」

依頼をかけるほうも、請けるほうも、それこそゲーム感覚。心の膿《うみ》を吐きだし、どこかの見知らぬ誰かが、なにかやらかしてくれれば儲《もう》けもの、ということらしい。

問題は、その『依頼』について、たまに本気で実行するやつも現れることだそうだ。

「変な正義感に駆られてるやつとか、そうでなくても、大義名分があれば誰かを傷つけていいと思ってるやつとか。ときどきニュースになってるのは、大抵そういう連中だね」

嘆かわしいとため息をついて、ムラジはまたキーボードをたたき、マウスを動かした。

「で、もうそのサイト自体は閉鎖になってるけど、一時期、ほかのスレに転載されてたみたいで、探したらWEBアーカイブにログは残ってた。一応、問題の部分を時系列順で抽出して、整理してみたよ」

ムラジはそう言って、解析したログを読みやすく整理した状態で、画面を見せてくれた。

おそるおそる目を通した佐光は、よもやの内容に慄然《りつぜん》となった。

——私は弟に性的虐待をくわえられています。あんなやつがのうのうと生きているなんて。

復讐請負サイトのなかで、ホーリーナイト——兄は、弱々しい女のふりをしていた。

そしてその『虐待』とやらの内容は、異様なほど事細かに書かれた、性的なことの数々。

まるで、駄作のポルノ小説のような内容だった。

そのくせ、合間に挟まる日常の記録は、ほぼ現実の佐光そのままだった。

小学生時代のささいなけんかの内容。中学時代、友人——とあるが、コレは間違いなく兄の彼女だ——を強姦したことになっていたり、美大受験に失敗した雪の日のこと。どれもこれも、身内以外では知り得ない情報だらけだった。

——あの男は、性欲の鬼です。わたしは身体を辱められ、このままでは生きていけません。どうにかして復讐がしたい。あいつの人生をつぶしてやりたい。そのためには、受験を邪魔してやればいいのだと気づきました。

——下記の日時と場所にて、当該人物へなんらかの形で制裁をくわえてください。方法は問いません。ただし、殺したりすると寝覚めが悪い。死なない程度にお願いします。

一見は切々と、そのじつ粘着質に綴《つづ》られた、文面の最後に記載されていた期日。佐光には、覚えがありすぎたものだった。

——二月三日、早朝六時、十五分。

それは二年前の本命受験の日、佐光が遅刻をし、あわてて家を出た時間ぴったりだった。肩に置かれた高間の手がぎゅっと摑んでいてくれなかったら、佐光は椅子から滑り落ちたかもしれない。

「佐光くんのバイクの事故、たしかちょっとしたニュースになったよね。受験生、交通事故で悲運の受験失敗、みたいな見だしで」

「……よく、知ってんな」

喉が貼りついたような感じがして、ほとんど吐息だけの声しかでなかった。ムラジは「それも書いてあるんだ」とスクロールした画面を見せた。ある新聞社のWEB版記事を転載したものが『勝利宣言!』という文字といっしょに並んでいて、吐き気がした。

追突された際の驚きと痛みがよみがえり、息が浅く乱れる。ムラジは同情するように目を細めたあと、きっとまなざしを強くする。

「この調子に乗った書きこみのおかげで、警察に目をつけられたらしい。すぐにこの復讐請負サイトは閉鎖したみたいだ。残念ながら犯人は、捕まらなかったみたいだけど」

「これ、証拠にならない? IPとか提出すれば……」

朗が憤慨したように言うけれど「海外サーバーで、もう魚拓しか残ってないから無理かも」とムラジも残念そうに言った。

「ともあれ、この件についてホーリーナイトが黒幕なのはたしかだ。さっき言った友人相手に、ここで女のふりして、好き放題やってやったって言ってたらしい」

罪悪感のかけらもなく、犯罪行為を自慢する相手に、スレッドを立てた主は恐怖さえ覚えたのだそうだ。

「やめろって言っても聞かなかったどころか、ますます調子に乗ったんで、縁切りしたらしい。その直後かな、ホーリーナイトが平井くんと揉めて、泥仕合になってやめてったの……でもあれも、なにか裏があるって話もあったけど」

ムラジの言う、ネット上のけんかに興味などなかった。腹の奥が煮えたぎったような感覚を持てあまし、青ざめた顔で佐光は拳を握りしめる。

「わかった。いろいろ、ありがとう」

声を絞りだし、ムラジに向けてそれだけ言うのが精一杯だった。派手な音を立てて椅子が倒れたことにも気づかないまま、佐光はコントラストを飛びだしていく。

「佐光くん！」

高間の声が叫んだ気がしたけれど、全速力で駆け抜ける佐光にはろくに聞こえていなかった。怒りで目のまえが真っ赤になり、ただただ、気持ちだけが先走る。

異様なほど心臓が高鳴り、通常では考えられないほどのスピードで走る佐光の背後から、追ってくるものがあった。

「……なさい、待ちなさいって、佐光くん、……正廣ッ！」

ぐいと背中のシャツを引っぱられ、佐光は立ち止まるしかなかった。振り返ると、ぜいぜいと息を荒らげ、大汗をかいている高間がいる。

「ばか、ひとりで、いくな……っ」

乱れた呼吸の合間につむぐ声は、迫力もなにもない、弱々しいものだった。だがそのひとことで、暴走しかかっていた佐光の神経が鎮められる。

「あんたも、きてくれんの」

「きまっ、きまって、る、だろっ」

無理してしゃべったせいか、高間は咳きこんだ。思わずその身体を抱きしめ、背中をさする。まだ時刻は夕方で、ここは住宅街の路上で、けっして人通りがすくないとは言えない。どれほど疲れていてもふだんならひややかに突き放すだろう高間は、腕のなかでおとなしく息を整えていた。

怒りはまだ身体中に満ちて、それでもさきほどの、針が振り切れたような感覚はない。無言で、高間がシャツを引っぱった。もう歩けるの合図に、佐光は彼の肩を抱いて足を踏みだした。

＊　＊　＊

なにも考えず飛びだしたはいいものの、家に兄がいるという保証はなかった。電車に乗っているうちにクールダウンした佐光がようやくそれに気づくと、高間があきれた顔をする。

「だから待てってって言ったんだ。せめてお母さんにでも確認してからにしろって」

「って言いながら、あんたもいっしょについてきてるじゃねえか」

「しょうがないだろう、放っておけないんだから」

ぶつぶつと文句を言う高間の言葉で、佐光は目をみはった。だが彼がその表情に気づくまえに、すっと車窓の外へと目をそらす。コントラストを飛びだしたときにはまだあかるかった空は、すでに紫から藍色《あいいろ》へと変化していた。

「もう七時にはなるから、いつもなら家には戻ってる」

「電話、してみる？」

佐光はかぶりを振った。できるなら奇襲をかけたい。気配に気づいて逃げだされでもしたら、元も子もないからだ。

「悪いけど、殴りあいになると思う、家に戻ったらまず、お袋避難させてくれ」

「わかった。でもできるだけ、穏便にね」

うなずいて、佐光は高間の手を握りしめる。帰宅ラッシュがはじまる電車のなかはそこそこ混《こ》みあっていて、誰にも見えないからだろうか。高間が指をすべて絡めるように握り直してくれる。目的地まで、その手は離れることがなかった。


しばらくぶりに戻った自宅の近くで、佐光は足を止めた。まだあと数メートルはさきにあるというのに、二階の兄の部屋からは、大音量で音楽と効果音が漏れている。

「……いる」

ぽつりとつぶやいた佐光の腕を、高間がそっとたたく。ごくりと息を呑み、佐光は足早に家へと進み、玄関を開けた。

「正廣、あなた……高間さんも？　どうしたんですか？」

驚いた顔をして出迎えてくれた母は、すこしやつれた顔をしていた。佐光が「しっ」と指をたて、なにがなんだかわからないという顔をする母へ、高間が「事情はあとでお話しします」と伝え、打ちあわせどおり居間のほうへと連れていった。

佐光は階段を駆けあがり、家のなかだとさらにひどい騒音に顔をしかめながら、兄の部屋のドアへと手をかける。だがすぐに開かず、鍵がかかっていることに気づいた。

「――母さんかよ。もう放っておいてくれ！」

ゲームの音にまぎれて、清也の叫び声が聞こえた。かっと腹の奥が熱くなり、佐光はドアを蹴破る勢いで足を振りあげる。がん！　と音をたてたことで、相手が誰だかわかったのだろう。一瞬でゲーム音はミュートされ、部屋は静まりかえった。

「開けろ、清也。話あんだよ」

「……俺にはない」

「なくねえだろ、さっさと開けろこの変態野郎！　ネットの向こうでどんだけ暴れたって、なんも怖くねえぞ、ネカマ！」

がなりたてた佐光の耳に、なにかを投げつけるような音が聞こえた。直後、足音が近づいてきたかと思うと、佐光をめがけてドアが一気に開く。

「ネカマって、なんのことだ」

ますます瘦せた兄が、青白い顔で睨みあげてきた。げっそりと瘦けた頰に血走った目。落ちつきのない様子に、佐光は頰を歪める。

「そんだけ瘦せるってことは、やっぱクスリは本物かよ」

「なんの話だ」

うろんな目で見る兄に、「どこまでとぼける気だよ」と佐光は吐き捨てた。

「なんであそこまでするんだ、そんなに憎いか、俺が」

兄は驚いた顔で、「なんのことだ」と言った。佐光はかっとなり、兄の襟首を摑んで揺さぶる。

「ふざけんなよ。なにとぼけてんだっ」

「とぼけるも、なにも、なんのことか……っ」

苦しげにもがいて、清也が腕を引っ搔いた。不快そうに歪んだ顔をいますぐ殴ってやりたかったが、佐光は必死にこらえ、押し殺した声で恫喝《どうかつ》した。

「ネカマになってネットであることねえこと書き散らしてまで、なにやってんだよ！　なんなんだあれは、エロ小説かなんかか⁉　てめえはいったい、なにをどうしてえんだ！」

佐光の言葉で彼は全身をこわばらせ、真っ青になって震えだす。

「そこまで、知ってるのか」

「それがどうした」

「見たのか？　どうやって！　ひとの秘密を勝手に暴いたのか⁉」

猛烈な勢いで暴れだした清也は、めちゃくちゃに腕を振りまわし、足を蹴りあげた。いくつかが佐光の顔にあたり、ますます頭に血がのぼる。

「ああ調べたよ。こっちだって殺されかかっちゃたまらねえからな！」

「殺され……そんなでっちあげまでして、どれだけ俺が憎いんだ！」

涙目で悲鳴じみた声を張りあげる清也の台詞に、佐光はさらに襟首を締めあげた。

「そりゃこっちの台詞だ！　やりてえならてめえが直《じか》にやれってんだよ！」

「なにを言ってるんだ、おまえは……っ！　そんなだから、暴力沙汰起こすんだろう！」

ふたたび清也が殴りかかってきた。佐光もまた、兄を突き飛ばして拳を振りあげる。数年ぶりの大げんかの合間、ふたりは言いたい放題罵《ののし》った。

「だいたい、彼女とられたくらいでひがむなっつうんだよ！」

「そっちこそ大学落ちたくらいで、なにを悲劇のヒロインぶってんだっ」

「そりゃてめえだろ、養子だからなんだっつーんだよ、なにが変わった！」

もはや原因もなにも、めちゃくちゃだった。十余年にわたって腹に溜《た》めこんだ兄弟間の不満を拳と言葉に乗せ、ぶつけあう。

（なんでだ、なんなんだ？　どうしてこんなことになってんだよ）

痛みと腹だたしさをなすりつけあう行為の途中、佐光はどこかが噛みあっていないような、奇妙な感じを覚えていた。なにより、兄の目には悔しさと羞恥のようなものこそにじんでいるが、うしろめたさや、憎悪というものは見受けられない。

言い争いはすでに支離滅裂にはなっているけれど、こうまで徹底的に嚙みあわないのは、あきらかにおかしい。

「殺すだのなんだの、そこまで俺を卑怯だと決めつけるのか、そんなに、俺がきらいか！」

「なに――」

自分の思考に気をとられ、一瞬だけ集中のとぎれた佐光の腹に、兄の蹴りがはいった。隙を突かれてよろめいた佐光は、階段のそばで足を踏み外した。

（しまったっ……）

ひやっとして目をつぶった瞬間、佐光はなにか強い力にひき戻されるのを感じた。とっさに伸ばした腕が階段脇の手すりを摑み、落下は免れる。

「……？」

おそるおそる目を開けると、手を摑んでいたのは、清也だった。こちらも佐光に負けず劣らず、真っ青な顔をしてぶるぶると腕を震わせている。

「なにやってるんだ、ばか！　また落ちて腕でも折ったら、四浪じゃないか！」

「えっ……」

怒り狂って殴りつけていたはずの兄の言葉に、佐光は混乱した。そのまま、自分より大柄な弟の身体をぐいと引っぱった清也は、その作業ですべての体力を使い果たしたというように、床にへたりこんでしまった。体勢を立て直した佐光も、その隣にしゃがみこむ。

「……違うのか？」

「なにがだよ」

「俺を、復讐請負サイトで、殺せっていったの。兄貴じゃ、ないのか」

胸をざわつかせながら確認の言葉を告げると、清也は鼻血の垂れた顔を手の甲で拭いながら「なんだそれ」と軽蔑したような目を向けてきた。

「復讐請負サイトって、おまえ、変なマンガでも読んだのか」

二十一年もいっしょに暮らしてきた佐光には、すぐにわかった。それは、清也が嘘をついているときの顔ではない。そしてさきほど、とっさにとった兄の行動こそ、真実だ。

「じゃあ、いったい誰が……」

あそこまで佐光の過去に詳しく、ネットにも精通している人物。考えをめぐらせるよりはやく、けらけらという笑い声が聞こえた。

「なあんだ。もう終わり？」

振り返ると、ゆっくり階段をのぼってきたのは敦弥だった。まさかの思いで佐光は振り返り、兄はなにがなんだかわからないという顔をしている。

「通りかかったらさー、おばさんが、けんかしてるから止めて、ってさー」

とん、とん、と軽やかな足取りであがってくる幼馴染みに、ぞっとした。

その目には、さきほどけっして清也のなかに見つけることのできなかったものがゆらゆらと揺れている。

「ね、清也くん。言いがかりで殴られて、むかつくっしょ？　そいつの腕折っちゃってよ」

薄笑いで言う敦弥に、佐光は顔を歪める。清也はなにごとかとぎょっとしながら、ふたりを見比べた。

「え、な、なに？　なんで」

「ぐちゃぐちゃにすればいいんだよ。もう絵なんか描けなくなればいいよ。そしたら大学なんかいかないでしょ」

「……てめえか」

兄と殴りあって痛む身体を、佐光は起きあがらせた。階段の数段手前、腕を伸ばしても届かない絶妙な位置で、敦弥はへらへらと笑っている。

「なりすましたのか。なんで清也の名前まで使った。なにが目的だ」

「だって、俺、正廣のこと、昔から気にいらなかったんだ。それに正廣、いつも清也くんのことだと本気で怒るじゃん。俺がなにしても、くだらねーって顔で見くだしてるのにさ。認めた相手にしか、まじにならないんだよね、選民主義だからぁ」

異様なほど、敦弥の笑みが大きくなった。細めた目の奥、ほとんど黒目しか見えない状態なのに、ぎらついた光はいっそ激しくなる。

「いつもいつも、俺は関係ありませんってツラして。俺がいじめられてても助けてくれない。クールな自分がかっこいいとか思ってんだろ、ばかじゃね？　あーあーあー、ほんっと、ばっかじゃねーの、あー！」

いきなり敦弥は、階段で足を踏みならした。その姿はまるで小学生だ。ある意味で、自分の人生でいちばんいい時期――彼がそう信じている時間のまま、心の成長が止まってしまったらしい彼は、我が道をいく佐光が本当にきらいだったと言った。

「俺がちょっと絵を描けばオタクって罵られた。なのに、そっちはなんなんだよ。なにアーティストとか気取ってんだよ。胸くそわりいんだよ」

「その程度のことが、理由か？」

「ほかにもいっぱいあるよ。いっぱい、いーっぱいね！　清也くんだってむかつくよね、なに継子のくせにふて腐れてんのって。生きてる価値ねーくせに！」

敦弥は、立て続けに恨み言を吐きだす。面倒な家庭環境のくせにこれといって問題もなく、そのくせいつも不愉快そうにしていて、いまの環境を抜けだそうとする佐光が許せなかったこと。成績のいい清也に腹がたったこと。そっけないくせに女の子にモテる佐光がいやみだということ。ふたりとも自分よりも背が高いこと。口にすればするだけ、幼稚でくだらない理由を、心底からの憎悪を交えて語る敦弥に、清也は茫然としていた。

「正廣……なんだよ、あれ」

「俺に訊くな。訊かれても、わかんねえよ」

兄弟がささやきあう声も聞こえないのか、敦弥の罵倒《ばとう》は滔々《とうとう》と続いていた。

「……ね、ほんとにほんとに、むかつくよ。正廣だって、俺と同じとこに落ちればいいんだよ。もっと早くネトゲのこと調べてくれれば、あちこちにエサは撒いておいたのに」

「あのときゲームの名前を言ったのも、やっぱりわざとだったのか」

「あっは！　いまごろ気づくんだ、おっそ！」

軽い興奮状態らしい敦弥は、すこし尋常でないほど早口になって、自分の計略を打ちあけはじめた。

まずはホーリーナイトの名前で、ネットを引っかきまわしたこと。その後、あの復讐請負サイトの存在を知り、たっぷりとホーリーナイトの悪評を高めたのちに、依頼を投稿。

「バイクにひかれて入院したときは、手ぇたたいて喜んだよ。ヒャッホー！　って感じだった。なのに、まぁた次の年も受験するとかさあ、懲《こ》りないし」

「……嘘だろ」

つぶやいたのは清也だった。もともと頭の回転の速い兄だ。ここ数年のできごとと、敦弥の支離滅裂だが狂気じみた告白についての因果関係に思いいたるのは簡単だったろう。

「それにしてもさー、今年こそ気づくと思ったのにな。ほんと、ふたりともあったま悪いよね。なにがセンターだってんだよ。俺とか、ネットの神だもんね！」

いつまでも気づかないまま、兄弟間でひりついているのは愉快でもあったがつまらなかった。だから「今年こそ、わかりやすく」してやろうと考えた。

ゆきなに接触し、口の軽そうな彼女が佐光へ漏らすだろう情報も吟味して、そこかしこに証拠を残したのに、なかなかたどりつかない佐光にいらついていたと敦弥は言った。

「わざわざ、ホーリーナイトたたきのスレまで立てておいてやったのにさ。そこ見たら、一発でおまえにいやがらせしてることもわかったのに」

ぞっとすることに、彼はホーリーナイト――自分自身を攻撃するために他人になりすまし、わざわざ掲示板に長々と、佐光へのいやがらせを書きつづっていたのだそうだ。

「ばかじゃねえの、なんだそれ……」

「自作自演はネットの花だろ？」

けたたけた笑う幼馴染みが、本当に化け物のように思えてくる。佐光は冷や汗を掻いたが、ひっきりなしにパーカのしたの腕を掻くような仕種から、佐光はあることに気づいた。

これ以上、彼を刺激するのはまずいだろう。手のひらを軽く振り、兄にさがるようにと合図する。かすかにうなずいた清也が一歩ひき、ふたりとも踊り場から離れた。

じっと幼馴染みを見据えたまま、佐光は問いかける。

「なんで、兄貴のふりして復讐サイトなんかに依頼したんだ。それも、あんなでっちあげで」

「セックス絡みはみんな好きだしよく釣れるんだ。正義漢ぶって、簡単に乗ってくるやついるしね。実名いりで、てめえの変態ぶりはさんざん言いまわってやったよ。おともだちで、見てたやつもいるかもねー？」

楽しげな敦弥に、佐光は心底ぞっとした。あまりのことに頭がまともに働かない。ただ、この場をどうおさめればいいのか、それだけに集中していた佐光は、背後で震えていた兄が一歩踏みだしたのに気づいた。

「兄貴、おいっ」

危険だと制止する佐光の声を無視し、清也は、残る疑惑について暴きたてた。

「おまえまさか、あの受験のときの風邪薬、わざとか？　わざと間違えたのか」

「だってさあ、継子が俺のことパシらせようとするんだもん。そんなんむかつくじゃーん」

どういうことだと佐光が問えば、「あの日、母さんに買いもの頼まれたけど、急に会社から呼びだしがきたんだ」と兄は真っ青な顔で打ちあけた。

「外で、携帯で電話してて。薬局いって戻ってくる時間、なかった。どうしようって思ってたら、敦弥が、俺がいってくるって請け負ってくれて……」

そのあと敦弥は、「清也くんから預かった」といって母にアスピリン系の薬を渡した。ご丁寧に、ピルケースに移し替え済みのものを。

「俺はあれで、死ぬところだったんだぞ」

「でも死ななかったじゃん?」

清也は息を呑み、佐光は黙りこんだ。敦弥だけが、けらけらと笑う。

こんなことをけろりと言ってのける敦弥は、間違いなく常軌を逸している。ひっきりなしに足をすりあわせ、腕を掻く落ちつきのなさは、常習者のものだ。

「おまえ、ほんとに堕《お》ちたんだな」

「うっせえよ、ばか。うっせえよ、ばあああか!」

舌をだして叫び、にやにやと笑い続けていた敦弥に拳を振りあげ、殴り飛ばしたのは兄だった。敦弥はきょとんとしたまま、数段ぶんの階段を転げ落ちる。佐光のときとは違い、兄はまったくそれを助けようとせず、唖然《あぜん》としたまま踊り場でへたりこむ敦弥を怒鳴った。

「正廣に、なにやってんだ、おまえは!」

「兄貴……」

「なに、うちの弟殺しかけてんだよ。ふざけんじゃねえよ、てめえは!」

真剣に激怒している清也を見て、佐光は言葉がでなくなった。沈黙を破るように、「あーあー!」と敦弥が叫んだ。

「なにそれ、ばっかみてえ。嘘の兄弟のくせしてさあ、仲よしぶって、きもい! あー、きもいきもいきもいきもい!」

「敦弥……」

「清也くんもさあ、俺言ったじゃん！　正廣はあんたのことなんか兄貴だって思ってないって。あのとき簡単に信じたくせに、なにいまさら、いいひとぶってんの？」

けらけらと笑い続ける敦弥の発言に、佐光ははっとして清也を見た。

「……俺、言ってねえぞ」

「うん。いまならわかる」

苦い顔で、兄弟はうなずきあった。清也の耳に、実子でないことを吹きこんだのも、それにかこつけて佐光が清也を蔑《さげす》んでいると言ったのも、敦弥だった。

「おまえ、なにしたかったんだよ、敦弥」

「知らないよ！　あーあーあー、ばっかくさい。おまえら勝手に踊ってて、ほんとおもしろかったのにさあ！　三浪野郎なのも、ネカマやってたのもほんとのことのくせに、かっこつけてさあ！　ばっかみてー、ばっかみてー！」

壊れたように笑い続ける敦弥をまえに、佐光も清也も立ちすくむ。

倒れこんだまま笑い続ける敦弥の向こう、踊り場の斜め横に高間の姿を見かける。そして、茫然と青ざめた母の姿も。彼は指を一本、二度たてたのち、親指と人差し指で丸を作ってみせた。一一〇。警察を呼んだということか。

佐光がかすかにうなずくと、高間はすっと目を細め、いたわるように見つめてくれた。

それだけが、いまの佐光の正気を保つすべてだった。

敦弥が警察に連れていかれたあと、佐光の母は心労から寝こんでしまった。あわてて会社から帰ってきた父に、どう説明すればいいのかわからずにいると、高間がその役を請け負ってくれた。

「息子さんたちは、ひとまず手当を。あとは、わたしが……」

この場合は第三者のほうがうまく話をできるだろう。感謝の念をこめて頭をさげた佐光にうなずき、高間は「うえでお兄さんと話しておいで」と告げて、父を居間へと連れていった。

お互いを手当し、暴れたあとの掃除をふたりでしながら、兄はぽつりと謝ってきた。

「悪かったな、いろいろ」

「俺も、悪かった」と佐光が告げると、兄は驚いたような顔をしたあと、肩の力を抜いた。

「おまえが襲われてたときも、助けるより怖くて逃げたしさ……ほんと、情けない」

佐光がバットで殴られたとき、清也は敦弥からのメールで呼びだされ、その場に居合わせた。いま思えば、あれもわざとだったのだろうと清也は言った。

「もう、どうせぶちまけちゃったから、言うけどさ……彼女のこと」

昔、自分の同級生のほうから佐光を襲ったことも本当は知っていた。ただ彼女のことが好きだったのに、せっかく家に誘ってみれば、発育のいい弟を目当てにきていたと知ってショックだった。もともと、実子である弟への妬《ねた》ましさがそれで暴発してしまったそうだ。

「あれ以来かな、なんとなく、女って怖いって思って……それで」

言いよどんだ兄に「なんだよ」とうながすと、彼は思いつめたような顔で告白した。

「俺、ほんとにネカマやってた」

清也が過剰に反応した理由は、じっさいに彼がネットで女性のふりをしていたからだった。

このところ思いつめていた彼は、会社で女性上司からひどいセクハラを受け、ストレスをゲームとネットで発散させていたらしい。「どこかに訴えたら、強姦されたと言いふらしてやる」と脅され、相手が女性なだけに冤罪《えんざい》を着せられる可能性は高い。激やせしたのは、もう勝ち目はないとあきらめ、神経が参りきっていたせいだという。

「いまの仕事、就職もすごく苦労したのに、やめるのもなんか悔しくてさ」

涙目になる兄に、佐光は同情した。一時期荒れていたせいか、すこし雑然としてはいるが片づいている部屋の壁には仕事関係の専門書がぎっしりと詰まっている。もともとまじめで思いつめやすいタチの清也は、よほど追いつめられたのだろう。

「女だったら、あんないやがらせされたりしないのにって思ってさ。大抵は、ネットで過激なこといって、相手煽《あお》って遊んでただけだけど。女になりきって、あちこちで毒づいてたら、気が楽だったんだ」

彼はそもそも、敦弥の言ったイクスプロージョン・オンラインには参加していたものの、ハンドルネームもなにもかも違った。敦弥のように役柄によって振りわけるのではなく、ネット上の人格自体が、完全に女性だったのだそうだ。

「最近、荒れてたのはそのセクハラが原因か。だったら、証拠集めて裁判にでもしちまえよ。ああいうのは、言ったもん勝ちだぞ。濡れ衣《ぎぬ》なら、なおさら――」

佐光の言葉の途中で、清也はうなだれてしまった。真っ青な顔色に訊くのもためらわれたが「……逆強姦でもされたか？」と問えば、ますます彼は縮こまった。

相当根深いものもあるらしいと、佐光は黙りこむ。長い沈黙のあと、「それも、あるけど」と清也は震えながら口を開いた。

「それもって、あとはなんなんだよ」

兄はまたしばらく黙りこんだ。だが、「もうここまできたら腹を割って話せ」と佐光が告げると、「どうせおまえにはきらわれてるし」などと言い訳しながら渋々口を開いた。

「ネットの掲示板とは別で、ゲームではさ、俺、お姫さまやってたんだよ。あ、キャラが、な？　悪口言わない、天然っ子みたいなのやって、その、ごっこみたいな感じで」

打ちあける清也は、心底恥ずかしそうに身体を縮めていた。あらためて見ると、兄が高間より細いくらいの体格であることに気づかされる。よくもこんな細さで殴りあったものだと感心していると、清也の話はどんどん奇妙なほうへと進んでいった。

「ちょっとかわいいこと言ってると、ちやほやされておもしろかったし、そういう男連中が、ばかみてーだなとか思ってたんだけど……パーティー組んでたなかで、いちばんやさしくしてくれるやつ、いて、仲よくなったんだけど」

「けど？」

もじもじとこすりあわせる指のかたちと、すこし垂れ目気味の目元が自分と似ていて、またいとこといえど血縁なのだな、とあらためて思っていた佐光は、続いた言葉にひっくり返りそうになった。

「……本気で好きになったからって、言われたんだ」

「え、相手、男だって知ってんのか？」

「知るわけないだろ、そんなの！　女だと思いこんでるよ、あっちは！」

いきなりキレて怒鳴ってきた兄は、目を泳がせていた。佐光がその剣幕に驚いて目をみはっていると、勝手にぶつぶつと愚痴を言いだす。

「そんなつもりないとか、遠回しに言ってもしつこいし。写真まで送ってくるし。オフで会いたいとか言われて、すげえ、パニックになって。それでゲームにあがらないようにしてたら、心配してるとかって、メールきて……」

「ああ、ストーカーされんのが怖くなったのか？」

問いかけると、兄は黙りこんでしまった。沈黙にいらつき、佐光はわざと声を低くする。

「その男の写真、ちょっと見せろよ」

「え、い、いやだよ。なんでだよ」

「ストーカーだったらやべえだろ。近所にいたら気をつけてやるから」

わざとそう言って煽ると、渋々兄は携帯を開いた。見せられた写真は、想像していたようなオタク風の気持ち悪い男ではなく、三十前後のけっこう爽《さわ》やかそうな会社員だった。

「これ偽物じゃないって証拠あんのか？　出会い系のサクラとか、嘘写真載ってるじゃん」

「……ゲームのハンドルとＩＤと、メモって、持ってる写真ある。日付も書いてた」

続いた写真は同じ男性が、ノートのようなものを手に持って指さしているものだった。手書きの文字で綴られた年号からの日付と時刻は、たしかにメールの送信時刻の数分まえ。

『ダリ』というゲーム内の名前と、英文字まじりの数字が書かれているノートを掲げる姿はマヌケとも言えたが、にっこり笑う顔はハンサムで、どこか憎めない雰囲気があった。

やさしい男、というのは事実なのだろう。誠実で、ひとのよさそうな男だ。

「こういうまともそうな男、だました罪悪感で、いらついてたわけか」

こくん、と清也がうなずく。よく見ると目尻が赤く湿っていて、うわこいつ泣いてる、と驚いた。そしてもぞもぞと指をこすっている仕種に、ようやく佐光は理解した。

「兄貴さあ、こいつのこと、本気で好きになったろ」

ずばりと切りこむと、清也は真っ青になったあと、瞬時に真っ赤になった。

「そっ……ち、違う、ただ、ダリさんはほんとにいいひとで、俺の悩み聞いてくれて。でもだましちゃってたし、いまさら嘘とか言って……」

「怒らせて、嫌われるの怖いんだろ。それ好きだからじゃねえの」

指摘された清也は唇を震わせ、ますます深くうつむいてしまった。大混乱しているだろう兄をまえに、佐光はやれやれとため息をついた。

「まあ、そっちの秘密だけ知ったんじゃ、不公平だからな」

「……なにがだよ？」

「俺、いま惚れてんの、オトコだから」

佐光があっさりと打ちあけたところ、しばらく兄は、ぽかんとした顔をしていた。ややあって「う、うええ!?」と声をひっくり返す。予想通りの反応に、にやりとする。

「ついでに言うと、兄貴みたいにプラトニックじゃねーから」

「や、やっ……だ、だって、なんで、女の子……彼女とか……」

「そっちだってそうだったろうがよ」

苦笑すると、「あ、ああ、そうか」と清也は混乱したように額を押さえた。ずいぶんと純情な兄を見ながら、佐光はため息をつく。

「つっても、つきあってるわけじゃない。こないだ、同情してくれてんのにつけこんで、やらせてもらっただけだ。カタもついたから、ふられる可能性は高い」

このところのいきさつを簡単に話すと、清也は首をかしげていた。

「でも、そこまでしてくれてるんだろ？　それこそ好きじゃなきゃ、できない話じゃないか」

さきほど自分が言ったことをそっくり返され、佐光は「事情があんだよ」と唇を歪めた。

「むかし、死んじゃった男にとっつかまったままなんだよ、そのひと。そいつのこと助けらんなかったから、俺に同情してくれてただけ」

「ああ、そうなのか……」

それは、哀しいな。清也が静かにつぶやく。佐光もうなずいた。しばらくふたりは黙りこみ、またぽつりと佐光がつぶやく。

「まあ、つっても、あきらめられそうにねえから、粘ってはみるけどな」

「……そうか」

「兄貴も、どうするのか、自分で考えてちゃんと結論だせよ。せっかく好きだっつってくれた相手だ。ちゃんと謝るなりして、終わらせないとどうしようもないだろ」

清也は無言でうつむいたままだったが、佐光が部屋をでようとしたとき、消えそうな声で「ありがとう」とつぶやくのが聞こえた。

ひどく奇妙な気分だった。

＊　＊　＊

ほんの二週間ほどの間だったけれど、高間の部屋にはすっかり佐光の巣ができあがっていた。読みかけの本や画材道具、参考書。

使い心地のいいように独自ルールで積みあがったそれを、ふたりで片づけていく。沈黙が気まずくて、高間はそっと口を開いた。

「お母さん、あのあと大丈夫だった？」

「一栄さんがしっかり説明してくれたおかげで、親父がなんとかフォローした」

そもそもの家族崩壊のきっかけになった、兄が養子である事実をわざわざばらしたのが敦弥だったことは、彼らの両親にとって非常に複雑だったらしい。

──ただの、子どものいやがらせで十年も、うちは……。

気丈夫な父がそれっきり絶句してしまったことについては、清也も佐光もいささかショックだったそうだ。

敦弥の家族たちは、事件のあと数日のうちにひっそりと引っ越していったという。さすがに騒ぎが広まりすぎて、いたたまれなかったのだろう。佐光家に謝罪金の申し出もあったというが、関わりを持つこと自体がいやだと、父親が拒否したと聞いた。

「お兄さんとは、仲よくできそう？」

「仲よくってのとは、ちょっと違うけど、まあ、まえよりは理解できた」

そううそぶく佐光の口の端には、まだ絆創膏が貼られている。兄弟間の言い争いは高間も聞こえていたけれど、最後に兄が言った言葉が、わだかまりを解いたのだろう。

――なに、うちの弟殺しかけてんだよ。ふざけんじゃねえよ、てめえは！

あのとき、階下から佐光を見ていた。驚いた顔は年齢相応に幼く、緊迫した場面でも、どこかほっとしたことを覚えている。

「今後は、お互いもうちょっと話しあって見るといい」

佐光は答えなかったが、あとはなりゆき任せ、と言うことなのだろう。

（ある意味では、いちばん、いいかたちになったのかもしれない）

幼馴染みだという彼には気の毒なことだが。そう考え、高間はわずかに顔を曇らせた。

佐光と清也の証言から敦弥は警察で取り調べを受け、尿検査に引っかかった。そしてまずは脱法ドラッグの不法所持と服用による薬事法違反で、逮捕された。

その後に家宅捜索がなされ、彼のパソコンが応酬されたところ、そのなかには山のような余罪の証拠があったらしい。

敦弥は二年まえ、ネットゲーム内で禁止されていたアイテムの不正売買を行い、サーバー側とトラブルを起こしてＩＤを剝奪《はくだつ》されていた。そのことを逆恨みし、アイテムを購入した相手のリストを悪質な業者に転売し、カード情報や住所などを流していたのだ。

またすでに消失したとはいえ、復讐請負サイトに佐光の個人情報を流した件についても悪質とみなされた。ほかにもウイルスを仕込んだデータを共有アップローダーで流すなど。

くわえて、ゆきなから佐光へ渡そうとしていた例のクスリについても、売人まがいのことをやっていた。

ぎりぎり未成年だったため、ニュースなどでの実名報道はなかったし、いまどきめずらしい話でもないから扱いもちいさなものだったが、それなりの騒ぎにはなったようだ。

「そこまでいくと、やったことの全部が佐光に対しての逆恨みってわけでもないだろう。もともと、誰に対しても支配欲が強いタイプだったんじゃないか」

幼いころから、自分の嘘にだまされる周囲を愉しんでいた節のある敦弥は、当時の全能感を忘れられなかったのだろう。さすがに同情の余地はないと言ったのは、昭生だ。

「いっぺん、どうしようもないほどにならないと、更生できないやつってのもいる。いい機会だと思うしかないけど……たぶん、長い治療が必要になるだろうな」

願わくば、本当にこれで変わってくれればいいけれど、さきのことはわからない。

たしかなのは、すべてがあかるみにでたいま、佐光が高間の部屋にいる必要はなくなったという現実だけだ。

散らかっている間にはずいぶんな大荷物に思えたけれど、しょせん二週間ぶんのものなどたいしたことはなく、段ボールふた箱ほどに収まってしまった。

「——じゃあ、これで」

「うん。お世話になりました。いろいろ、ありがとうございました」

あと十分ほどで佐光の父が迎えの車をここに到着させるだろう。玄関さきで荷物を足下に置いた佐光は、靴を履いた。お互いなにを言えばいいかわからず、しばし黙って床を眺める。

「あ、ええと、忘れ物あったらまた、学校で——」

言いかけて、高間は言葉を途切れさせた。いきなり抱きしめてきた長い腕に驚き、振り払うことすら考えつかないでいると、「いろいろ、ありがと」とささやかれる。

「なに、あらたまって。怖いんだけど」

笑ってごまかそうとすると、深く、強くひき寄せられ、頬をぴたりとあわせたまま佐光はささやいてきた。

「これから、受験に本腰いれるから、たぶん会えなくなる」

「……そうか」

「学校のほうはいくけど、でも、……うん、俺、会わない」

穏やかに微笑むと、佐光がいらだちながら口づけようとする。手のひらで口をふさぎ、かぶりを振った高間は「一度だけって言っただろ」と釘を刺した。

「知らねえっつった」

「だめ……」

高間の手を振り払い、強引に口づけてくる。だめだと言いながらも、けっきょく逆らわない自分がわからない。いつかのように、投げやりな気持ちで無抵抗なわけでもない。

ならばこれは、なんだろう。逡巡する高間の胸の裡《うち》を、佐光が勝手に決めつける。

「一栄さんだって、すこしは俺を好きだろ」

「違うよ」

「違わねえよ。そうじゃなきゃ、なんでここまでしてくれんだよ。どういう気持ちだとか分析はいい、俺のためにやってくれたのは事実だろ」

反論の言葉を見つけられず高間は、唇を噛んでうなだれる。自分でも心を決めかねているからだ。ややあって、高間はちいさな声でつぶやいた。

「俺は、きみを、自分が助けられなかった誰かの代わりにしてるかもしれない」

「べつに、そんならそれでいい」

はっとして顔をあげると、佐光は見たことのない、落ちついた表情でこちらを見おろしていた。たぶん、見あげる高間のほうは対照的に、とても情けないものなのだろう。

「寂しいだけかもしれない。男と、寝たいだけかも」

「かまわない」

「俺は、きみを、だめにするかもしれない」

「しねえ」

ぐずぐずとつまらないことを言いつのって見ても、佐光は以前のように短気を起こさない。ただ逃げないように、高間の腰を両手でしっかりと抱いている。

「……俺は、好きだとか、そういう、まっとうな気持ちが、よくわからないんだ」

最初に恋だと思ったものが、ずいぶんとめちゃくちゃで、終わりにできないまま消えてしまった。傷が深くて、八年もの間ただぼんやりとしていただけ。

そんなくだらない人間なのに、佐光はいとおしそうに腕に力をこめてくる。

「俺だってわかっちゃねえよ。ただ、あんたがほしいし、あんたとやりたい。いっしょにいてほしい。そういうの、好き以外、なんて言うんだ」

わからない、と高間はかぶりを振った。佐光がその頭をそっと抱え、不器用な手つきで髪を撫でてくる。

「なんか、いつもと逆だな」

「そうだね」

「まあ、いつもみっともねえとこばっか見られてるから、たまにはいい」

ふっと力の抜けた笑いは、ずいぶん大人っぽかった。すごい勢いで成長し、変わっていく佐光がまぶしい。

「いまはどう言ったって、気の迷いだなんだ言うだろうから、大学合格したら、また言う」

「そのころ、きみの気が変わってるかもね」

「かもしれない。けど、それならそれで、ちゃんと報告する」

佐光は口さきだけのあまいことを言わなかった。ただ潔く、「不義理はしない」と宣言する。彼らしい、ごまかしのない言葉だ。

「ただ、これだけは言っておく。俺らがどんなふうになっても、この夏に、あんたが俺にしてくれたことも、あんたを抱いたことも一生、忘れない」

そのとき高間は、なんだかそれで、充分だと思えた。

この夏、ほんの一瞬すれ違ったことで、高間が佐光に与えられたものがある。いつか忘れていくものだとしても、その瞬間たしかに、真実佐光は高間を思ってくれていた。

すべてが満ちている。過分なほどだ。薄く涙ぐみ、けれど高間は微笑む。

「俺も、本当にこの、夏は……めちゃくちゃで、大変で、でも楽しかったよ。きみが変わっていくのが眩《まぶ》しくてしかたなかった」

「うん」

「どんなふうに、このさき変わっても、絶対にそれだけは、本当だって思える」

「それって、なんだ？」

目を閉じ、高間は息を深く吸って、吐いた。

「きみが、俺を好きだと言ってくれたこと。それが、俺は……とても嬉しかった」

答えるべき言葉は、それではない気がした。けれど重たすぎてとても口にできないことも、たぶん佐光はわかっていたのだろう。

クラクションの音が聞こえた。迎えがきたのだと気づき、高間は身体をこわばらせる。佐光は大きく息をつき、腕をほどいた。

「じゃあ、また」

「……また」

さよならの代わりにそれを告げ、ひょいと背中を屈めた佐光は、ついでとばかりに唇をふれあわせる。

「こら！」

「なあ。あんたがどうしても会いたくなったら、電話くれ」

「しないよ！」

「はは。あ、そ。んじゃ」

訣別《けつべつ》のわりにはあまりにも軽い挨拶と同時に、佐光は背中を向け、ひらひらと手を振った。

ドアが閉まり、彼らしいひねた去り際を思い返して、高間はくすりと笑った。

＊　＊　＊

あれから宣言どおり、学校でもまったく姿を見なくなった佐光は、昭生の店でのアルバイトも、あの直後にやめたと聞いた。

受験に打ちこんでんじゃねえの、と昭生は言うけれど、高間には、自分が昭生の店に近づきにくくならないよう、もしくは偶然会ってしまわないように考えたのではないかと思った。

秋がすぎ、冬がめぐって、年が明ける。

あっという間に半年が経過し、佐光の受験が終わる日は、もうすぐそこまできていた。

高間にとって、それを知る方法はいくらでもあった。昭生に訊く、朗に訊く、栢野に訊ねる——佐光に、電話をする。

その、いずれの方法をとればいいのかわからないまま、ぼんやりとすごしていたある休日、突然に鳴った玄関のインターホンに、うたた寝していた高間は飛びあがった。

『お届けものでーす』

「は、はあい」

そういえば、通販が届く予定になっていた。ハンコを手にした高間はあわてて玄関まで向かい、急いでドアを開く。そして、重たい前髪のしたで、目をしばたたかせた。

「はい、届けもの」

「えっ……え？」

ぴらりとちいさな紙片を渡してきたのは、およそ半年ぶりの佐光だった。受けとりそこね、あわてて空中でキャッチしたそれには、合格通知の文字がある。

「ちょっ、佐光くん、これっ」

「あー、さみー。一栄さん、なんかあったかいの……お、コーヒー。もらお」

驚いている間に、勝手知ったるとばかりにあがりこんだ佐光は、パーコレーターに残っていたコーヒーを勝手にカップに注ぎ、勝手に飲んだ。

まだ状況が呑みこめないまま、「なにやってんの」と佐光に言われ、高間は反射的に玄関のドアを閉め、鍵をかける。

「な、なにって、きみこそなに」

「だから、それ。お届けもの」

行儀悪く立ったままコーヒーをすすりながら、佐光は空《あ》いた手でVサインを作ってみせる。

「合格したんだ……」

茫然とつぶやいた高間に「見ればわかるっしょ」と佐光は笑った。そのふてぶてしい態度に、ああ、本物だと思った。本物の佐光だ。

「あ、おかわりほしい。あとトイレも貸して」

とことんマイペースに振る舞う彼に失笑するほかなく、「どうぞ」と答えた高間は、もういちどコーヒーを淹れてやる。

どこか浮き足立っている自分を反省し、高間はドリップで淹れることにした。ゆっくり丁寧にお湯を注ぎ、コーヒーが落ちきる直前になって、佐光が台所へと戻ってくる。

「お、淹れたて」

「ソファで待ってて、すぐ持っていくから」

高間の言葉に素直に従って、彼は居間へと向かった。トレイに乗せたカップをふたつ運ぶと、まだ寒いのかコートも脱がないままで手をこすりあわせている。寒がりなことは、はじめて知った。夏の時間しか、彼とは共有していなかったからだ。

「……元気だった？」

「半年、アホみたいに絵ばっか描いてた」

高間がようやく近づくと、彼はいつもの定位置――ソファのまんなかに陣取り、ここに座れとばかりに隣の座面をたたいてくる。どちらが家主かわからない態度も相変わらずで、高間は笑みこぼした。

「ええと、とにかくおめでとう」

半年間の猛勉強と努力の結果、志望校を無事合格。都下の大学ではなく、上野の大学に受かったけれど、いろいろ考えて家を出ることにしたと佐光は言った。

「途中までバイトしたけど、けっきょく親父が、予備校のほうも大学の学費も、全額だしてくれることになった。そんで、やっぱりいちどは家でたほうがいいと思ったし、バイト代は引っ越し費用の一部にあてることにした」

それはよかった、と高間は胸を撫で下ろす。そして同時に、一抹の寂しさを覚えた。

「とりあえず住むトコはまだ探し中だけど、予算とかいろいろ見繕うとけっこうきついのな」

「ああ、まあね。都内の家賃は高いから」

半年ぶりだというのに、佐光はやけに落ちついていて、テンションもさほど高くない。合格したことについても「妨害がなきゃ当然」とばかりに飄々としていて、感激もなにも見えなかった。

だが、思えばこちらが本来の佐光なのかもしれない。肝《きも》が据わっていて、大胆で、傲慢。半年前のあの不安定な姿のほうが、一時的なものだったのかもしれない。

(だったら、やっぱり俺は……)

そのほんの一時期、雨宿りをさせただけの相手だったのだろう。かすかに高間は微笑む。最終的には、そのほうが佐光のためでもあり、高間としては安堵を覚えた。きっときょうの訪問は、あのとき言っていた「不義理はしない」という言葉を実行するためのものだ。

ちゃんと終わりをくれるのだと思うと、嬉しくさえあった。廉のときのように、宙ぶらりんで取り残されることだけはない。

つらつらと考えながら、とりとめもない佐光の引っ越しにまつわるあれこれの苦労話に相づちを打っていた高間は、ふつりと言葉を切った彼に、じっとさぐるような目を向けられて戸惑う。

「あ、なに？」

「うん。高間さんのほうは、なんかあったかなと思って」

「なにって……とくにないよ。変わらない」

「まじで？　半年前と変わってない？」

「ただ仕事してるだけだねえ。あとたまに飲んだり」

なるほど、とうなずいた佐光は「俺けっこうバイトがんばったんで、金あるんだよね」と、突然話題の方向を変えた。それがどうしたんだと首をかしげると、彼はにやっと笑う。

「引っ越し費用だしても、バイト代あまってさ。なんに使うかなって思ったんだけど」

「うん？」

「これ見てくんねえかな」

言ったとたん、佐光はおもむろに立ちあがり、ベルトを外しはじめ、高間はぎょっとする。

「えっ、ちょ、ちょっときみ、なにやってんの」

ソファから飛びあがって、逃れるように二、三歩あとじさる。「ストップ」と鋭く言われ、身体がこわばった。

「だからお届けものパート2。包装から取りだすんで、お待ちを」

「そ、そんなところになに――」

ずるりとデニムをひき下ろした佐光から、高間はとっさに目をそらした。だが「見ろって」とうながされ、おそるおそる視線を戻したとたん、股上の浅いボクサータイプの下着から覗く紋様に気づいて、凍りつく。

「まさか……」

「まだ驚くのはええよ。ぜんぶ、ちゃんと確認して、見ろ」

硬直した高間を鼻で笑った佐光は、あっさり堂々とその下着までを脱ぎ去った。

今度こそ、高間は声を失った。全身が震えだし、頭ががんがんしてくる。

内腿から下腹部にかけて――ちょうど高間のそれと対《つい》になる位置にあでやかな赤と黒の蝶の群れが、飛び交っている。意匠も、高間の身体にあるものと近い雰囲気ながら、ラインの力強さがいかにも佐光らしいと思えた。

だが高間の口からこぼれたのは、このひとことしかない。

「ばかなことをして……！」

「あんたが言うなよ」

にやりと笑って、佐光はソファに座りこむ。見せつけるように脚を開き、自身の蝶を撫でた。なまめかしいけれども、ひどくあっけらかんとした仕種に後ろ暗さはなにもない。

下生えを処理してしまっている高間とは違い、佐光はナチュラルな状態のままでいる。といっても図柄の邪魔をするほどではなく、体毛すら計算したデザインが却って、奇妙ないやらしさを醸しだしていた。

「図案、自分で描いたんだけどな。デザインに悩むし、細かいしややこしいから、彫り師と相談しいしいで、半年かかった」

「半年って」

それでは、あの直後からこれをいれたというのか。

ふたりの関係がどうなるかもまるでわからないまま、こんな、一生残るものを。

高間はへなへなと床にへたりこんだ。その腕をとった佐光が強引に高間を抱きしめ、すぐに服を脱がせはじめる。茫然としていた高間は、はっと我に返った。

「ちょ、ちょっと、まだ、話……」

「正気づくのはえーだろ。もうちょっとボケてりゃいいのに」

「な、なにを言ってるかな！」

胸を押し返し、抵抗する高間の両腕を握りしめて逃がさないよう力をこめ、佐光は傲然と言い放った。

「俺の結論は、もう見せた。あとはあんた次第だ」

「だから、俺はまだ答えてない……っ！」

叫んだ唇を、半年ぶりのキスがふさぐ。頬に、鼻さきにといくつも口づけられ、いつのまにかにじんでいた涙まで舐められて、高間は震えた。

「こうやって、俺がばかやったら泣いてくれるのが答えだろ。もうそれでいい」

「そんな……」

あえぐようにつぶやき、高間はかぶりを振った。まだ自分は混乱していて、これほどの重さを受けとめてやれるかどうか、わからない。

半年もの間考え続けて、けっきょく自分は佐光にとって、よい影響を与える人間であれるかと、そんなことまで悩んで——ひとつも結論など、見えなかったのに、佐光は勝手にもう、自分たちの未来を決めてしまった。

「どうせ人間の頭のなかなんて、ぐちゃぐちゃしてんだ。つきあううちに、なんか見えればいいだろ」

「……なんだい、それ」

なんだか脱力してしまって、高間はちからなく笑う。

「本当にわからないよ。いったいなんで、こんな酔狂な」

「わかんねえことだらけのほうが、おもしろいだろ。それと、酔狂って言葉、いいな。なんか粋な感じする」

にやりと笑う獣のような男に、捕まってしまったのかもしれないと高間は思う。

ただ、七歳も年下の男に手玉にとられるのはさすがに、しゃくに障った。

「どうでもいいけどさ、佐光くん。きみ、この半年で俺に恋人できる可能性って、考えなかったわけかな」

わざとらしくため息までついてみせたのに、佐光は憎たらしいほど落ちついていた。

「考えるまでもねえだろ。ほかの男なんか、あんたは作らない」

「……言いきるね」

じろりと睨むと、「言いきるだろ」と佐光はにべもなかった。

「あんなところにむかしの男の名前がはいってるようなやつ、好きこのんで惚れる酔狂は俺くらいだろ」

「覚えた単語さっそく使うの、かっこわるいよ」

「なんで？　ちょうどいいだろ」

三度の失敗をした大学に合格したことで、佐光は以前よりも強引になった。自信もついたのだろう。彼には若さと自分自身しかないけれど、未来だけは大きく拓《ひら》けている。

なんだかもう、笑えてきてしまった。あんなに迷って戸惑っていたくせに、たった半年でこうも変わってしまう相手に、うだうだ考えてもしかたないのかもしれない。

おかしくてたまらない。なのになんだか、涙がでそうになる。まばたきしてそれを払い、高間は言った。

「まあ、いいよ。わからないままでいいっていうなら、それで」

奇妙な脱力感を覚えながら、佐光の首に腕をまわす。当然のように腰に手を添えられて、こういうろこつに慣れた仕種だけはいかがなものかと苦笑した。

「一週間後には俺が佐光くんに愛想つかしてるかもしれないし？」

「ひでぇ話だ」

ちくりと刺した高間に、佐光は大笑いして睫毛に口づけてくる。それこそ蝶がくすぐるようなやわらかなキスは彼独特のもので、高間もそっと目を閉じた。

＊　＊　＊

半年ぶりの口づけで、キスだけで止まれるわけがなかった。

佐光は執拗に、丹念に高間の唇をついばみ、封印していたあまさを好きなだけ味わった。すこしだけ違うのは、高間もいままでになく熱心に応えてくれたことだろうか。

「……やる？」

頭を抱えこみ、髪を撫でながら耳を噛んで短く問えば、高間はぶるっと震えてうなずく。

「シャワーする？」

今度はかぶりを振って、「ベッド」とちいさく答えた。よく見れば耳もうなじも真っ赤に染まっていて、短く息があがっている。

（そういや、このひとも半年ぶりか）

疑いもなく、佐光はそう思った。高間が廉の花に——悔しいが、あれはそうとしか言いようがない——おいそれとほかの男をふれさせるわけもない。

ある種、強烈な貞操帯だ。にやりとしながら股間を強く押しつけると、これもまた以前とは違って積極的に腰を動かしてきた。

「っあ、あ、あっ……」

せつなげな声をあげられ、仕掛けた佐光のほうがどきりとした。性格は相変わらず複雑なままだし、本音を見せたがらないのも変わらないけれど、身体だけはずいぶん素直になったらしい。

急くようにベッドに移動して、ボタンダウンやカッターシャツでなくてよかったと思いながら、高間の部屋着のカットソーをまくりあげた。すぐにあらわになった裸の胸は、寒いのかつんと乳首が立っている。

「も、じゃまっ……」

びくんと震えた高間が、途中で声をつまらせた。ボトムのボタンを自分ではずそうと格闘する彼の胸に指を這わせ、ふれるかふれないかの位置で乳首に添えている。彼が動くたび、思いがけないタイミングで押しつけてやると、ちいさくあえぎながらもとがめはしない。

だがどうにも動作が散漫になり、ついには「脱がせろ」と半分切れ気味に言われたので、佐光は素直に命令に従った。

それからは一分とかからずお互い全裸になって、なめらかな肌と、リナリアと蝶が重なりあった。はやくどうにかしたくて、そのくせ動いてしまうのがもったいないような気分で、きつく抱きあい、肌をこすりあわせる。

長くもどかしいキスを繰り返している途中、おずおずと高間が手をあげた。

「あの」

「なんすか」

「さきに言っておくけど、この間のときのローションとか、捨てた」

そう言われても、佐光はべつに驚かなかった。当然の話でもあるし、それは予想どおり、高間があれからずっとひとりでいた証拠でもある。悪い気分ではない。

「まあ、あれからほとんど使いきってたし、半年もまえのだし、いいんじゃねえの」

「……そう。でも、じゃあ」

どうする、と問いかけた彼のまえで佐光は枕元に手をつっこみ、小分けにパック包装されたミニタイプのローションとコンドーム、いずれも切取線で連なったものをべらりと二列、垂らしてやる。

ちいさく折りたたまれていたそれがぱたぱたと開いていき、高間は啞然とした顔になった。

「いつのまに仕込んだんだよ、こんなの」

「さっき、トイレ借りたついでに。いちいち言わなきゃ、ネタ晴らしもしなかったけどさ」

ふたつの包装を乱雑に放って、「でも一栄さん、逆だしな」と佐光は笑う。

「逆ってなにが」

「さきまわりして心配して、用意周到にしてないと、不安だろ。そんなわけで、備えあれば憂いなしを実行した」

ふてぶてしく言ってやると、高間がこらえきれないようにちいさく噴きだした。

「なんだ、それ。えらそうに」

「いや、じっさいえらいだろ？」

高間が困ったように眉をさげ、目を細めたその顔もひさしぶりだった。佐光がなにか直球な言動をとるたび、こらえきれずに笑ってしまう彼の、素の顔がとても好きだった。

もっと笑えばいいと思う。けれどそういうあまったるいことを言えばきっと、違うふうに困るから、佐光は言わない。それに、どうもキャラじゃない。

自分の硬い金髪とは違う、やわらかいくせのある髪を指で梳く。額をあらわにして撫でつけると、端整であまい顔だちと目尻のほくろがはっきりわかる。

おとなしそうに見えて、苛烈《かれつ》な過去。穏やかな雰囲気のくせに、じっさいには剛胆な気性。

清潔そうな容姿を裏切る、股間のタトゥー。なんにつけ高間はギャップの固まりだ。

ちぐはぐでわけのわからないところが、そそる。

「こら、くすぐったい」

目尻のほくろを舐めると、ぴくりと高間が肩を揺らした。彼の「くすぐったい」は快感の予兆だ。たった一度きりとはいえ、ひと晩中、本当に狂ったように求めたあの日に彼のすべてを覚えこんだ。

キスをしながらさきほどぐしゃぐしゃにしてしまったローションパックをふたつ手にとり、まとめて封を切る。音で気づいた高間が絡めた舌をこわばらせるけれど、体重をかけて押さえこみ、腰だけを浮かせた。

「んんっ……！」

どろりとしたそれを高間の股間にぶちまける。冷たかったのだろう、身じろいだ高間が怒ったような声をだす。

「ちょっと、いきなり」

「まだいれねえから。これ、やってみたかっただけ」

なにを、と問われるより早く、お互いの腰を重ねて蝶とリナリアをこすりつける。ぐじゅりと音を立てながら身体を揺らすと、高間がひゅっと息を呑んだ。

「ちょ……それ」

「ん、いいだろ」

高間の無毛の秘部は、かなり敏感だ。そこに佐光自身を押しつけると、微妙なむずがゆさでたまらなくなるらしいことも知っている。ずりずりと腰を揺らしていると、高間が赤い顔を隠すように両腕を交差して覆った。

「なんだよ、見せろって」

「い……いやだよ、こんな」

かぶりを振る高間も、佐光の目にはただきれいに見えた。必死に顔を見せまいとしているのだろうけれど、そのぶんだけ無防備になった腋と胸、腹部が、呼吸で浅く膨らみ、またしぼむのがなまめかしかった。

高間は全身の体毛が薄く、どこもかしこも産毛《うぶげ》程度しか栄えていない。というより廉の言いつけで、それこそ全身の永久脱毛くらいはしているのかもしれない。

（つくづく、エロい身体だ）

二十代後半で、ここまでなめらかな肌と細く均整のとれた身体をしているとなれば、十代のころはさぞかし美少年だったのだろうと想像はつく。廉という男が、高間にどれほど執着していたのかも、うっすらとだが理解はできる。

だが、佐光から言わせると廉はただの愚か者だ。こんなふうに一生残る所有の証《あかし》を刻むくらいなら、横にいて大事にしてやればよかったのに、欲に溺れて勝手に死んだ。

彼の刹那的な生きざまのおかげで、廉の花はいま、佐光の手のなかにある。かわいがるのもいたぶるのも、これからは佐光次第だ。

「……ひぁっ⁉」

胸に、濡れてぬめった手をすべらせる。脇腹から腋の下を素早くぬるんとこする。声をあげて高間が腋を締め、肘から曲げた手で今度は胸元をガードしはじめた。

「佐光くん！」

「その呼び方、ぼちぼちやめねえ？」

「呼びかたとかどうでも……あっ、ちょっ、いやっ」

ぴたりと締めている腋に強引に指を突っこみ、指さきで薄い肉を指の腹で揉んだ。くすぐったいのと、狭間《はざま》に無理やりねじこまれるという行為の卑猥さと、佐光の指づかいに高間の顔がますます赤くなった。

「なんか、変態っぽいよ」

「じゃ、腕ゆるめろよ。そんなガチガチになることないだろ」

渋々高間が力を抜いたところで二の腕を持ちあげ、肘の裏から腋までを一気に舐めおろす。

「だから、佐光くん！」

また高間がわめいたけれど、聞かずに腋の肉を軽く嚙むと、びくんと細い身体が跳ねた。

強く押しつけられた股間は、いやだいやだと言いながらもさきほどより漲っていて、佐光はわざとらしく唇を舐めながら目を細める。

「一栄、エロい」

「な、なに？　呼び捨てていいとか言ってないだろう」

表情を認めた高間が、ぞくりとしたように肩をすくめた。

「よくても悪くても、俺は好きなように呼ぶし好きなようにする」

あわてて目をそらす彼の、しなやかな首筋に浮きあがる血管を指でなぞる。過敏になっているらしく、なにをどうしても、高間は震えっぱなしだ。

「一栄」

重ねて名前を呼び、背中に腕をまわす。深く抱きよせると、すこしだけ安心したように息をついて、高間も抱擁に応えた。だがさざめく肌も、あがる息も、すこしもおさまってはいない。

濡れた性器が、佐光の肌に線を残した。軽く手を伸ばして先端を撫で、すぐに離すと苦しそうにうめく。二度、三度と跳ねる腰がいやらしくて、もっと見たくなる。

「外聞悪いってんなら、外でだけは、さんづけしてやる」

「そ……そういう、話、じゃ、ない……っ」

「じゃ、どういう話だよ」

ささやきながら佐光は耳殻を嚙み、舌でたどる。なめらかな舌触りを愉しみながらしゃぶりついていると、小刻みにびくびくと震え続ける高間が、我慢しきれないように大きく腰をひくつかせる。

「耳、弱いよな」

「うるさ……」

「つうか、一栄さんてものすげぇ敏感だよな、じつは。こんな身体で、半年、きつくなかった？」

じろりと高間が睨んでくる。冷たく装った表情でも、赤らんだ頬と濡れた目ではなんの効果もない。だが、次にやわらかな口から飛びでた言葉は予想外のものだった。

「そうだよ、きつかったよ」

「え？」

「もう、セックスとか、若いころにしまくったから、どうでもいいと思ってたのに」

今度はわざと、高間のほうから淫猥《いんわい》に腰をこすりつけられて、さすがに佐光は黙りこむ。あの日と同じ、慣れた腰の動きにあわせて内腿のリナリアが揺れて、佐光の蝶が熱くなる。

「きょうだって、本当にこんなつもりじゃ、なかった、のに」

「そんなに、俺のセックスよかった？」

うめきそうなのをこらえて問いかけると、またきつい目で睨まれた。赤らんでいる目の縁、泣きぼくろごとその目を舐めたくなる。舌なめずりする佐光の表情に、なにを感じたのか、ぐっと唇を嚙んだ高間が目をそらし、腹だたしげにつぶやく。

「そうだよ、よかったよ。そりゃいいよ。あれだけねちっこくされればね」

「ねちっこいはよけいだろ」

思わず噴きだしてしまうと、ふん、と高間は鼻を鳴らした。

「若いクセにしつこいセックスするよね、正廣は」

「……っ」

不意打ちで名前を呼ばれ、心臓がぎくりとした。感情に直結したその場所も脈打ち、してやったりと高間が笑う。

高間のこの、芯の深い部分でけっして譲ろうとしない、気の強い目が好きだ。ねじ伏せたくてぞくぞくする。同時に、そう警戒しなくてもいいとやさしくもしたくなる。矛盾だらけの感情が胸を熱くして、佐光はそっとため息を逃がした。

「まあでも、それがいいなら、一栄もしつこいセックスが好きなんだろ」

今度は高間が押し黙る番だ。語るに落ちたとほくそ笑み、佐光はふれあった腰を思わせぶりにグラインドさせ、こうしてじっくり犯してやる、と予告する。

「あ、あ、ふ……っ」

脚を広げさせ、ローションとお互いの体液でてらついている内腿のリナリアをなぞった。

高間が息を吐きながら首を仰け反らせる。

ゆるゆると指をさしいれながら胸元にある、シナモン色の飾りを交互に舌ではじくと、高間は「あ」とちいさな声をあげた。

「リナリアの花言葉って、知ってるか？」

「なに、いきなり乙女みたいなこと言って」

「気になって調べたんだよ。なんでこんな、マイナーな花にしたかなって」

話でしか知らないけれど、廉という男は佐光と似たり寄ったりの気性の激しさだったらしい。派手好みで苛烈な男がこんなにやわらかな、群れて咲く花を選ぶことがどうにも解せなかった。

単純に図案にしてみても、バラやユリに較《くら》べてインパクトがない。リナリアは穂状に咲くというだけで絵にしづらいし、わかりにくい。高間の身体にあるタトゥーは、相当センスのいいデザイナーが――おそらくは廉の指示で――意匠化したのだろう。

そこまでの手間をかけてもリナリアをあえて選んだ理由が、知りたかった。

「花言葉っつっても、いろいろあるらしいし、とりあえずネットで見てみた程度だけどな。幻想、だとか、乱れるオトメゴコロだとか諸説あった」

もともと花言葉はイギリス、十九世紀ヴィクトリア朝でブームとなり、定着したものらしい。日本語に訳したときの解釈も多少違うようだが、と前置きして、佐光は言った。

「平均的にいちばん多かったのが……『この恋に気づいて』だった」

高間が目をみはった。うなずきかけ、佐光は花弁に隠された廉の名前をそっとなぞる。

「思ったけどさ。もしかしたら廉って、ものすげえロマンチストだったたんじゃねえの？」

「そんな、ばかな……」

「つきあいだしたの、十五くらいとかなんだろ。恥ずかしくて、言えなかったんだろ。こんなとこに自分の名前隠して、悦にいってたあたり、どうよとは思うけど」

佐光があえてため息をついてみせると、高間は「ほんとに」と言いかけて唇を震わせた。かすかに胸が痛む。むかしのこととはいえ、高間がほかの誰かのことであれ、泣くのを見るのはつらい。

「この花も、自分の趣味ってより、一栄に似合うと思ったんだろ。なんか残したかったんじゃねえの」

「ばか……」

さきほどと同じように、高間は顔を腕で覆った。ぐうっと腹部がへこみ、嗚咽《おえつ》を嚙んでいるのがわかる。腕をほどかせ、顔を胸に押しつけると、背中を痛いほどに摑まれた。声をあげず、高間は静かに泣いている。ときどき喉と腹部を痙攣《けいれん》させている彼の背中を何度も撫でながら、佐光はこめかみや髪に唇を押し当てた。

本当はこの話を高間にするかどうか迷った。憶測でしかないし、また彼が廉に気持ちを持っていかれるのではないかとも思ったからだ。だが、好かれたことがないからよくわからない、などと、本当はプライドの高い彼に言わせておきたくなかった。

「……っ、あ」

泣いて震える身体を抱きしめたまま、奥を指でさぐる。言葉はいらないだろうと思った。いまの高間が求めているものはたぶん、我を忘れるほどの快楽のはずだと判断して愛撫を再開すると、以前よりもずっと奔放に乱れ、声をだす。

「あっ、あっ、あんっ！」

震える腿が力をなくし、だらりと開く。その間に自分の腰を挟ませた佐光は、身体中のいたるところに口づけながら指を使った。

きつくしまっていた場所がほぐれたところで、さらにローションを足して指を二本、深く挿入し、ぐりぐりとまわしてやると高間の声が跳ねあがった。

「これ、好きだろ」

「ああ、うん、すき、すき……ああっ」

激しくたたきつけるようにすると、腰骨が浮くほどに高間が腰を持ちあげる。佐光の指にあわせて身を揺らし、青白かった下腹部が薄赤く染まり、そこに咲いた花がぬめってゆらゆらと揺れる様は淫靡だった。

「あ、もう、もう、いれて」

「奥まで」

「突っこんで、犯して……っ」

ぎょっとするほどストレートに求められ、佐光の背筋が震える。コンドームをさぐろうとした手を押さえられ、高間の顔を見ると、彼は欲情にとろけた顔でふるふるとかぶりを振った。

「いらないから」

「けど……」

「きれい、だから。正廣が、いやでないなら、そのままで」

ごくりと喉が鳴る。ためらったのは一瞬で、誘う高間の身体を組み敷いた佐光は腿の裏を持ってすらりとした脚を持ちあげた。肉の狭間を手で押し広げ、ねとついた秘部をあらわにする。位置をあわせたところで、深く息をついた高間がぽつりと言った。

「笑って、いいよ」

「なにをだよ」

高間は手の甲で目元を覆った。まだ顔を見られたくないらしい。

「半年、本当にきみのこと忘れるつもりでいた。でも、そろそろセンターだなとか、受験日いつかなとか……本命の大学、どこなのか確認するのも忘れてたくせに、日付チェックしてて」

おそらく、ここ数日が合格発表だろうこともわかっていたと、彼は吐息まじりに言った。

「ほんとに、ばかみたいだ。こんなこと二度とあるはずないって言ってたのに、身体だけ毎日準備してた」

自嘲する彼の唇はほころんで、けれどまだ震えている。佐光は、「一栄」とかすれた声で名前を呼んだけれど、聞こえていなかったらしい。

「だから、笑って……っ、あ、あう！」

言葉の途中で、佐光は高間の腰を持ちあげ、一気に深く挿入した。ぬるりとすべる肉の襞、粘ついた粘膜の感触はひさしぶりすぎて、全身がぶるぶると震えてしまう。

「そんなんで、笑えるかっつの」

「まさ……」

「期待しててくれたってことだろ。待っててくれたってことだろが。笑えるか、くそっ」

もう止まらない、と腰を打ちつける。高間の腕が佐光の背中にまわり、浮いた肩胛骨を摑むようにしてしがみついてきた。まっすぐで長い脚は、軽く膝を曲げた状態で佐光の腰をきつく挟んでいる。

「あっ、やっ、つよ、強い……っ」

「そうか？　まだだろ」

「やめ、ほんと、あっ、いやっ、や、や！」

あの高間が、舌足らずにあえいでいる。あまえるような声をだしている。興奮が背筋をかけあがり、佐光は貪欲に激しく求めた。

粘液をまぜあわせる音が響いた。きつい狭い場所にねじこみ、やわらかな肉と粘膜を押しつぶしては刺激する。乱れさせたくてたまらず、持ちうる限りのテクニックで焦《じ》らそうと思うのに、高間のなかはあたたかくてやわらかく、腰をとろけさせてしまう。

（くそ、吸いこまれる）

奥歯を噛みしめて、佐光は半年ぶりの感触を味わう。そう簡単にいかされたくない。はじめて彼と寝たときの、あのあっけなさは二度とごめんだ。

「一栄、いいか？」

「……っ、んっ」

肩に噛みつきながら問いかけると、声もないように高間は何度もうなずいた。目をぎゅっと閉じてがくがく震える姿に、視覚からも満足を得る。

「声だせっつの」

「そんな、も……あああっ、あっ」

いたずらに脇腹を両手でくすぐり、そのまま腋へと持っていくと、高間の全身がこわばった。またぴったりと腕を身体に添えて硬くなるけれど、すでにそこには佐光の手が挟まっている。

（がちがちじゃねえか）

感度がよすぎておかしくなりそうなのはわかるけれど、怯えるように目を閉じたままなのが、すこし気にいらない。

「……そういや、マニアックなプレイで腋コキとかあるらしいぞ」

ぶっと噴きだした高間が「ばかか！」と声をあげて目を開けた。

「俺はやらないからね！」

「あー、まあ、やんねえよ俺も。……こっちで、充分」

「ん！」

にやりと笑って、強く突きあげる。一瞬また目をつぶった高間は、佐光が髪を撫でるとほっとしたように息をつき、潤んだ目で見つめてきた。

「……ねえ」

「なに」

「俺、きみのこと、満足させてやれてる？」

「こっちの台詞だろ」

ひねくれたことを言う彼の口をふさいで、佐光は快楽に没入すると決める。

なめらかな肌に溺れながら、同じほどに彼も溺れてくれればいいと佐光は思った。

穏やかでやさしく強いのに、ひねくれて臆病な高間が、われを忘れてくれればいい。

リナリアに、蝶が群れる。はばたきでくすぐり、舐めるように味わう。

ねじれ、絡まった姿で、互いの蜜を吸いながら、遠くまで飛んだ。

＊　＊　＊

春がきて、佐光は無事、ひとり暮らしのアパートに引っ越した。といっても大半の時間は高間の家に入り浸っていて、ほとんどここから大学に通っている状態だ。

休日、高間は居間のソファに座って本を読む。佐光はその足下に座って、借りてきたDVDを観ていた。なんとなくできた定位置は居心地がよく、次第にうとうとしはじめたようだ。

「眠いならベッドいきなさい。こんなとこでうたた寝したら風邪ひく」

保護者ぶった言葉に生返事を返し、佐光は高間の膝に頭を乗せてもたれかかってくる。なんだか大型犬のような仕種に思わず笑ってしまい、金色の髪を撫でた。

「犬扱いすんなよ」

じろりと見あげてくる目のきつさは相変わらずだ。髪を梳く手は止めず、高間は言った。

「犬扱いなんて、まさか。きみ、ペットって柄じゃあないし」

気を抜けばいつ嚙みつかれるやらわからない。くすくすと笑って告げると、案の定指さきに嚙みつかれた。顔をしかめて手を振ると、手のひらをべろりと舐められる。

「ちょっと、それじゃ本当に動物だろう」

「うるせえ」

にやりと笑って犬歯を見せつけた彼は、高間の右脚を摑んで開かせ、まんなかに陣取る。高間の両脚を、まるでソファの腕かけかのようにして、彼は目を閉じた。

つきあいはじめてからわかったが、佐光は年がら年中、べたべたあまえてくるタイプではない。入り浸っていても、自分の世界にはいりこんでひたすら絵を描いていたり、本を読んだりＤＶＤを観たり、と大抵は好き勝手にしている。

だがときどき、気が向くとこうしてぺったりくっついてもくる。主にストレスを抱えたときで、高間にふれることで安心したいのかと思う。

（ほんとに野生だなあ）

瞼《まぶた》に、疲れが目立つ。最近すこしハードなアルバイトをしていると聞いているから、そのせいだろうか。

「バイト、そんなにしんどい？」

「仕事自体は、そうでもねえけど。メンタルでちょっとな」

「メンタルって……いったいなにしてるんだ」

いくつかのアルバイトを掛け持ちしているとは聞いているが、内容までは高間は知らない。

佐光は基本的には、自分のことをあまり語らない男だ。受験前、あれこれと愚痴っていたころは、やはり不安定だったのだろう。といっても秘密主義というわけではなく、高間が問えば素直に答える。

「ラブホの受付と、バーテン」

「……え？　なんで、そんな」

「清白のクラブと、あそこんとこが提携してるホテル関係でバイトしてる」

告げられた言葉に、高間は凍りついた。なぜ彼がその名前を口にするのかわからず、髪を撫でていた手が止まる。佐光はその手を摑み、口元に持っていった。

「スカウトされたんだよ。ゆきなの件があったせいで、滋賀を通じて俺の素性ばれてたし」

「なに、させられてる？」

こわばった声を発した高間に、佐光はあくびをして「べつに。ただのバイト」と言った。

「ただのバイトで、なんで清白からスカウトとかくるんだ。どうして——」

「落ちつけって。ほんとになんもねえから」

指の背を軽く嚙んでとがめられ、高間はうわずった声を引っこめる。こわばった脚を佐光の手が撫でた。

「一栄に頭さげさせたヤツの顔、見たかったんだとさ」

思いがけない言葉に凍りつくと、佐光はくっと笑った。

「あんた泣かせたら、沈めるって言われた。で、あれが泣くタマかよって答えたら、気にいられて、バイトに誘われた。そんだけ」

身を起こし、ソファに載り上がった佐光は、硬直している高間の身体の脇、背もたれへと腕をついた。囲いこむような体勢に、無意識のままびくりとする。

「ホテルもクラブもべつにやばいとこじゃねえし、心配しなくていい」

「正廣、でも」

「もう一栄には近寄らないって約束させた。その代わりに、俺があんたを護れって」

読めない表情で告げる佐光に、高間は唇を震わせた。

「そんなこと頼んでないだろう。ヘンなのと関わるな！　なんで近づいたりしたんだ！」

「単なる雇用関係だ。ヘンでもなんでもねえし。それに去年の夏の借りは、ぜったい返す」

「借りって、べつに俺はそんなものは」

「一栄はひとのこと護ってばっかだ。そろそろ逆の立場になりゃいい。おまえができないなら、俺がそうする。そう言われた」

清白に売られたけんかを、見事に買ってしまったらしい。高間はいらいらしながら佐光の手をはじき、「よけいなことを」と吐き捨てた。

「俺は誰に護ってもらう必要もない！」

「知ってるよ、そんなこと」

じゃあなぜ、と言いかけた唇に指を押しつけられる。

「廉以外にあんたと寝た男に保護者面されちゃ、俺も引っこみつかねえよ」

ぎくりと高間は顔を歪める。佐光は微妙に機嫌の悪い顔で、高間の泣きぼくろを撫でた。

その話は誰にもしたことがなかったし、当然佐光も知らないはずだ。

「コレももらったしな」

佐光がとりだしたのは、一枚のポラロイド写真だった。肉色のそれが最初はなんなのかわからずにいた高間は、画像の中身はリナリアに戯れる蜂――廉と高間の絡みあった局部だと理解すると同時に、あわてて握りつぶそうとした。

「やめろって。貴重な一枚だっつうのに。エロくてきれいでいいじゃねえか」

「捨てろ、そんなの！　ていうか、なんでそんなの正廣が持ってるんだっ」

「そりゃ、もらったから。ずっと見たかったしな」

にやりと笑った佐光は、長いリーチをいいことに高々と写真をうえに掲げる。やめろ、捨てろと叫んで追いかけ、どうにか奪いとってぐしゃぐしゃにまるめてやった。

「……いいけど。もうパソコンのデータにとりこんだし」

涼しい顔の佐光に声をあららげると、脚を払われてソファに倒された。反撃する暇もなくのしかかられ、高間はうめいた。

「悪趣味……っ」

「あんたに惚れた時点で、そのとおりだろ」

高間はその言葉にぐっと喉をつまらせる。無茶をした彼をとがめたいのになにも言えない。

「写真はぜんぶ清白からもらってきた。つうかあいつが持ってるのは違うだろ」

「きみが持ってるのも違う……」

ちからなく言うと、「違わない」と言った佐光に、リナリアの花のうえ、内腿を手のひらで強く押された。ぎらついた目が、逃がさないと迫ってくる。

「これはいま、俺のものだ。あんたはどうせ廉のことは捨てられない。だったら記憶も過去も、ぜんぶ俺のもんにする。どうあったって消えないもんなら、それごとぜんぶ、もらう」

傲慢な宣言に、呼吸が止まるかと思った。高間は唇を震わせ、「覚悟しとけ」と笑う佐光の目に魅入られる。

あえぐ唇に、蝶の羽ばたくような口づけが落とされ、高間は目を閉じる。なんのために彼を護ったのか。その意味をすべて自分からめちゃくちゃにして、それでも痺れるような独占欲が心地よいと思ってしまうのは間違いで——けれど、それを正す気力はない。

「もう、好きにしなよ……」

敗北の言葉をつぶやく高間に、佐光はゆったりと目を細め、自分の上唇を舐めた。

あとがき

信号機シリーズ、『ミントのクチビル』にて登場し、あとがきでも予告していた佐光編。前作のラブラブと正反対で、今回はシリーズ中、いちばん剣呑な事件が起きた感じです。佐光も高間も、あまりウェットな感じのないキャラクターで、自分的にもちょっとめずらしい組みあわせかも。関係性はシリーズ中いちばん大人かもですね。ものすごく楽しく、そしてページもめいっぱいで書きました。……おかげであとがき一頁。

佐光兄や清白など、今後またいろいろありそうなキャラもでました。事件の裏側がまだちょっとありそうな感じですが、この辺は、今後のシリーズで明かされていくと思います。

うーむ本当にあとがきの文字数がありません。色々言いたいことはあったのですが……。

今回もお世話になりましたイラストねこ田さん、表紙にちりばめられたメタファー、見たとたん「おおお」と声をあげてしまいました。本文を読んだのちに意味がわかるアイテムの数々最高です。リナリアは苦労かけてすみません……でも佐光も高間も素敵でした！　佐光兄の恋は成就させてやりたいですが……誰と、になるやら。

担当さま、毎度毎度ご迷惑おかけしていますが、今回もおかげさまでかたちになりました。あと、毎度のRさんも橘さんも色々とありがとう。

なにより、読んでくださった皆様に本当に感謝です。次回作で、またお会いできれば幸いです。

✦初出　リナリアのナミダ―マワレ―……………書き下ろし

崎谷はるひ先生、ねこ田米蔵先生へのお便り、本作品に関するご意見、ご感想などは
〒151-0051 東京都渋谷区千駄ヶ谷4-9-7
幻冬舎コミックス　ルチル文庫「リナリアのナミダ―マワレ―」係まで。

幻冬舎ルチル文庫
リナリアのナミダ―マワレ―

2011年11月20日　第1刷発行

✦著者　崎谷はるひ　さきや はるひ

✦発行人　伊藤嘉彦

✦発行元　株式会社 幻冬舎コミックス
〒151-0051 東京都渋谷区千駄ヶ谷4-9-7
電話 03(5411)6432[編集]

✦発売元　株式会社 幻冬舎
〒151-0051 東京都渋谷区千駄ヶ谷4-9-7
電話 03(5411)6222[営業]
振替 00120-8-767643

✦印刷・製本所　中央精版印刷株式会社

✦検印廃止

ISBN978-4-344-82372-3　C0193　Printed in Japan